从汴京到赵家堡

曾纪鑫◎著

云南人民出版社

图书在版编目（ＣＩＰ）数据

从汴京到赵家堡 / 曾纪鑫著. —— 昆明 : 云南人民
出版社, 2023.12
ISBN 978-7-222-20844-5

Ⅰ.①从… Ⅱ.①曾… Ⅲ.①散文集 – 中国 – 当代
Ⅳ.①I267

中国国家版本馆CIP数据核字(2023)第191909号

责任编辑：何　娜
助理编辑：李明珠
责任校对：白　帅
责任印制：窦雪松

从汴京到赵家堡
CONG BIANJING DAO ZHAOJIABU

曾纪鑫　著

出　版	云南人民出版社
发　行	云南人民出版社
社　址	昆明市环城西路609号
邮　编	650034
网　址	www.ynpph.com.cn
E-mail	ynrms@sina.com
开　本	889mm×1194mm　1/32
字　数	250千
印　张	9.5
版　次	2023年12月第1版第1次印刷
印　刷	昆明精妙印务有限公司
书　号	ISBN 978-7-222-20844-5
定　价	40.00元

云南人民出版社微信公众号

如需购买图书、反馈意见，请与我社联系

总编室：0871-64109126　发行部：0871-64108507　审校部：0871-64164626　印制部：0871-64191534

内容简介

历史虽然是已经发生过的事，但其积淀的成果是文化，无时无刻不作用于生活在今天的我们，可以毫不夸张地说，历史是今天所有问题的谜底。

《从汴京到赵家堡》一书所收篇章，无论写人，如韩愈、赵匡胤、朱熹、曾国藩、严复、路易·艾黎等；还是叙事记物，如宋朝兴衰、嵩阳书院、清廷"剃发令"、中法马江海战、辛亥革命，所涉及的内容，都在某一时空产生过深刻的影响。历史犹如聚变、裂变的"核能"，不因其消耗而衰减，随着时间的推移、人口的增多、空间的扩展，作用会越来越大。作者不断挖掘、追寻、反思，尽可能地探究那隐藏在表象背后的历史价值、发展规律、现实意义及未来走向。

目　录

韩愈被贬潮州

一

最早知道韩愈，是那篇收入中学语文课本的《师说》，在老师的要求下背得滚瓜烂熟："古之学者必有师。师者，所以传道受业解惑也。人非生而知之者，孰能无惑？惑而不从师，其为惑也，终不解也……"此后又接触过他的《杂说》《原道》《柳子厚墓志铭》《送孟东野序》等散文名篇。而读过并记得的诗歌，想来想去似乎只有一首《左迁至蓝关示侄孙湘》：

> 一封朝奏九重天，夕贬潮州路八千。
> 欲为圣明除弊事，肯将衰朽惜残年。
> 云横秦岭家何在？雪拥蓝关马不前。
> 知汝远来应有意，好收吾骨瘴江边。

这首贬潮州之诗，写于唐元和十四年（819年）正月。"人生七十古来稀"，韩愈时年五十二岁，这对一千多年前的唐人而言，已属高龄了。诗中所说的"残年"，其实不过五年而已。五年后，韩愈抱病而终。本该饴弄孙安享晚年，却突遭横祸，被贬至八千里外的蛮荒之地，离开京城长安（今西安市）。韩愈情绪之低落沮丧，内心之悲观痛苦可想而知，以至做好了死于流放之地的打算。他取道商洛，行至蓝关，侄孙韩湘赶来送行，一直陪送至潮州。

令韩愈怎么也没有想到的是，他的人生，就此翻开了新的一页，留下了一段永恒的传奇与辉煌。

曲折坎坷的人生阅历于文学家而言，是一笔无法估量的宝贵财富，其文字、作品将因此而变得更加丰富而深刻。而韩愈不仅

韩愈纪念馆

是卓越的文学家，还是著名的哲学家、杰出的政治家、优秀的教育家，是"立德、立功、立言"三者集于一身的人物。贬潮风波与经历，在某种程度上更加"成全"了他这多重身份。

韩愈遭唐宪宗贬逐，正如他在诗中所言，起因于一封早朝时进呈的奏章《论佛骨表》。对此，《旧唐书·宪宗纪下》写道："元和十四年春正月，丁亥，……迎凤翔法门寺佛骨至京师，留禁中三日，乃送诸寺，王公士庶奔走舍施如不及。刑部侍郎韩愈上疏极陈其弊。癸巳，贬愈为潮州刺史。"

佛教于西汉末年（一说东汉初年）传入中国，至隋唐时大盛。唐代君主，大多信奉佛道，唐宪宗也不例外。凤翔府扶风县的法门寺有座护国真身塔，塔内藏有释迦牟尼指骨一节。"相传三十年一开，开则岁丰人安。"唐宪宗遣使率僧众将佛祖指骨迎入京城大内，留皇宫三天，然后送往长安各佛寺供养。宪宗这一最为隆重的礼佛活动，在京城长安掀起了一股狂热的崇佛高潮。据《旧唐书·韩愈传》所述："王公士庶，奔走舍施，唯恐在后，百姓有废业破产、烧顶灼臂而求供养者。"唐宪宗除信佛外，还喜好神仙方术之说，如此"兴师动众"，实有借礼佛祈求长寿之意。朝中谏官、内外大臣心知肚明，皆视而不见、噤口不言，唯有韩愈不管不顾、批揭龙鳞、犯颜直谏。《论佛骨表》一出，韩愈遭到了人生最为沉重的挫折与打击，同时又使他声誉倍增，被万人敬仰。

韩愈历来倡儒反佛，唐宪宗并未因此而为难他。汉唐之所以成为中国历史上最为鼎盛的王朝，就在于胸襟博大，兼收并蓄。王朝的衰落，常与狭隘排斥相关联。如果仅仅出于维护、拯救儒家的目的而排佛斥佛，唐宪宗也许不会对他"大动干戈"，要命的是韩愈在《论佛骨表》中，带着一股意气用事的浓厚情绪。"伏以佛者，夷狄之一法耳。"韩愈在疏章开头，便以轻蔑的口吻为佛教定位，不过夷狄之法。然后论述佛法末流进入中国之后，总是"乱亡相继，运祚不长"，以此讥讽唐宪宗崇佛不仅难以长寿，"事佛求福，乃更得祸"，将会"伤风败俗，传笑四方"。他还将佛祖指骨视为"枯朽之骨，凶秽之余"，建议"付之有司，投诸水火，永绝根本，断天下之疑，绝后代之惑"。

韩愈在《论佛骨表》中之所以情绪激烈，言辞辛辣，有时甚至不顾君臣之礼，实与不久前的一桩磨碑事件有关。

元和十二年（817年）八月，宰相裴度亲率大军赴淮西平叛，韩愈以右庶子兼御史中丞随军前往。淮西战事已达三年，朝廷官兵时胜时败，局势不明。韩愈对此次出师的风险与意义，有着十分清醒的认识："龙疲虎困割川原，亿万苍生性命存。谁劝君王回马首，真成一掷赌乾坤。"但裴度仅以短短三个多月时间，便"赌"赢了这场战争，一举平定叛乱，胜利而归。韩愈在这场险恶莫测的战事中，赴汴州劝说怀有异志的都统韩弘，辅佐裴度参谋军机、献计献策，功不可没，他也因此而升迁刑部侍郎。淮西平定，天下安宁，"群臣请刻石纪功"。韩愈既是战事的参与者，又是公认的古文大家，撰写碑文的任务，自然落到了他的头上。他精心构思，字斟句酌，七十多天后，《平淮西碑》终于完成，刻石立于蔡州紫极宫。没想到平定淮西的有功之臣李愬之妻（唐安公主之女）出入禁中，向唐宪宗投诉碑文不实；接着又发生了李愬部下石孝忠推碑倾移、杀死官吏之事。面对骄横的武将，唐宪宗一番权衡，不仅赦免了石孝忠，还下诏磨去韩愈文，命翰林学士段文昌另撰《淮西碑》。

刻石勒碑，本是一件极其荣耀的事情，结果变成一段难以洗刷的耻辱。愤怒、痛苦与郁闷，在韩愈心头压抑了半年之久，当他提笔劝谏唐宪宗时，尽管一再克制，情绪仍不免流露在谏文的字里行间。盛气之下的释放固然快意，却要为此付出惨重代价。据《旧唐书·韩愈传》所记："疏奏，宪宗怒甚，间一日，出疏以示宰臣，将加极法。"宰相裴度、崔群从中劝解。宪宗怒不可遏，仍要对韩愈施以杀头极刑。他说，韩愈说我奉佛太过，我可以容忍，但他说自东汉奉佛之后，帝王全都短命，出言何其乖刺！"愈为人臣，敢尔狂妄，固不可赦！"但毕竟韩愈是一员重臣，又是一代文宗，皇亲国戚也站出来为他说话了，认为处罚过重，"因事言之，乃贬为潮州刺史"，即刻上路，不容停留。

在《论佛骨表》结尾，韩愈以一种大无畏的斗士精神写道："佛如有灵，能作祸祟，凡有殃咎，宜加臣身，上天鉴临，臣不怨悔。"尽管做了承受一切灾祸的心理准备，但突如其来的打击，还是令他有点不知所措，难以接受。

侄孙韩湘赶至蓝关相送，韩愈内心悲观，但仍充满一股豪迈之气，觉得上疏斥佛，是为皇上"除弊事"。继续前行，出武关，进入邓州（今河南邓县），眼中的楚国风物，与秦中渐异。

越往前行，道路越是艰辛，"千以高山遮，万以远水隔"。经过七八天路途跋涉，韩愈写下的诗句，开始透出一种反思："臣愚幸可哀，臣罪庶可释。"（《路傍堠》）"而我抱重罪，孑孑万里程。亲戚顿乖角，图史弃纵横。下负明义重，上孤朝命荣。杀身谅无补，何用答生成？"（《食曲河驿》）直到此时，韩愈才意识到自己的排佛反佛，态度矫激、出言孟浪、行为太过，若非大臣国戚施以援手，自己早已身首异处。如果讲究策略艺术，婉转言之，即使不能打动宪宗，阻止崇佛，自己及家属亲眷断不会落得今日下场。转而想到唐宪宗的昏聩与迷狂，又觉得自己痛下针砭，也是事出有因，情不得已……

韩愈免死贬潮，仍属朝廷命官，依照唐律，家人不必随往。但就在韩愈仓促离京不久，他的一子四女，以及由他抚养的三位兄长的子女、侄儿的子女等数十人，加上仆从，约百人之众，在有司的催促下，逼令全部迁离长安。这，也许是政敌寻机报复，也许是有司势利，落井下石。已经上路的韩愈无法照顾家眷。隆冬时节，天寒地冻，一家老幼，漫漫长途，跋涉前行，受尽折磨。十二岁的女儿因正值病中，得不到治疗与照顾，死于商南层峰驿，韩愈抵潮后方才得知。因路程太远，家眷行至韶州，便在那里安顿下来，没有随他迁往潮州。

二

生于长安的中原人韩愈，一生却与岭南（广东）有着难以割舍的不解之缘。

韩愈三岁，父亲逝世，由长兄韩会、嫂子郑氏抚养。十岁那年，任起居舍人的韩会受宰相元载贪贿被杀案牵连，贬为韶州刺史。韩愈随兄嫂一同南迁。韩会抵达韶州（今广东韶关）

不久，就因贬谪忧伤、水土不服、公务劳累等抱病而卒，年仅四十二岁。如慈父般养育自己的长兄去世，韩愈悲痛不已，他在后来写就的《祭郑夫人文》中对此描述道："兄罹谗口，承命远迁。穷荒海隅，夭阕百年。万里故乡，幼孤在前。相顾不归，泣血号天。"韩会去世后，韶州自然是待不下去了。唐大历十四年（779年），十二岁的韩愈随嫂扶柩北上，将长兄葬于河阳祖茔。

少年韩愈一进岭南，待的时间虽然不长，但对路途的遥迢与艰辛，对韶州迥异于中原的风土人情，定然有着深刻体会。且少年时期的经历铭刻在心，会影响一辈子。

唐贞元十九年（803年）十一月三十日，任监察御史的韩愈上疏，论天旱人饥现状，矛头指向唐德宗及朝廷百官。十二月九日，韩愈被贬阳山（今广东阳山县）。阳山在韶州之南，距京城五千多里。经过六十多天的餐风宿露，韩愈于贞元二十年（804年）春二月中旬来到贬所。

韩愈二进岭南，以县令身份在阳山待了约一年半，直到贞元二十一年（805年）夏秋间离开，前往彬州待命。

阳山重峦叠嶂、天远地偏、虎豹成群、毒蛇肆虐、疠疫横行、土地贫瘠。刚到那里，韩愈适应不了当地忽冷忽热、寒暑倒置的气候，听不懂土人鸟鸣般的语言，无法理解遗留下来的蛮风异俗……但在一股强烈的责任心驱使下，韩愈以儒家的入世精神调整心态，很快就进入角色，开展行之有效的治理工作：办理县政公务，建立规章制度；整顿教育，宣传礼德，教化民众；教民耕织，开荒种树，增加收入，依制"出租赋，奉期约"……经过一番治理，百姓安居乐业，社会秩序井然，阳山成为一个文明礼义之县。

韩愈离开之后，当地百姓为他建祠纪念，生了孩子也以

"韩"字命名，以至今日仍有不少与韩愈相关的遗迹，如读书台、贤令山、钓鱼矶、燕喜亭等。他在阳山的政绩不仅在当时受到肯定，后世也对其大加颂扬，如清代阳山县事陆向荣在《阳山县志序》中说："昌黎（韩愈祖籍）未至之先，阳山一蛮獠乡耳。自昌黎政教行，而民始知有制度、诗书，日洗濯而熏陶之，鸟言夷面易为衣冠，犷悍冥顽化为齿让，俾千载下得观风问俗……是以山曰韩山，水曰韩水，天下因昌黎而知有阳山。"评价不可谓不高。

元和十四年（819年）正月，韩愈再遭贬逐，三进岭南。

每次入岭南，都与贬官有关，且前次似乎是后次的铺垫与序幕。少年因兄贬官随入韶州，算是初识岭南，为二十多年后自己贬谪入粤，积累了一定的感性认识、生活经验与心理准备；二入岭南，陌生与熟悉、拒斥与接纳兼而有之，一旦心理调适到位，韩愈很快就能转换角色，不仅融入当地环境与百姓之中，且充分发挥自己的能量，造福一方；第三次入粤，贬为潮州刺史，地更偏，路更远，但有贬官阳山的经历与经验，韩愈的心理承受能力更强，管理方法更加丰富，谋略更加老练，手段更为圆熟……可以毫不夸张地说，前两次的入粤前奏，为韩愈的三进岭南、贬谪潮州，提供了激发潜能、施展才华的广阔空间。

经过近一百天水陆跋涉，元和十四年（819年）四月二十五日（一说三月二十五日），韩愈抵达潮州。

"普天之下，莫非王土；率土之滨，莫非王臣。"哪怕身居荒凉偏僻的"蛮烟瘴地"，韩愈也得按常规给朝廷上一份谢圣表，称颂宪宗文治武功，念念不忘皇恩浩荡。贬官是一种惩罚，于当事人而言，是打击，是屈辱，是憋闷。韩愈离开长安一路行来，含冤负重，风雨如晦，悲苦不堪，情绪十分低落。他在《潮州刺史谢上表》中写道："臣少多病，年才五十，发白齿落，理

广济桥

不久长。加以罪犯至重，所处远恶，忧惶惭悸，死亡无日。"可一到潮州，作为当地最高行政长官，贬官成了至尊，加之他名扬四海的道德文章，百姓仰慕如神。韩愈唯有撇开忧愁烦恼，忘却个人得失，抱病强打精神，忠于职守，勤于王事，才不至于辜负当地民众的期待与期望。

韩愈下车伊始，便"与官吏百姓等相见"，"面问百姓疾苦"，然后参照治理阳山的经验，雷厉风行地做了几件解民之苦的实事。

驱除鳄鱼，为民除害。

韩愈了解到当地民众的最大疾苦，便是郡西潒水之中，长达数丈的鳄鱼肆虐，"食民畜产"，致使百姓贫困。为驱除鳄鱼，"敬鬼神而远之"的韩愈，不得不入乡随俗，尊重当地淫祀传统，写了一篇《鳄鱼文》，历数鳄鱼罪状，加以诅咒，劝其离开。据《旧唐书·韩愈传》记载，就在祭祀的当天晚上，"有暴风雷起于湫中。数日,湫水尽涸,徙于旧湫西六十里。自是潮人无鳄患"。《鳄鱼文》一宣读,鳄鱼就迁徙离去,乍一看,似乎充满了传奇与玄幻色彩,但只要稍加"深究",便可发现,传奇与玄幻的背后,实乃人为——韩愈派人修筑"北门之堤",将民众居住的地方与鳄鱼出没的水潭隔开;挑选受过训练的吏民,手持强弓毒箭,对鳄鱼加以射杀、驱赶。当地百姓看重的是驱鳄效果,而过程便有意无意地给神化了。

关注农桑,祭神止雨。

就在韩愈贬潮这年,盛夏大雨不止,秋天阴雨绵绵,严重影响当地农耕生产与收获。韩愈一边重视水利建设,督率民工修筑堤坝、开凿水渠,一边祭神禳灾、祈晴止雨。为此,他写了五篇《祭神文》,其中三篇祭湖神,一篇祭城隍,一篇祭界石神。

广施善政,释放奴隶。

唐律明确规定,不准没良为奴。而"山高皇帝远"的潮州,法制颇不健全,贩卖人口的现象十分严重。韩愈发现这一陋习后,通过计庸抵债的办法,释放奴隶,恢复他们的人身自由。此后,他又上疏朝廷,提出"不许典帖良人男女作奴婢驱使","令有司重举旧章,一皆放免"。

兴办学校,培育人才。

韩愈曾在国子监任教,为宣传、拯救儒学,他一直将兴学育才作为施治教化的根本。韩愈认为,治理国家"以德礼为先而辅以政刑","德礼"就是儒家的仁义之道,而推行德礼"未有不由学校师弟子也"。治潮不久,他就发现潮州从州学、县学到乡校,"学废日久",读书识字的人极少,于是下决心兴办学校,传播中原文化。韩愈以刺史身份向所属各县下发公文,要求各地除整治县学外,还要大力办好乡校。他大胆选用人才,聘请当地进士赵德主持州学;带头捐出薪俸百千,用于办学;他还亲自到一些学校授课，"以正音为潮人诲"，规范语言，教当地百姓学习国音，这一做法与今日推广普通话多少有些相似，潮语也因此而变得古雅起来……

三

寄身潮州，忙于公务，韩愈似乎过得十分充实。但家眷暂寄韶州，自己体弱多病，身边连一个照顾的亲人都没有；仓促离京，来不及与友人告别，尽管可以书信往来，可毕竟山高水远，无法诗酒唱和，难以畅叙尽欢；而当地的气候、环境、饮食等，一下子也不可能完全适应；关键是前途迷惘，这种贬谪困厄，也不知何日得以解脱……每当夜深人静或手头闲暇之时，难以抑制的孤独与寂寞，难免涌上韩愈心头。

为了排遣，他与土著来往，与学人交友。而文化的差异、年龄的差距、地位的悬殊等，一下子也难以达到融融泄泄的境界。听说当地有位名宝通、号大颠的高僧，年且九十，曾创建灵山禅院，门人千余，出入有猛虎相随，颇具传奇色彩。韩愈不禁对他产生了浓厚的兴趣。

韩愈因论佛、排佛、反佛而获罪，以前的他，将儒与佛视同水火，对佛教不是直斥，就是讥讽，只要有机会，还劝僧人还俗。此次遭贬，经过一番反思，韩愈觉得，佛教自西传至东土，受到举国若狂的尊崇与信奉，其中必有无穷深意、无比精妙之处。常言道，知彼知己，百战不殆。作为一名反佛斗士，韩愈是否读过佛书，懂得佛理，对佛教有过一番深入研究呢？就现有资料而言，尚难确证。但就他留下的所有诗文来看，其反佛毁佛，很大程度只是出于士大夫对儒家文化的优越意识而采取的一种本能排斥。他在《答李翊书》中说自己"非三代两汉之书不敢观"，在《进学解》中说"口不绝吟于六艺之文，手不停披于百家之编"。可见他并未读过多少佛教典籍。他的诗文中没有或者说极少涉及佛教词语、典故，最著名的反佛文章《论佛骨表》《原道》，也没有留下读过佛书的"信息"。明代茅坤说《论佛骨表》"只以福田上立说，无一字论佛宗旨"；言及《原道》，说韩愈"一生辟佛老在此篇，然到底是说得老子而已，一字不入佛氏域"；茅坤因而以韩愈"不知佛氏之学"作结。

此时的韩愈，也许意识到了自己最著名的《原道》《原性》《论佛骨表》三篇反佛文章，存在着缺乏针对性，没有较为深入的理论分析，只就佛教的表皮发表一通粗浅认识而已。潮州没有他青睐的儒学之士，那么不妨与这位大颠和尚结识结识吧。于是，韩愈将大颠召至衙署，留谈十余日。结果发现，大颠于放浪形骸之外，却能"以理自胜，不为事物侵乱"，"胸中无滞碍"，殊为难得。于是，两人开始了较为密切的来往。

韩愈因反佛而获罪，却在贬逐之地与佛教人士过从甚密，自然会成为人们关注的焦点。这种交往不仅在当时传得沸沸扬扬，也为后人留下了谈资与研究的空间。

能反映他们之间交往的第一手资料，有收入《昌黎先生文集》的《与孟尚书》《与大颠师书》，还有地方文献《灵山正弘集》中的《大颠别传》。《与大颠师书》共三封，虽然其真伪一直遭到怀疑，却透露出不少信息。

韩愈结交大颠，并非投机取巧，做出亲近佛教的姿态，以获取唐宪宗的宽宥赦免。两人十多天的交谈，韩愈自然会从大颠处认识不少深奥的佛理，对佛教产生新的更为深刻的认识。但他并未因此而改变初衷信奉佛教，他崇儒、复儒的立场一生未变。大颠的佛学造诣十分深厚，是曹溪新禅宗的四传弟子，抄写过《金刚经》《法华维摩经》各三十部藏于灵山寺墓塔，著有《金刚经释义》等。岭东禅风由他而开启，福建漳州三平山义中禅师是他的高足。眼前的大颠和尚，显然与韩愈在《论佛骨表》中贬斥过的"口不道先王之法言，身不服先王之法行，不知君臣之义父子之情"的"夷狄之法"有别。受其影响，韩愈定会开拓见识，但他所做的，是引释归儒，以弘扬儒道。所谓大道相通，韩愈极力反佛的一个重要内容，是当时佛教形而下的方面——僧侣众多，不事稼穑，不劳而获。但自贬逐潮州与大颠交往之后，韩愈的反佛锋芒，与前有所减弱；所作诗歌，多少也有一些佛学思想渗透其中。

韩愈一生，有善交朋友的习惯。他结交的僧人，就其诗文赠序等资料而言，包括大颠在内，就有十五位。他与大颠的交往，重在友情：留宿交谈十余日，后又登门造访，离开潮州时留衣相赠。当然，两人惺惺相惜，也有思想的沟通、交流与影响。因排佛获罪，却与佛门人士交友，只有"公敌"而无"私敌"，由此可见韩愈胸襟之坦荡豁达。

韩愈与高僧大颠的交往，在潮州成为一段传世佳话，历代题咏甚多。最著名的是宋代理学家周敦颐的《题大颠堂壁》：

> 退之自谓如夫子，原道底排佛老非。
> 不识大颠何似者，数书珍重更留衣。

四

韩愈于元和十四年（819年）四月二十五日抵潮，七月遇大赦，十月底离开潮州调任袁州刺史。也就是说，他待在潮州的时间不过半年。哪怕以另一说三月二十五日计算，也只有七个多

"功不在禹下"石碑

月，真如匆匆过客。可就这仓促而短暂的时间，韩愈在潮州历史上留下了浓墨重彩的一笔。

在潮州人眼里，韩愈犹如一颗耀眼的星辰，对当地的影响最为深远，地位也最高，成为潮州地方发展史上一位举足轻重的关键性转捩人物。因有韩愈过化，就连当地原名恶溪的大江，也更名为韩江；城东的文笔山，因韩愈当年登临游览，改名为韩山；一种当地生长的橡木树，也改称韩木。正如赵朴初先生所言："不虚南谪八千里，赢得江山都姓韩。"

韩愈留在潮州的遗迹，主要有他手书王维的白鹦鹉赋碑、鸢飞鱼跃碑、灵山寺留衣亭、祭鳄旧址、马嘶岩、叩齿庵等。

纪念韩愈的文物胜迹，最负盛名的当数位于城东韩山西麓的韩文公祠。里面的主祠、韩愈纪念馆、韩愈塑像、侍郎阁、天水园、"功不在禹下"石碑、"天南碑胜"长廊、韩愈手迹等，生动真实地再现了韩愈在潮州的事迹功德。其他的还有昌黎旧治坊、景韩亭、昌黎路、韩山书院等。

这些，都是看得见的物质性遗存或纪念，而内在的影响，一种精神的贯注，则如汹涌的潜流，在潮州澎湃了一千多年，深刻地影响、改变着这块土地的文明与气质。

就潮州地方史志记载，历代来潮的名公巨卿甚多。而韩愈生前的最高职位，不过一员刑部侍郎而已，死后朝廷才赠了他一个礼部尚书；论时间，韩愈可谓来去匆匆；论作为，他也没有干出多么了不得的惊天壮举，治潮史上政绩比他大得多的官员多矣……然而，潮州百姓就认准了韩愈，只买他一人的"账"，正如苏东坡在《潮州韩文公庙碑》中所言："潮人之事公也，饮食必祭，水旱疾疫，凡有求必祷焉。"在潮州，不仅农工崇韩，士人尊韩，就连商人也对他供奉祭祀。

为何出现这种情形？

原因自然是多方面的。

韩愈因排佛被贬，百姓不论是非，看重的是一种大无畏的精神。民间不以成败论英雄，韩愈反佛，其实成效甚微，几乎可以忽略不计，但表现出的浩然正气，却产生了积极的影响，以至四年后出任京兆尹时，就连那些桀骜不驯的士兵也惧他几分，私下议论说："他就是那位想烧毁佛骨的人，怎么敢惹他呢？"

官职是世俗的、暂时的，真正能够流传下来的，却是道德文章。韩愈不仅是一位古文大师，还是唐代古文运动的主要推动者，苏东坡对他评价甚高："文起八代之衰，而道济天下之溺。"道德文章兼具，无怪乎人们奉若神明。

韩愈治理潮州，应该说提纲挈领，抓住了问题的关键。关注农桑、驱除鳄鱼、释放奴隶，解决了当地百姓的实际问题；而重文兴教，则为潮州的未来开拓了一条可持续发展之路。由于韩愈倡导，北宋时期，潮州便赢得了"海滨邹鲁"的美誉。南宋乾道年间潮州太守曾造说："自昌黎韩公以儒学兴化，故其风声气习，传之益久而益光大。"

韩愈推动了潮州的文教事业,而培养出的当地人才,对其文章在潮州的传播,更是不遗余力。韩愈死后,其门人、女婿李汉编纂了一部《昌黎先生集》,传至今日。在此之前,韩愈就有一部《昌黎文录》的选集问世,编纂者赵德,便是韩愈兴学时大胆重用的当地才俊。韩愈文章在潮州长期而广泛的传诵,使得大量书面词语进入潮州方言,丰富了当地的日常生活用语。

韩愈的形象在潮州不断丰富、提升、完善、高大,与当地大量民间传说的塑造有着密不可分的关系。有关他的故事,长期流传的便有《访问岭》《走马牵堤》《灰墙瓦屋》《插薯苗》《韩公帕》等。

…………

笔者在游览韩文公祠,漫步潮州的大街小巷时,脑海里思索着的,便是中国古代一种独特的贬官文化现象。

古代官员或因罪或蒙冤被贬,往往逐至荒凉闭塞的偏远边地。贬官与流放多少有些相似,都因罪得咎放逐,但贬官仍属朝廷官员,虽遭贬谪,仍在贬地担任重要职务;而流放者的身份就十分复杂了,有戴罪立功的在编官员,有流刑处罚的免职官员,也有刑罚在身的普通犯人。贬逐流放之地多属蛮荒之乡,经济、文化十分落后,贬官、流放者大多来自文明发达之地,具有较高的文化层次及素养,身份特殊,对当地的政治、经济、文化、教育等,往往能起到积极的推动作用。

古代岭南为百越之地,南岭山脉这一天然屏障阻隔了岭南与外地的密切联系,经济、文化远不及中原地区发达,被称为"蛮夷之地",贬官也多逐于此。就贬官、流放者本人而言,固然是一种挫折与打击、磨难与痛苦,但对当地而言,又何尝不是一件幸事?岭南的开发与开放,贬官及流放者功莫大焉。就我们所熟知的文豪流放岭南而言,韩愈贬潮州,苏轼贬惠州、海南,柳宗

韩文公祠

　　元贬柳州等,他们传播中原文明,改变当地落后的生产方式、文化陋习,留下丰富的文化遗产,提高当地的知名度,可谓造福一方,惠及后人。

　　韩愈一生四次遭贬,两次贬在京城,两次贬逐广东。而贬官广东阳山、潮州,带给韩愈的,除了凄风苦雨、颠沛流离,其实也有脱胎换骨的改造,心灵与境界的提升。

　　这种改造与提升,主要表现在以下方面。

　　阅历的丰富。漫漫路途的跋涉过程虽然艰辛,却也可以欣赏迥异于北方的瑰丽风景,体验不同地区的风物民情。底层生活的感受与锻铸,无疑会使人变得更加丰富而坚强。

　　个性的改变。经过一番打击与磨炼,锋芒会有所收敛,为人处世会相应地讲究艺术与策略,性格自然也会发生一些改变,变得深沉而练达。常言道,性格决定命运。韩愈经过贬潮这一人生的最大打击,命运也由此而发生改变,由逆境转入顺畅。

思想学识、眼界胸怀的提升。韩愈贬潮，惠及当地，就某种程度而言，是他政治理念的一种实践。比如兴办乡校，便有将儒家礼治推于乡野、纯洁民风的意图；祭鳄鱼及祭神，也有通过祭祀将礼乐文化注入当地民俗文化的动机。事实证明，儒家的礼治文化在潮州经由韩愈而发扬光大，历代不衰。社会实践的成功与总结，会相应提高韩愈的思想与学识。他在潮州与大颠的交往与友谊，是一种有意识接近、认识、了解佛教的表现。两人虽然没有思想交锋的记载，但碰撞肯定是有的。有碰撞，就有火花。人类的真理，便在不断闪烁的火花中逐一呈现。儒道佛的兼收并蓄，多元文化的异彩纷呈，会使民族变得更加开放，群体变得更加强大，个人变得更加豁达。

文风的变易，文品的提高，创作的收获。两次贬官入粤的经历与体验，对文学家、哲学家的韩愈来说十分重要，在对往昔的提纯、生活的酿造与当下的超越中，留下了不少脍炙人口的传世佳作。他在阳山及移居郴州候命期间，写下了哲学名篇"五原"，即《原道》《原性》《原毁》《原人》与《原鬼》。贬潮期间，他的诗文由险趋易、由愤转哀，变得更加平淡自然、哀婉深广，除《左迁至蓝关示侄孙湘》外，还创作了《潮州刺史谢上表》《鳄鱼文》《潮州祭神文五首》《潮州请置乡校牒》《操琴十首》《别赵子》等大量优秀诗文，其中《鳄鱼文》收入清人编选的《古文观止》……

由此可见，古代的贬官文化，撇开表层的附着之物，于贬官者及当地而言，实在是一种"双赢"现象。

当然，具体到某一当事人，这种"双赢"，会体现出不同的差别。

比如同是贬逐广东的韩愈与苏轼，两人的区别便十分明显。

与韩愈以道统、文统而为天下景仰不同，苏轼更多的是凭借人格力量与艺术成就而广为人知。韩愈贬潮，忧愁凄苦无不流于笔端；而苏轼却是优游人生、随遇而安。他在贬所惠州有诗写道："日啖荔枝三百颗，不辞长作岭南人。"对贬惠表现出一种无所谓的态度。而韩愈对贬潮远逐强烈不满，希望早日重返京城，效命朝廷。不同的态度，其实是哲学思想、人生观念的体现。韩愈以儒之仁施教于民，自己也是勤勉执着、昂扬向上："业精于勤荒于嬉，行成于思毁于随。"（《进学解》）对世间万物，也表现出一种探幽索微的积极进取姿态："焚膏油以继晷，恒兀兀以穷年……寻坠绪之茫茫，独旁搜而远绍。"（《进学解》）而苏轼道法自然，兼容佛儒，乐观豪迈，超脱潇洒，每到一地，便与当地民众、山水融为一体。韩愈家眷暂寄韶州，在潮期间，可谓孤苦伶仃；而苏轼却有红颜知己王朝云相伴，缱绻的爱情生活，滋润着他在惠州的日子。这种区别，恐怕与他们的身份也有一定联系。韩愈贬潮是当地的一名主要官员，潮州刺史相当于今日的潮州市市长或市委书记，肩头责任重大，不可玩忽职守；而苏轼贬惠，诏令改了又改、一贬再贬，"再贬宁远军节度使惠州安置，不得签署公事"。做一名不管公事的闲官，苏轼也乐得自在，诗酒唱和，便成为他寄寓惠州的主要生活内容。韩愈忧国忧民、刚正不阿，具有一种典型的圣贤人格；苏轼则融儒学、老庄、禅宗于一体，追求建功立业，却又旷达超脱、独善其身，体现出一种逍遥自在的独立人格。苏轼的政绩，虽然不如韩愈突出，但他在惠州的两年零七个多月时间里，也以民为本、为民请命，做了不少利民便民的善举，比如建惠州营房，关心农事，解决农民的纳粮难题，为百姓蓄药治病，筑西湖苏堤，建东、西新桥，推广秧马（种植水稻时用于插秧、拔秧的工具）及水碓（利用水力舂米的器械）等。苏轼贬惠之后，创作颇丰，诗文内容、风格也有所变化：由书剑报国到娱情山水，由逐客悲歌的凄婉到以谪为游的旷达，由现实感悟到逍遥任性、"无思之思"……

虽然有着一定的差别，但他们都超越了自我，造福一方，增添了潮州、惠州的文化内涵，提升了两地的文化历史地位。

在此，贬与升，我们应该加以辩证地看待才是。没有"贬"，哪来韩愈的泽被潮州？没有"贬"，韩愈的圣贤人格何以升华，道德文章何以超越？没有"贬"，何来韩愈冠以"吾潮导师"，为潮人所供奉？

韩愈贬官潮州七个多月（或半年）的功绩与影响，竟使得他成为当地百姓禳灾祈福、有求必应的保护神，历经千年不衰。这，不能不说是中国古代文化史上一道奇异而亮丽的景观！

从汴京到赵家堡
——一个王朝的兴盛与衰亡

一

我曾在一篇文章中写道："纵观中国古代历史，还没有哪个统一王朝像宋代那样一开始就弥漫着一股柔弱、僵化与衰亡的气息。宋王朝似乎没有过上一天安稳日子，总在外敌的逼迫下气喘如牛，就更不用说出现汉朝的文景之治、盛唐的贞观之治了。每当我们回望这一时时讲和、处处挨打却又延续了三百多年的腐朽王朝时，就会不由自主地感到一股深深的屈辱、沉重、压抑与悲愤。只要能够，我总是匆匆跳过这段令人丧气而难堪的历史。"（见《历史的刀锋·不胜重负的黄袍加身》）

文字的历史固然可以跳过，然而，当我走进开封、踏青宋陵、漫游杭州、探访赵家堡时，却怎么也绕不开、跳不过这一经济发达但军事积弱，文化繁盛却发展畸形，疲惫不堪而常被后人景仰的"大宋王朝"。尽管这段历史阴柔衰朽、懦弱凄凉、不堪回首，可一旦涉足其中，就像掉入陷阱般无法自拔，于是，索性任其自陷到底，直面正视"打捞"一番……

2002年8月下旬的一天，为创作长篇纪实文学《中原较量》，在郑州采访"12·9"系列银行抢劫案的我，被历史上那些描摹东京汴梁风采的惊艳文字与美丽画卷诱惑得不能自持，遂借机专程前往开封这座昔日的北宋古都，寻找孟元老《东京梦华录》当年之繁华，一睹张择端《清明上河图》今日之余绪。

时令虽已进入初秋，可头顶的艳阳仍施展着夏日的余威。北宋亡国已八百九十多个年头，斗转星移，物、人皆已全非，当年芳踪是否"余威"依旧，仍可寻觅一二？带着几分疑惑，揣着几分梦想，随小车穿行于大街小巷，游览了开封代表性的名胜

《清明上河图》（局部）

《清明上河图》（局部）

景点——龙亭公园，那建于六朝皇宫遗址之上的龙亭、午门、玉带桥、嵩呼、朝门、朝房等古建筑，让人感觉自己就是一员上朝的北宋大臣；享有"天下第一塔"美誉，建于北宋皇祐元年的铁塔，至今仍巍然耸立，北宋神韵依稀可见；包公湖畔的包公祠，与包公相关的铜像、石碑、典籍、文字、图片、模型等，在默默诉说着包公政绩、品德、轶事、传说的同时，也可窥见北宋政治、习俗、文化、法律于一斑；以《清明上河图》为蓝本复原的清明上河园，让人恍惚置身当年市井，融入万千百姓之中，感受杂耍、游艺、神课、算命、彩博、喷火、斗鸡、斗狗等北宋民间风情的无尽乐趣……

北宋开封，"人口上百万，富丽甲天下"，算得上一座世界性大都会。今日之开封，已从国都衰落为一个地区性城市，自非当年繁盛可比。黄河多次决堤，泥沙掩埋城池，据考古证实，开封地下三至十二米处，叠压着六座城池，其中就有北宋都城东京。地底埋着千年汴梁，半城清水漾着宋波，市井巷间飘着宋风。除铁塔外，开封名胜多为仿古重建，但作为一座历史文化旅游名城，仍较好地保存、延续着北宋风骨，笼罩着浓酽的北宋神韵，殊为不易。

"一朝步入画卷，一日梦回千年。"游历中，东京的繁荣兴盛如画卷般不断浮现眼前，那早已随历史云烟飘散的战马之啸啸、战旗之猎猎、战鼓之咚咚也在耳畔随之响起。实难想象，文治无与伦比的北宋，武功却平庸衰弱得令人汗颜。国都东京屡遭北方异族侵扰，那高耸的城墙，终为金兵铁蹄踏破，满城锦绣，遭到残酷的劫掠与蹂躏。

大宋因赵匡胤的黄袍加身而横空出世，也因黄袍加身打上了无以更改的宿命阴影：创始人及其接班人在享受黄袍加身带来的荣耀与富贵的同时，也不得不吞食由此带来的一切苦果……

后周殿前都点检（禁军最高指挥官）赵匡胤在征战途中发动兵变，黄袍加身，赶紧回师汴京，紧接着上演了一出禅让大典。从天亮开始，到黄昏结束，赵匡胤以近乎完美的大手笔，在短时间内，便完成了一场惊天动地的陈桥兵变，全盘接收了后周的军队、官员、百姓、地盘等一应遗产，当然也包括汴京这座后周都城。

赵匡胤在汴京登基，不得不以此作为宋朝开国之都！

七朝古都开封，又名大梁、汴梁、东京、汴京，在此建都的七个王朝依次为战国时期的魏国，五代时期的后梁、后晋、后汉、后周，然后是北宋、金。作为国都，开封并非理想之地，它位于黄淮平原北部，周围

开封铁塔

一马平川，敌军可从任何一个方向长驱直入，不仅无险可守，也没有足以提供军事补养的后方基地。如果是地方性割据政权，定都开封，倒不失为没有选择的选择。宋之前，战国七雄之一的魏国，朱温建立的后梁，石敬瑭建立的后晋，刘知远建立的后汉，郭威建立的后周，不仅地盘狭小，且除魏国外，皆为短命王朝。而宋太祖赵匡胤胸怀天下，早有结束战乱、一统天下、长治久安的豪迈壮志。因此，定都开封，不过赵匡胤勉为其难的权宜之举罢了。

于开封捉襟见肘的地缘政治格局，赵匡胤作为一名卓越的政治家、军事家、谋略家，自然有着相当犀利而清醒的认识，心中不止一次涌动过迁都的构想。开封不宜，何处为佳？赵匡胤心中的理想之地，便是洛阳或长安（今西安），而对洛阳更是情有独钟。他生于洛阳，在那里念书习武，直到十二岁才离开。洛阳不仅有他儿时的温馨与梦想，更因其北有黄河阻隔，南有中岳嵩山，西有秦岭、渑池、函谷等险要之处，东有咽喉要地成皋（即虎牢关），在军事上可攻可守，加之洛阳乃历朝古都，交通

便利，文化深厚，经济发达，两相比较，迁都洛阳，显然是一种明智与必然之举。建国之初，赵匡胤忙于巩固宝座，四处征伐，国都的建设与重选，自然排不上号。直到杯酒释兵权一劳永逸地解决内部政权危机，远交近攻扩大版图天下基本统一之时，便启动了谋划已久的迁都程序——西巡洛阳，实地考察，大造迁都舆论。

可是，迁都序幕刚一拉开，就遭到诸多勋臣贵戚的极力反对。这些人多为后周故旧，后周以开封为都十年，加上北宋开国数年，他们已在这里广置田产、庄园。因此，他们首先考虑的不是国家的安危大局，而是个人的切身利益，迁都洛阳，便意味着放弃已在开封获得的既得利益，因此反对之声一浪高过一浪。赵匡胤在西巡洛阳之前，就被看出有迁都苗头的大臣加以劝谏。太祖赵匡胤迁都决心甚大，哪怕群臣以各种理由阻止，也无法动摇。大臣们急了，赶紧搬出晋王赵光义。一般人反对，赵匡胤可四两拨千斤地化解，而赵光义的分量就非同一般了。他是皇弟，宋朝的主要军事统帅，陈桥兵变黄袍加身的始作俑者。赵光义生在开封长在开封，不仅留恋这里的一草一木，还担任过汴京府尹，也就是开封的最高军政长官，培植了庞大的私人势力。一旦离开，其权威将大打折扣，势力必定被削弱。说赵光义为反对迁都的核心与主谋，一点也不为过。他双膝跪地、言辞恳切地劝谏不已，赵匡胤只得宽慰解释道："吾将西迁者，非它，欲据山河之险而去冗兵，循周、汉故事以安天下也。"赵光义当即反驳道："安天下在德而不在险，秦据关中，苛政虐民，不二世而亡。"德是虚的，险是实的，赵光义以虚应实，祭出所谓的"德"字大旗，倒令赵匡胤一时间无所应对了。自古以来，无论统治者还是平民百姓，莫不以德为首义。按赵光义所谓"安天下在德不在险"的理由，如果赵匡胤坚持迁都，那就说明他对自己

巩义宋陵（永昌陵）

的德行产生怀疑，或者说大打折扣了。因此，他不便回答，唯有沉默而已。沉默不仅表示搁置不议，在某种意义上也意味着首肯与屈服。堂堂天子，虽一言九鼎，却无法与包括自己亲弟在内的几乎所有大臣为敌。赵匡胤沉默不语，而心中所指，仍是洛阳！待赵光义及一班大臣退下之后，他不禁叹道："晋王之言固善，然不出百年，天下民力尽殚矣！"

开封不宜作为永久性首都，可谓再简单不过的常识性问题。如果赵匡胤继续在位，他肯定会尽最大的努力再次动议迁都洛阳。然而，宋太祖西巡洛阳不过半年，就在"烛影斧声"中暴卒而亡。晋王赵光义不仅亲手制造了这一千古之谜，更弄出了兄终弟及的"金匮之盟"，"顺理成章"地登上了皇位。可怜赵匡胤一世英明，虽以杯酒释兵权的谋略，有效地防范了外姓武将对大宋江山的觊觎，却怎么也没有料到窃国者乃亲弟弟，并为此搭上了自己的一条性命。在专制皇权面前，从来就没有什么父子兄弟之情，这既是人性卑劣的见证，也是封建制度使然。

巩义宋陵（永昌陵）

二

赵匡胤在群臣的喧嚣与反对中虽然暂时放弃迁都之举，但内心的意志十分坚定，这从宋陵的选址既可得知。北宋皇陵既不建在开封，也不建在赵氏的原籍保塞县（今河北涿州市），而是建在巩义。巩义东距开封一百二十多公里，西离洛阳五十多公里，为开封与洛阳两地来往的必经之地。这一极富机巧与谋略的决策，无疑向天下昭示着他的态度与决心：迁都是其夙愿，后来者亦当尽力。然而，晋王赵光义继位，这位极力反对迁都的宋太宗自然不会"无事找事"地将龙椅搬离开封。在一代不如一代、一代弱于一代的衰落中，连开国皇帝都无法办到的事情，更是无人提及、无法实施了。于是，开封便"稳坐钓鱼台"地做了一百六十多年北宋首都，直到在异族的铁蹄下以惨烈的毁灭收煞。

巩义境内，埋葬着北宋七位皇帝及追封的赵匡胤父亲宋宣祖赵弘殷，即人们常说的"七帝八陵"。此外，还祔葬二十二位皇后，陪葬上千名皇室子孙，形成了一个庞大的宋代皇家陵墓群。

1995年春天，为创作一部名为《伊洛魂》的长篇报告文学，我前往巩义市采访，乘便凭吊北宋皇陵。

　　出市区不远，便是两相毗邻的永厚陵与永昭陵。永厚陵为宋英宗赵曙陵寝，祔葬高皇后陵，陪葬着三座亲王墓；永昭陵为宋仁宗赵祯陵寝。赵祯在位四十二年，是两宋享国最长的皇帝。

　　北宋皇陵墓内埋葬大量珍宝，地面建筑也甚为壮观。据史料记载，宋陵"积土成冢"，占有宽广的地域，称"兆域"，域内松柏常青，建有上宫、下宫，陵台广阔，神墙环绕，楼阁高耸，拱卫森严。陵园之内，所有居民、房舍、民坟都要迁移，陵区视为圣地，禁止采樵耕牧，百姓不得擅入，违者"徒二年"。宋陵管理机构庞大，从皇宫到地方，直到众陵园，除日常的专职管理人员奉陵邑外，还有负责保卫的驻军奉安军，人数众多。

　　"风流总被风吹雨打去"，而今的永厚陵与永昭陵，不仅没有护卫管理的军民人等，神墙神道、亭台楼阁也早已消逝无踪。原本富丽堂皇的墓葬，经金人大肆挖掘破坏及历代盗墓者的"光顾"，变得面目全非。一个个或大或小、或高或低的土冢在夕阳的映照下显得格外孤零落寞，那依稀可辨的鹊台、乳台、宫城等地面建筑基址，还有残剩的望柱、石象、石马、石虎、石羊、石狮、瑞禽、角瑞、客使、文臣、武将、宫人、驯象人、控马官等各种石雕，散落在麦苗青青的农田之中，昔日浮华与当下荒凉构成一种触目惊心的反差。

　　遥想当年，皇室每有丧葬，都得从都城开封而出，浩浩荡荡的送葬队伍逶迤西行，奢靡豪华无与伦比，仅组织机构就有山陵使、礼仪使、卤簿使、桥道顿递使等。太祖赵匡胤下葬时，仅护驾卤簿一项，就动用了三千五百三十五人；太宗赵光义增加到九千四百六十八人；仁宗赵祯丧葬，沿途守卫的路卒就达四万六千七百人。从开封出发，经中牟、管城（郑州）、荥阳、汜水、巩县、偃师等地，一百二十多公里的路程，在没有现代交通工具的当时，路途之遥、行程之缓、耗资之巨可想而知。而北宋每有皇帝驾崩，都得在这条送葬道路上晃悠悠地走着，一走就是一百几十年。不仅仅是丧葬，还有皇帝祭陵，公卿"每春秋二仲巡陵"，在一个举全国之力为皇家服务的封建国度，北宋皇陵的热闹与排场可想而知。如果没有覆亡，北宋肯定还会在巩义永无休止地葬下去、祭下去、巡下去，可他们就是没有深刻领悟到宋太祖的迁都苦心，没有下决心践行开国者的一腔宏愿。

历史不经意间在巩义稍做停留，本想以此为契机，让北宋的河流拐上一道弯儿，却无力回天地留下一个顿号，便江河日下一泻千里地流向江南，注入了南宋。

北宋以其无可更易的衰亡，说明赵匡胤的迁都方略是多么正确而富于远见！

自北宋乾德元年（963年）石敬瑭将河北、山西一带约十二万平方公里的幽云十六州割让给契丹后，长城的拱卫功能便不复存在。从北宋边界到都城开封，距离虽有五百公里，但全为一马平川，不仅没有天然屏障，就连一个险要的关隘也没有。门户洞开，一有边衅，不待烽火四起，敌军便直指都城，兵临开封。首都危在旦夕，在家破国亡的紧要关头，而北宋在与辽、金的长期对峙中，敌人动不动就屯兵京城，朝廷时时处于惊慌失措、提心吊胆、被动挨打的局面，想想看，该是一种怎样的沉重与无奈，又该如何消受与承担？

为了京城安全，北宋不得不调动大部分军队驻扎、守卫在开封一带。宋代初期，军种分为三类，乡军、厢军与禁军。乡军即民兵，战时为军，平时务农；厢军即各州镇的地方部队，武器装备、兵员素质、战斗能力都比较差；禁军原为皇帝的近卫军，赵匡胤在后周基础上将其整编为国家正规部队，变成一支力量强大的中央军，由三衙直接统领。宋太祖刚即位时，禁军十二万；到他执政的开宝后期，即发展到三十八万；宋太宗时，扩充到六十六万；而在庆历元年（1041年），禁军数已一百四十多万。
这些禁军，除战争外，平时大都屯驻在无险可守的首都汴京周
围。当时规定，禁军是可以携带家属的。禁军连同眷属，占汴京
总户籍几近一半。这支数目庞大的职业化军人集团在给开封带来
安全感的同时，其财政、消费、供给及眷属对北宋朝廷构成的巨
大压力可想而知。

宋朝的经济收入与唐朝相比，增加了七八倍。可是，却要
供养一大批从地方到中央的官兵，由唐时的三千人养一官兵变
为三十人养一官兵。表面看来，宋朝经济发达，可实际上却大为
减少。以宋英宗为例，国家财政收入高达六千万，而官兵开支
即占六分之五，发达的经济，这样消耗于如牛负重的禁军与都城
之累。北宋的积贫积弱就此形成，除迁都外，任是谁，也无力
回天。

北宋如此庞大的职业化军队，是辽军、金兵的好几倍，按理
说，军事上应该所向披靡、无往而不胜才是。可令人丧气的是，
大宋王朝自始至终，除镇压内部的农民起义大获成功外，在对外
作战中，从未取得过一次像样的决定性军事胜利，开启了中国历
史上"内战内行，外战外行"之先河。

探根溯源，实与宋朝的立国之举——黄袍加身密不可分。

宋代皇帝自赵匡胤始，他们的首要目标与任务，既不是收
复失地一统天下，也不是经济发达国家强盛，而是赵氏的家族利
益。皇袍往身上一披，一件简单得不能再简单的举止，便可使朝
廷改姓，江山移色。赵匡胤在获取"暴利"的同时，不得不时刻
忧郁未来，绞尽脑汁想尽办法、挖空心思使出权谋，以确保屁股
下的龙椅不至于移向外姓。

他先是"杯酒释兵权"，将军权牢牢控制在手里，尔后逐
步集中政权与财权，接着废除宰相君前坐议之礼，增加皇帝威

严……所有大权小权全部归于中央，集于皇帝一人之手，但具体办事还得依靠军民人等。只要有军队，就会有将领；时间一长，将领和士兵就有了默契，就有可能拥兵自重。于是，赵匡胤设置枢密院以制约武将，兵籍的掌握、军队的调动由不懂军事的文官——最高长官枢密使负责。他创立"更戍法"防范军队结党叛变：除守卫殿前的诸班外，其他所有禁军，都要按期轮换到某地戍守，将领也不断调换，使得"兵无常帅，帅无常师"，常常是"兵不识将，将不识兵"。为防统帅专权，宋太宗赵光义干脆取消将帅对部属的节制与处分权。以致发展到后来，将帅出征，都由朝廷事先授以阵图、训令，作战时只能"按图索骥"，不能越雷池一步。没有从属关系，自然也就没有了铁杆亲信，将领如若心生异志、谋反夺权，无异于自取灭亡。

宋朝自建立之日起，主力军队就处于左右掣肘、战斗力不断削弱的境地。赵家王朝宁可要没有战斗力的弱军，也不要骁勇善战的叛军。将帅上受文官制约，没有自主权，面对瞬息万变的战场格局无法灵活机动地迅速决断；无长期建立起来的威望信誉，对部下无法了解，士兵的特长无从发挥。官与兵，互不相属，各不相干，生疏隔膜，犹如一盘散沙。《孙子兵法》云，知彼知己，百战不殆。可以想见的是，这样一支既不知己，又不知彼的军队，一旦遇上虎狼之师的辽、金、蒙古铁骑，会是一番怎样的对垒与结局。

巩固宝座压倒一切，内部祸乱一起，即遭无情镇压。防内甚于防外，因此之故，宋朝虽无大的内乱，对外却长期受制于北方异族之手，除了频频招架外，几无还手之力。

开封为都，成为朝廷及全国军民之累。大多时候，帝国必须围绕汴京运转。几十万禁军驻扎此地，每年无以计数的漕米粮秣、军需供给要靠汴渠输入。与此同时，权贵富豪、军民人等无止境的需求，也日益刺激着汴京的大规模发展。于是，以旧城为基础，汴京不断改造扩建，从根本上打破了坊（住宅区域）与市（商业集市）的界限，到处都有日夜营业的商店酒楼，完成了中国城池史上的重大突破与转折。宋徽宗崇宁年间（1102—1106年），汴京户籍二十六万多户，人口约一百四十万，汴京不仅是一座真正意义上的商业城市，也是当时世界上人口最多的大都市。

汴京呈矩形，由宫城、内城、外城组成，城城相套，非常整齐。在这三重相套、硕大无朋、规模超过唐朝首都长安的方形盒子里，五丈河、金水河、蔡河、汴河等运河穿城而过，水网交织，桥梁众多。百万军民汇聚一地，人喧马闹、川流不息、繁华无比。《清明上河图》作为汴京城留给后人的一幅真实写照，从喧嚣的街市到宁静的城郊，莫不透着温润、繁华、怡然的气息，那五百多个各具职业、行业特点的人物，充分体现了当时分工的发达及相互间的依赖，标志着新型市民阶层的兴起。

令人悲叹的是，这样一座国际大都会，虽然多次在辽兵的重压下毅然挺立，最终却不堪重负惨遭践踏。靖康元年（1126年），两支金军南侵，很快就在汴京城下会合，完成了对开封的合围，都城的脆弱再次成为北宋无法承受的包袱。宋钦宗既不想战，也不能战，在金人的逼迫要挟下，以放弃国土换得一时苟安，命令黄河以北州县"仰开城门，归于大金"。宋钦宗的妥协并未换来汴京重生，金军志在必得，隔绝各路勤王之师的救援，不断向围得铁桶般的宋廷施压。靖康元年（1126年）闰十一月三十日，宋钦宗终于跪倒在金人脚下，俯首称臣。

北宋在"靖康之耻"中灰飞烟灭。

汴京沦陷，金军大肆搜刮、抢掠内外府库以及官民金银钱财。时值严冬，被抢夺一空的民众遭受饥饿寒冷的多重袭击，纷飞的大雪飘落而下，覆盖着成千上万冻馁倒毙的尸体。靖康二年（1127年），金军带着虏获的北宋朝廷玉玺、仪仗、舆服、宝器、书籍、金银、绢帛，押着宋徽宗、宋钦宗两个皇帝，后妃子女、宗室亲戚，以及汴梁的百工、内侍、僧道、医卜、艺伎、娼妓等共计三千多人凯旋。除掠夺的财物外，金军将开封一万四千余众分七批押往金朝。

在金军惨无人道的蹂躏下，汴梁这座百万余众的繁华都城，成为仅剩一万多人的苍凉废墟。

三

"靖康之耻"中，一本记载皇室成员的详细资料汇编《玉牒簿》落入金人之手，金军"按图索骥"，北宋赵氏近系宗室几乎"一锅端"地成为俘虏押解北上，侥幸逃脱的唯有三人：康王赵构，被废为庶民隐于民间的宋哲宗前皇后，以及康王赵构名义上的奶奶孟氏。真正的嫡系宗室只剩宋钦宗之弟——康王赵构一人。因此，光复中兴的任务，便义不容辞地落在了他的身上。

在康王赵构眼里，并无什么光复宋廷、中兴汉族之类的壮志与概念，吸引诱惑他的，无非是那高高在上、为所欲为的皇位。命运眷顾，康王有意，一番舆论准备之后，1127年，赵构便堂而皇之地在应天府（今河南商丘）称帝，是为宋高宗。

南宋历史，就此拉开帷幕。

由康王摇身一变而为宋高宗的赵构刚一上台，便面临着两大难题：对金政策和建立新都。

与金朝是战是和，事关南宋的生死存亡。李纲担任宰相后，提出抗金建国的主战方略；而主和派力量也十分强大，他们将两位皇帝的被掳北上说成是"二圣北狩"，主张"割地厚赂以讲和"，迎回徽、钦二帝。

而汴京遭受金兵洗劫之后，已变得残破不堪，显然不宜再作为首都。加之金兵虽然退回，但仍在黄河南北频繁活动，为避敌锋芒，避免悲剧重演，唯有迁都南方。

赵构刚刚登上皇位，还没有好好地享受一下做皇帝的诸多美好滋味呢，如果讲和迎回父兄，他的位置往哪儿摆？既然不能讲和，那就只有起而抗金。而金兵的强盛与宋军的疲弱他是早有领教的，胜算的可能性极小，且一旦失利，要么军力大大受损，要么重蹈覆辙被押往金营。这些，都非赵构所愿。经过一番思虑，他终于采纳了中书侍郎黄潜善、知枢密院事汪伯彦提出的逃亡东南地区之议，宣布南廷暂时迁都扬州。这样一来，既可达到不与金兵媾和，又能避敌锋芒、南迁都城的目的，可谓一箭双雕。

金廷得悉宋高宗南逃扬州，再次发动大规模南侵战争。建炎元年（1127年）十二月，金人倾巢出动所有精兵强将，意欲彻底消灭南宋。金军势如破竹，经过一年多时间，先后攻下徐州、淮阳、泗州。建炎三年（1129年）正月底，金军兵锋直指扬州。扬州方面居然毫不在意，无所防范。金军攻破楚州后继续前行，遣数百骑先锋突击宋高宗行在。南宋近万名天长守军惊慌失措，不战而逃。建炎三年（1129年）二月初二这天晚上，赵构正与宫女颠鸾倒凤、嬉戏云雨之时，突闻金兵奔袭，不禁大惊失色，当即赤身裸体跌落床下。"龙体"受此惊吓，落了个阳痿的病根，从此丧失生育能力。高宗在少数几位亲信、随从的服侍下仓皇出逃，急匆匆如漏网之鱼。初三黎明时分，高宗乘马驰至瓜洲，得一小舟渡江。其时大雨滂沱，直到日暮时分，高宗才满身泥泞、狼狈不堪地赶到长江南岸的镇江。关于赵构此次出逃，如何甩开追兵渡过长江脱险，留下了"泥马渡康王"等诸多传说。

镇江不过一处中转站，稍事休息调整，几天后，高宗又逃往杭州。所幸金兵并未渡江尾随而至，短暂的平静过后，高宗终于从惊吓、逃遁、恐慌、失意的阴影中挣扎而出，北返江宁府，更名为建康，严加布防与金兵对垒。然而，随着金廷强硬主战派完颜宗弼率军第三次大规模渡江南下，宋军毫无斗志，整个江南防线一触即溃。宋高宗又不得不从建康退回杭州。宗弼的目的十分明确，那就是虏获高宗，消灭南宋。在金军的凌厉攻势与再三追击下，赵构不得不逃奔越州、明州，走投无路之际，唯有乘槎泛海，在海上东躲西藏四月有余。

金兵乘舟入海继续追击高宗，所幸不习水战，加之畏惧炎热，于酷暑到来之前撤兵北返。完颜宗弼在长江沿线受到镇江守将韩世忠的成功阻击，差点葬身鱼腹，此后不敢轻言渡江南侵。

漂荡在茫茫无际的大海上，物资的匮乏、环境的恶劣、不时的惊吓以及心中的孤寂、痛苦乃至反省肯定比陆地的逃窜来得更为深刻。高宗赵构提心吊胆地颠簸在汹涌的碧波之上，不得不面对一个相当严酷的现实：以宋金军力之对比，渡江北上饮马中原，希望实在渺茫。既如此，唯有"过江而避"，寻找新的立足之地才比较现实。

入侵者与逃难者皆受惊吓，各怀心事与隐忧，一个不再南侵，一个难以北伐，就此形成南宋与金朝之间的短暂和平。

赵构在急不择路的逃难过程中，发现浙西之地，襟带荆楚，背海而立，有淮甸为屏障，江表为缓冲，地理位置明显优于金陵、武昌、长沙、巴蜀、陕西、两广等地，是一块理想的立足之地。自古以来，中原王朝耻于渡江而都，此时的赵构，已顾不得那么多了，他心中考虑的不是还都中原的进取，而是易退易守的保全之道。而这，杭州显然为其首选。他对这块风水宝地青睐有加，于建炎三年（1129年）九月路过时，将其升级、改名为"临安府"；绍兴二年（1132年）正月回到杭州，以此作为南宋的根据地与大本营。

赵高宗这一决定成为既定国策延续下来,杭州作为南宋都城,此后再也没有变更。

四

宋高宗以江南为本的王道大计一旦确定,南宋在相对缓和的形势下逐渐步入安稳。

作为南宋天降大任、临危受命的开国皇帝,赵构没有也不可能进行大刀阔斧的政治改革。帝国的痼疾与柔弱的民风决定了局势的颓败,并非个人之力所能改变与挽回。况且,他也并非那种大智大德、勇于拓展的开国君主,定都临安后的高宗赵构,一心所求,唯有苟安——固守江南,以求和方式平衡局势、维持现状。当然,他也并非浑浑噩噩、一无所成的昏庸之徒,于帝国的恢复与稳定,的确做了不少维修巩固的重要"工作"。他以优厚的政策与安抚的手段,对士大夫及各方贤士兼收并蓄,将他们团结在自己周围,使得中华传统文化那百折不挠的锋芒与潜力渐渐复活与释放。

作为南宋都城的临安,正是从高宗的一系列措施开始,最终凝结成一颗璀璨耀眼的明珠。

这是杭州第二次成为首都。

第一次是在五代十国时期的吴越国,当时名为钱塘。吴越国被北宋征服,钱塘更名为杭州。两次定都虽然都属偏安王朝的都城,但吴越国显然不能与南宋相提并论。吴越国的影响仅限于江浙一带,南宋则为中原王朝之正朔,不仅地盘远大于吴越国,且宋室南渡,号召力、影响力甚巨,贵族、军人、商贾、士大夫等各行各业的优秀人才从四面八方先后齐聚临安,报效朝廷,刺激并推动着杭州经济、文化的繁荣与发展。

随着大量人口的涌入，临安城垣扩建，分内城与外城。内城即皇城，围绕着凤凰山方圆九里，殿堂、楼阁、行宫、花园等，布局既严谨又自然；外城南跨吴山，右连西湖，左邻钱塘江，气势雄伟；临安共有十三座城门，城外护城河环绕，禁军驻扎守护。

杭州定都之初，自然不能与旧都汴梁相比。但经过三十多年的经营发展，便逐渐取代了建康（今南京），成为江南的政治、经济、文化中心，繁荣程度已不下当年之开封。汴京沦陷，遗民孟元老念兹在兹，以一部《东京梦华录》追叙当年繁华之情状；南宋吴自牧以临安为汴梁，写了一部《梦粱录》，描临安之市井风情，绘杭州之富丽盛景。其中写道，临安府城所在杭州，人口较前增长两倍半，商人则"十倍于昔，往来辐辏，非他郡比"。

临安大街小巷，共有布行、鱼行、蟹行、帽子行、销金行等各行各业四百一十四种，所谓"骈阗二十里，开肆三万家"，看来一点也没有夸张。加之酒楼歌馆、勾栏瓦舍昼夜不息，宴饮、赏艺、美食、品茶成为人们争相追逐的风雅韵事，以致寓居于此的诗人陆游不禁朗声吟道："近坊灯火如昼明，十里东风吹市声。"

临安聚集了天下饱读诗书之士，吸引了最为优秀的学生，除府学、县学外，还设有武学、医学、算学、史学等各类国立学校。南宋的刻书业兴起，书铺交错，成为临安街头一景。佛教寺庙猛增，多达四百八十座，香火盛极一时。

据有关资料记载，临安户籍最高达三十九万户，人口达一百二十四万之多。临安百姓每天食用大米总量超过一万石，消耗的蔬菜、海鲜、水产、布匹、食盐、水果、柴炭、竹木等更是不计其数。这些，要从附近州县乃至全国各地运送而来，以致钱塘江两岸帆樯云集，客贩往来，络绎不绝。世界最早的纸币——交子，便在临安印制并广为流通。

读者耳熟能详的柳永《望海潮》，通过铺陈的手法，让当年杭州之盛况，生动地呈现在后人眼前：

> 东南形胜，三吴都会，钱塘自古繁华。烟柳画桥，风帘翠幕，参差十万人家。云树绕堤沙，怒涛卷霜雪，天堑无涯。市列珠玑，户盈罗绮竞豪奢。重湖叠巘清嘉，有三秋桂子，十里荷花。羌管弄晴，菱歌泛夜，嬉嬉钓叟莲娃。千骑拥高牙，乘醉听箫鼓吟赏烟霞。异日图将好景，归去凤池夸。

据说，金主完颜亮正是被这首词中所描写的临安胜景吸引得不能自持，才坚定了侵并南宋的决心。

当代杭州的诸多记忆，实与南宋有着不可割舍的关联。今日之杭州，仍能看到古临安的依稀身影。我认为南宋留给杭州后人的一个最大遗产，便是西湖。定都临安不久，西湖便很快开辟为游人如织的风景区，形成了"山外青山楼外楼"的总体格局。皇家在西湖南面建有聚景园、真珠园、南屏园，在西湖之北修有集芳园、延祥园、玉壶园；王室、官吏、富商则在西湖四周建立园苑、亭台、楼阁、宅院等一百多个；供广大市民休闲娱乐的场所瓦子，也建在湖山各地。"一色楼台三十里，不知何处觅孤山。"西湖在南宋精雕细刻的"打造"中脱颖而出，成为一处著名的"游观胜地"，极大地影响了杭州人的生活观念。"若往西湖游一遍，就是凡夫骨也仙。"文人墨客流连忘返，他们欣赏西湖，品赏西湖，评出"西湖十景"：苏堤春晓、曲苑风荷、平湖秋月、断桥残雪、柳浪闻莺、花港观鱼、雷峰夕照、双峰插云、南屏晚钟、三潭印月。以南宋文人口味罗列的西湖十景，不仅被后人接受并延续至今，还被杭州奉为对外宣传的"名片"。

因为西湖的风景布局，更因为这里的笙歌燕舞，我们怎么也绕不开林升的《题临安邸》一诗：

> 山外青山楼外楼，西湖歌舞几时休？
> 暖风熏得游人醉，直把杭州作汴州。

诗中所写，便是南宋当年上自帝王，下至臣民的真实写照。他们着眼于眼前的浮华，偏安一隅，忘了"靖康之耻"，忘了还都汴梁，更不用说一统中华，恢复汉唐的气象与荣光了。

杭州地处东南，气候温暖、湿润宜人、物产丰富，自然环境孕育出来的妩媚秀丽，显然有别于汴京的雄壮深沉。环境塑造人、影响人、改变人，无论是谁，只要稍不留神，就会被临安的"暖风"熏得软绵无力、斗志全无，只知寻欢作乐、醉生梦死。

正是在这样的背景之下，岳飞的横空出世，简直就是一个异数，让人眼前一亮，精神为之一振。

岳飞二十七岁就组建了一支"岳家军"。他率领着这支军队，活跃驰骋，主动出击，从不知道避让退缩，是当时唯一一支能与金军死拼硬打并能占据上风的军队。南宋第一次向金人发动战略进攻，便由岳飞由江州率兵北上，一举完成战役目标，顺利收复襄阳六郡。当捷报传到临安时，整个都城轰动了，就连宋高宗赵构也出乎意料地慨叹道，想不到能建如此奇功！当即擢升岳飞为清远军节度使，封武昌开国侯，节制湖北前线各州县。

岳飞北伐态度最坚决，反对和议最激烈。在抗金战场，他总能出其不意，屡获奇功。每次临阵，岳家军无不抱着血战到底的决心，以一当十。金军不由得哀叹道："撼山易，撼岳家军难！"在南宋所有将领及军队中，岳飞号令赏罚，公正严明，军功最著；岳家军恪守纪律，奋勇争先，获胜最多。

然而，岳飞又是一个相当具有个性与锋芒的武将。他倔强任性，根本不懂韬光养晦之道，总是凭着自己的好恶行事。岳飞能打恶仗硬仗，但他桀骜不驯，常常"便宜从事"。岳飞在"八字军"首领、都统制王彦手下任职时，因不采纳速战速决的建议，便不顾军纪，带领自己的部属离开王彦，擅自行动。依军法当斩，可王彦深念岳飞是个难得的人才，便宽大为怀。不久，王彦受命攻打太原，他首先想到了岳飞，决定予以重用。可岳飞接令后顾虑重重，再次违反军令，带领部队南渡黄河，准备投奔东京留守宗泽。岳飞还没见到宗泽，就被人告发查办，判处斩决。临刑前宗泽突然赶到，大叫一声"此将材也"，当即松绑开释，留军前候用。

岳飞虽然任性不听调遣，但内心坦荡，绝无二志，他一心所系，便是消灭金兵，"直抵黄龙府与诸君痛饮耳"！但他的意气用事显然冒犯了宋朝开国以来节制武将之大忌。宋朝历代皇帝，宁可使用言听计从的庸将，也不肯放手起用不服管束的良将。

绍兴七年（1137年），岳飞建议北伐，未被采纳，悲愤难抑之际，给高宗赵构上了一道奏章，请求辞职。没等批复，就将军政大事交给亲信张宪，不管不顾地撂挑子走人。这一走还走得挺远的，前往庐山为逝世不久的母亲扫墓守孝。不巧的是，张宪抱病在床，一时间，岳家军群龙无首，人心浮动，军情松弛。赵构得知此情，内心的忧虑与反感可想而知。可前线吃紧，南宋军事实在不能没有岳飞，他只有隐忍不发，下旨命令岳飞返朝复职。可岳飞偏偏不予理会，继续留在庐山"居母忧"。

正在这时，淮西发生兵变，前线将领郦琼带领四万多兵士（占南宋政府军约四分之一）投降金人扶植的傀儡政权"大齐国"。赵构对手握军权的前方将领更是疑心重重，可军情紧急，因此，哪怕被岳飞的要挟狂为气得不行，也只能让岳飞部将李若虚、王贵等人赶往庐山，敦请他下山，并说如果请不动，就与岳飞一同按军法处置。

岳飞撂下挑子已半月有余，李若虚等人上山苦劝，岳飞仍不肯受诏。就这样僵持了六天时间，李若虚最后不得不哀告着将话说到了尽头："相公欲反耶？且相公河北一农夫耳！受天子之委任，付以兵柄，相公谓可与朝廷相抗乎？公若坚执不从，若虚等受刑而死，何负于公？"岳飞可以不理会赵构，但不得不为部属着想，这样才下了庐山，赴宋高宗行在三次谢罪。

像这样的违命，岳飞还有两次。

一次是绍兴九年（1139年），因对赵构和议不满，四次上奏，坚辞加俸晋爵的封赏。直到高宗特下"温诏"，不许再辞，才不得已受之。

另一次是绍兴十年（1140年），岳飞率军大举北伐，直捣中原，南宋朝廷以"金字牌急递"送来"措置班师"的密旨。还在忍痛班师途中，岳飞便上章要求解除兵权，未等复命，又折向庐山，为母亲守墓去了。高宗严令不准，不得已才回到杭州。君臣相见，高宗再三垂询国是，岳飞始终不答不辩，再三拜谢不已。高宗认定他对班师仍心怀不满，不禁大加训斥。

更有一件令高宗格外猜忌的大事，那就是岳飞上奏请求将建国公赵伯琮立为太子。赵构于南渡逃亡之际，患上阳痿病症不再能生育，而唯一的儿子又在一次兵变中夭折。因此，皇子的确立，皇位的稳固就变得格外令人瞩目。而当时宫中，却先后育有赵伯琮、赵伯玖等两位备选的"皇储"。岳飞因赵伯琮先进宫中，年长两岁，且在一次召对时见过一面，觉得无论外表相貌，还是言谈举止，都算得上一名英伟少年。此时，金人为了扰乱南宋，准备把掳去的钦宗儿子赵谌（曾于靖康元年立为皇太子）送回。于是，岳飞以为若早立太子，"这样就使酋虏无计可使了"。

岳飞出于一己至纯，一片公正，一腔忠心，可站在高宗的角度，岳飞的种种作为，会在他心中引起怎样的刺激与反弹？他还不到三十岁，离驾崩远着呢。所有皇帝，最担心的是手握重权的武将干预皇位继承大事，而宋朝尤甚。赵构可以原谅岳飞的莽撞懵懂、要挟使性，可以将他的发脾气、耍大牌、撂挑子看成是政治不成熟的表现，而干涉敏感的大统继承这一核心问题，就让宋高宗觉得他"心术不正"，另有所图了。因此，赵构马上冷冷地回道："卿言虽忠，然握重兵于外，此事非卿所当预也！"面对高宗的责难之辞，岳飞当即感觉不妥，退下殿陛时，不禁面如死灰。

岳飞被以"莫须有"的罪名惨遭杀害，秦桧固然是元凶，冤狱的具体过程皆由他一手操纵，然而，如果没有高宗与岳飞之间的恩恩怨怨，没有高宗的猜忌怀疑，没有高宗的授意首肯，秦桧是无法施行完成的。对武人无处不在的约束与控制，乃是宋一代无法克服的痼疾。所不同的是，宋太祖是以谋略的柔性手段"杯酒释兵权"，宋高宗则祭起屠刀，以冤狱杀害的方式收归兵权。宋朝虽然一向防范武将，但自开国以来，还从未杀过一员大将，宋高宗算是开了一个先例。"杀戮释兵权"显然要比"杯酒释兵权"更加残忍，也更加令人寒心。

岳飞作为南宋天空的一抹亮丽"彩虹"，就此转瞬即逝。

岳飞之死，意味着南北分裂局面的不可逆转。《宋史·岳飞传》对此一针见血地指出："高宗忍自弃中原，故忍杀飞。"此后，南宋军民收复中原、一统天下的美好心愿，只能是"遗民泪尽胡尘里，南望王师又一年"。

岳飞遇害，赵氏家族统治下的南宋王朝存在的合理性受到了严峻的质疑与拷问，这样一个黑白不分的政权，有为之效命的必要吗？这样一个昏庸的家族，能代表以中原为正朔的华夏民族吗？

尤为可悲的是，岳飞之死在朝堂没有引起任何反应，士大夫们没有一人站出来为岳飞说上一声公道。一群麻木不仁的臣子，又能将一个腐朽不堪的朝廷支撑多久？

岳飞死了，南宋之死也不过是早晚的事情罢了。

五

在此，有一个事实我们必须澄清。

绍兴十年（1140年）夏天，宋金和议"盟墨未干"，金人便撕毁和约，再次发动大规模南侵战争。早有预见的岳飞立即率军伺机渡河，长驱北伐，收复失地，势如破竹。据岳飞之孙岳珂编著的《鄂王行实编年》所记，岳飞在朱仙镇取得大捷一事纯属虚构。岳家军攻克颍昌府后，并未打到朱仙镇。正在这时，岳飞便接到了从郾城班师的诏命。有人便据此认为，如果岳飞不效愚忠，便可收复汴京。其实，就当时局势与情形而言，这不过是一种美好的心愿而已。岳飞与金军在宋、金边界对峙，长期处于拉锯状态，交战双方各有胜负。《金史》便记载了岳家军的多次败仗，只是《宋史》遵循"为尊者讳、为贤者讳、为亲者讳"的"三讳"原则隐而不提。南宋北伐的其他军队多求自保，唯岳家军"一枝独秀"，奋神威孤军深入。在女真人已经建立稳固统治的地盘，如果没有友军的密切配合，没有相应的后勤供给，岳家军要想取得更大的胜利与成功，实在难之又难。

岳家军还在孤军突进之时，岳飞就要求朝廷"速赐指挥，令诸路之兵火速并进"。当河北、山东赶来的几路金兵合力夹攻，岳家军虽然在郾城、颖昌府的几次战役中勉强获胜，但若以长远的战略眼光视之，孤军奋战的岳飞，所面临的最终结局，只能是败退或覆灭。

仅凭一支岳家军，无论多么神勇，也不可能神话般地消灭所有金军，灭亡整个金廷，何况岳家军还是一支时时受到猜疑与掣肘的军队。

就宋高宗而言，此次的北伐行动，原本是应对金人撕毁和约的出尔反尔，他的目的，不过是给金人一点颜色瞧瞧，让他们知道宋人尚有还手之力，以迫使金人重开和议。过去的经历，使得高宗赵构对金军深怀恐惧。"泥马渡康王"的溃逃彻底改变了他的人生观念，影响了他的漫漫余生。因此，哪怕取胜，他也担心稍有不慎，就会重现昔日扬州仓皇南渡、明州匆匆下海的往事与劫难。并且中原抗金义军的响应，全都打着"岳"字旗号，而不是贴着"赵家军""大宋军"的标签，这些无法言说的隐忧，怎么也无法令他开心释怀。于是，赵构不失时机地发出了收兵谕旨。

当时的岳飞，面临着两种选择，要么遵旨班师，要么抗旨丧师。丧师也有两种可能，一是深入的孤军被集结的金军合而围歼；二是南宋王朝借口抗命，调动其他部队与金兵一道将其翦灭。因此，收到谕旨后的岳飞与主要部将三番五次共商对策，经过一番慎重考虑，最后不得不做出忍痛班师的决定。可见岳飞的"愚忠"，并非不分青红皂白的唯命是从，而是审时度势、权衡利弊之后的抉择。并且班师后，他也没有马上陷入冤狱，还进援过淮西战场，担任枢密副使，视察韩家军。

战争告一段落，金人终于明白，自己尚无一口吃掉对方之实力，不得不做出一定的妥协。为了迅速达成和议，岳飞不论于哪方而言，都成了一枚钉子：金人与他势不两立，欲除之而后快，完颜宗弼托使臣萧毅带来"岳飞必须死"的口信；秦桧是和议的坚决执行者，更是容不得主战派中坚岳飞存活于世；岳飞任性使气、无所顾忌、功高震主，高宗只要一想到他就头痛……

岳飞狱案因和议而兴，钉子除掉，各方当事人可谓"皆大欢喜"。

还有一种流行的说法，认为高宗杀害岳飞，是担心迎回徽、钦二帝。以宋金军力之对比，莫说二帝根本无法迎回，即使迎回，"靖康之耻"已过去十多年了，高宗执政的根基已经稳固，根本不必担心徽、钦二帝回来"抢班夺权"。更何况他并不是一个特别恋权的皇帝，绍兴三十二年（1162年）六月初十日，正值壮年的高宗赵构禅位给过继儿子赵眘，也就是岳飞请立为太子的赵伯琮，然后以太上皇的身份退居德寿宫，当起了"甩手掌柜"。此后，他又活了二十五年。

岳飞被害三个月后，韩世忠便在灵隐飞来峰建了一座翠微亭作为纪念。

岳飞死后二十一年，终于平反昭雪。骨骸迁至西湖栖霞岭南麓，岳飞墓、岳王庙至今犹存，香火格外旺盛。岳飞墓阶下，置有陷害他的四个奸臣——秦桧、桧妻王氏、万俟卨、张俊的铁铸跪像。游客络绎不绝，怀着崇敬的心情前来拜谒忠良，同时怀着鄙夷的心情，以各种方式表达对奸臣的唾弃与痛恨，正所谓"青山有幸埋忠骨，白铁无辜铸佞臣"。

岳飞未能收复中原，他死后，默默立在西湖之滨，默默地打量着临安城乃至南宋王朝上演的一幕幕悲喜话剧。仅凭一己之力，岳飞根本无法支撑即将倾圮的帝国大厦。他空有一腔热血，空怀满腔壮志，只能在"无可奈何花落去"的凄凉中，在晚风吹拂的无尽愁绪中，目送南宋王朝的最后一抹夕阳……

　　蒙古人在与宋廷联手灭亡金朝不久，即对南宋展开了凌厉的进攻。德祐二年（1276年），当南宋主力全军覆没之后，元兵迅速分兵合围临安。周边守军溃散，官员相继出逃，乞和遭到拒绝，南宋朝廷要么死战，要么无条件投降。作为一个没有血性的朝廷，自然不敢背城死守血战到底。于是，投降便成为南宋谢幕的唯一选择。传国玉玺拱手送至元将伯颜之手，呈上的降表中，南宋朝廷愿"削去帝号"，并下令残剩的地方政权放下武器，只希望元人垂怜开恩，保全南宋皇室。哪怕"临终遗言"，关注的仍是一家之利，臣民百姓的命运与出路，似乎从来就不在他们的考虑范围之列。

　　所幸元人并未像金人进占汴京那样烧杀掳抢，德祐二年（1276年）二月初五，元军进入临安，封闭仓库禁止抢掠，杭州的风华多少得以延续。而与朝廷相关的一切，仍重演了北宋亡国时的悲惨情景，皇宫仪仗、图籍、器物、珍宝等作为战利品陆续运往元大都，宋恭帝、太皇太后、皇太后及其他皇室成员也先后被押解北上。

　　立国一百五十多年的南宋王朝在法理上就此宣告终结。

　　然而，事情并没有就此完结，南宋残存的余脉，仍唱着一曲不肯消散的挽歌。

　　德祐二年（1276年）正月初，执掌朝政的太皇太后谢道清为保存宗脉，接受文天祥建议，封宋恭帝年仅九岁的哥哥赵昰为益王，年仅六岁的赵昺为广王，让他们分镇福州、泉州。临安沦陷前夕，益王赵昰、广王赵昺在少数几位大臣与侍卫的保护下成功出逃。因此，南宋朝廷虽降，但仍有血脉存续，可谓气息奄奄，一时难以寿终正寝。

　　赵昰、赵昺逃到温州，被礼部侍郎陆秀夫、前宰相陈宜中、少傅张世杰等人分别拥戴为天下兵马都元帅、副元帅，然后从海上逃往福州。德祐二年（1276年）五月一日，赵昰在福州被拥立为新皇，改元景炎，史称端宗。一个小朝廷就此建立，南宋香火，大有死灰复燃之势。然而，赵昰毕竟不是赵构，历史看似循环，但时势、机遇与昔日判然有别。元军不像金兵那样优柔寡断、犹豫不决，而对流亡在途的赵昰、赵昺死死咬住，紧追不舍，意欲彻底消灭而不留后患。

可悲可叹的是，前途未卜的流亡小朝廷面对强敌，非但没有积极防御、尽力反攻，而是将"窝里斗"发挥得淋漓尽致。这样的一个破落朝廷，除了国土不断沦陷，行营不断南迁，如丧家之犬不断逃亡外，根本谈不上什么希望与进取。端宗一行从福州逃往泉州，刚开始，泉州城最大的富商蒲寿庚对小朝廷持欢迎态度。可张世杰停泊泉州港后，被这一国际性商贸都市的富裕所吸引，急于扩充实力，下令强征当地船队、资产。蒲寿庚由欢迎到愤怒，一气之下，不仅投向蒙古人的怀抱，还动用私人武装向南宋流亡朝廷发起猛攻。于是，端宗赵昰在一班大臣的簇拥下，只有再次下海漂泊，漫无目的地四处流亡。

据最新发现的一部名为《裔孙方位修造本房自己私谱》的蔡氏族谱记载，南宋小朝廷逃经厦门时，"舟泊海沧"，准备抽调屿头村民为他们下海驾船，奔赴广东。因"居民不从，一夕大兵尽屠之。故屿头诸宗居者迁者，仅存一二人可祀"。一个朝不保夕的临时小朝廷，面对自己的百姓，稍有不从，竟丧心病狂地屠杀全村，只一二人幸免。以致后世无人祭祖，八十多年后编写族谱时，连本房祖先的姓名也无法知晓，只好笼而统之地写上"屿头翁"三字。

这样的一个逃亡小朝廷，我们实难发现其复兴的动力与存续的理由！

赵昰一行一路逃向南海，由潮州、惠州、浅湾而达广州。景炎三年（1278年）四月，年仅十一岁的宋端宗赵昰在广州湾受惊吓病死，陆秀夫等人拥立八岁的赵昺为帝，改元祥兴，行营迁至新会厓山，据险以守。

祥兴二年（1279年）正月，元军大将张弘范大举进攻厓山。此时的南宋流亡小朝廷尚有战船一千余艘，军民近二十万，他们决定拼尽全力，背水一战，绝处求生。然而，命运之神已完全抛弃了存世三百多年的大宋王朝，厓山之战以南宋近十万军民纷纷跳海、慷慨赴死而悲惨结束。

一息悠悠的南宋流亡小朝廷，以陆秀夫怀抱八岁的末帝赵昺投海同归于尽而彻底落幕。

六

武备过于疲弱，宋朝自立世之日起，就很脆弱的哮喘病人般活得令人揪心，既不忍听闻，也不忍目视，更不忍回顾。

由于军人地位低下，许多将士弃武习文，褒衣阔袖，效仿举子。"好男不当兵，好铁不打钉"的俗语便出自宋朝。军人多是脸上刺字、发配充军的犯人，宋代士兵，成为无赖、泼皮、罪犯的代名词。宋军以当时先进的科学技术为先导，最早使用热兵器大炮，指南针也用于布阵作战，但无人习武，庸才充斥，将士离心，哪怕武器装备再先进也是白搭，除了溃败逃亡外，实难指望这样的军队夺取辉煌的胜利。因此之故，"金有狼牙棒，我有天灵盖"之类的顺口溜成为当时的流行语，一点也不足怪。

翻遍三百多年的宋朝历史，无论北宋还是南宋，我以为最为缺少的就是男儿血性。在一种透入骨髓的奢靡柔弱与变态谋略的阴影笼罩下，两宋丧气得简直令人不忍正视。不敢与敌军叫板硬拼，总是一味地奴颜婢膝、委屈求和，以致逢战必败，东丢一城，西割一地，不以为耻，反以为荣，道德悖反，价值错位，尊严全无。以黄袍加身为开端的阴柔谋略，自始至终伴随宋朝之始终，即以对外关系而言，先与金人联手灭辽，反而引来金人的变本加厉，本想分得一杯残羹，结果丢了半壁江山，连皇帝也被金人掳去，落得个千年笑柄；于是又与元人联合，借他人之于雪"靖康之耻"。金国在南北夹击中倾覆灭亡，南宋这回胃口更大，马上违约出兵抢占汴梁、洛阳。不料历史轮回上演，所占之地不仅被蒙古夺回，更引来元人的垂涎南侵，临安沦陷，国祚不保，大宋江山整体易色。军事的柔弱与失败，导致宋朝的中央地位严重丧失，辽、西夏、大理、金、蒙古等几个政权同时并立，长期对峙。中国的版图，由盛唐时期的约一千二百万平方公里，缩减到北宋全盛时期的约二百八十万平方公里，不及盛唐四分之一。与北宋同时的辽，面积竟有四百万平方公里。而南宋又较北宋更为萎缩，整个疆域只有半壁河山（相当于北宋一半多一点），已沦落为一个地方小朝廷了。

赵匡胤靠黄袍加身夺得江山，对武将的猜忌与防范达到了矫枉过正的地步。他提倡武将读书："朕欲武臣读书，以通治道。"对后人立下"家法"：一定要厚待读书人，除非大逆不道，否则不得诛杀。于是，整个社会风气为之一变，文人与读书受到特别重视，两宋文化，的确算得上星空灿烂。陈寅恪道："华夏民族的文化，历数千载之演进，造极于赵宋之世。"此言实不虚也。宋代辞赋，与唐诗、元曲比肩鼎立，一同构成了中国古代文学的三大高峰，其独特的艺术魅力，千百年来不知滋润了多少干涸心田，倾倒了多少文人墨客；宋朝不少皇帝喜好书法，如宋太宗擅长草书，宋真宗留下了"岳麓书院"匾额等墨宝，宋仁宗独创"飞白体"，宋徽宗更是以"瘦金体"闻名于世……在他们的影响下，以"苏黄米蔡"为代表的宋朝书法艺术独领风骚

赵家堡内古榕树

数百年；宋朝的绘画、杂技、戏曲、音乐、建筑等盛极一时；中国现存超过世界任何其他国家的十五万部古籍，其最早、最大的编纂者便源自宋朝君臣；科技之花与文化奇葩媲美斗艳，中国古代四大发明，就有指南针、印刷术、火药等三项出于宋朝。

然而，宋代的科技、经济、文化所呈现的，却是一抹无法辉映整个天空的畸形辉煌。缺少血性与进取的军队，哪怕利用再发达的科技，使用再先进的武器，也只能是豺狼猛虎的口中之食；没有武备做支撑的经济，哪怕再繁荣，也只能为异族掠夺，作为战争赔款的丰盈储备；没有勇猛阳刚贯注其间的文化，无论多么灿烂，也只能是一曲柔靡挽歌……

七

厓山之战结束，陆秀夫怀抱小皇帝赵昺投海自尽；张世杰冲出重围召集余部继续逃亡海上，突遭狂风暴雨，船覆人亡，南宋残剩的最后一支武装力量沉入海底。

当时谁也没有料到的是，宋朝的事儿还未彻底完结与了断。

厓山之战突围而出的南宋残部，除张世杰外，还有一位赵氏的正宗血脉——太祖赵匡胤之弟赵匡美第十世孙、福州闽冲郡王赵若和。他在侍臣黄材、许达甫等人的护卫下，夺得十六艘船只"窜港而出，谋往福州，再举图复"。不料途经厦门海域时，遭遇飓风侵袭，仅四艘船只幸免于难，折往漳浦东面的太武山旁，登岸暂住。为避元人搜捕追杀，赵若和改姓黄（"黄"与"皇"同音），迁至佛潭积美栖身。这里地处海滨，常有海盗骚扰。一次侵袭中，赵若和险遭不测，不得不另寻安身之所。经过一番勘查探访，最终选中远离集镇、山环水绕的湖西硕高地，在此建造房舍，隐身而居。

没想到这一住就是七百多年，隐名改姓的赵氏后人因元朝瓦解于明洪武年间恢复本来面目，先祖逃难幸存的经历不仅"公之于众"，更经民间加工成为当地众口相传的神奇传说。随着人丁的繁衍兴旺，经过赵若和第十世孙赵范、第十一世孙赵义的两次重修扩建，当地耸起了一座仿宋建筑群落——赵家堡。赵家堡于2001年被列入全国重点文物保护单位之后，更是闻名遐迩、广为人知。

挽歌袅袅，回荡不息，余音不绝，直至今日。大宋王朝，可真是一曲令人伤感、引人缅怀、穿越时空的千古绝唱呵！

2008年的一个秋日，我孤身一人专程赶到赵家堡，不为别

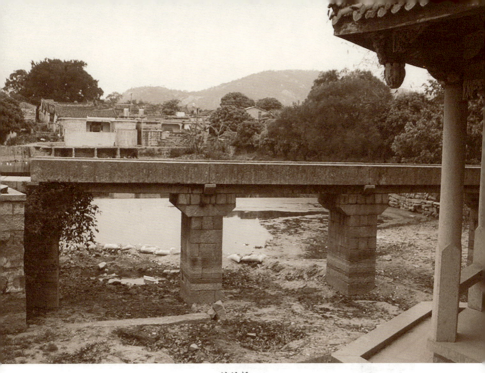

汴派桥

的，就为大宋王朝那畸形辉煌的最后一抹余晖，为赵氏家族那悠悠飘荡、绵绵不绝、不肯消散的一缕魂魄，为心中难以隐去的一丝惆怅……

赵家堡所处的硕高山麓，位于漳浦县的湖西少数民族畲族乡，离漳州市区九十公里，漳浦县城三十多公里，由此可以想见当年之偏远闭塞。

赵家堡初建于宋祥兴二年（1279年），也即赵若和逃难定居之时。当时规模较小，房舍简陋，今日所见，实为明万历二十八年（1600年）至万历三十二年（1604年）以及万历四十七年（1619年）的两次重修扩建。建造者赵范、赵义父子出生于明朝，并先后考中进士，过上了优裕安宁的生活，国破家碎、先祖逃亡的悲伤往事早已随风而逝，然而，大宋王朝除了侮辱与南逃，更多的则是环绕其上的耀眼荣光。不断南迁的赵氏后人不得不面对一个不可否认的铁的事实——那就是根本不可能收复失地

聚佛宝塔

打回汴梁。因此，定居于此的最后一丝余脉，除了隐名改姓、小心躲藏外，根本就没有过半点反抗的举动，哪怕是一丝念头也似乎不曾有过。可他们内心深处，仍不满现状、意存高远、重温旧梦。于是，赵范、赵义父子在扩建赵家堡时，便将一脉相承的王族情结刻意体现在整个建筑群落之中。因此，赵家堡不论单体建筑，还是整体布局，全都模仿北宋故都汴京的风貌。

因此，当我一脚跨进赵家堡，眼中所见，几乎就是北宋汴京的微缩景观。是的，只能是翻版的浓缩景观，其规模气势，远不可与当年同日而语。宋朝由北而南的迁移史，就是一部逃亡史与衰落史。杭州仿汴梁建造，虽一时繁华，但其气度、浮泛、脆弱，实难与汴京相匹配。带着"回光返照"意味的赵家堡，只不过是王子王孙们心中的一种安慰与凭吊罢了。当然，他们也认识到南迁的屈辱，再也不能继续南向逃逸了，赵范、赵义父子所能做的，也仅止于赵家堡而已。于是，他们封死南门，让工匠将北面的城墙向外扩展五丈，改北门为正门，还建了一座瓮城。从此，赵家堡原北城墙基成了一条横跨荷花池的长堤，而堵死的南门则荒草萋萋、杂树丛生。

说到北门、南门，不得不提及赵家堡外围那道高六米，宽四

完璧楼

点三米，长一千零八十二米的高大城墙。明中叶后，倭寇常常侵
扰漳浦沿海乡村集镇，赵家堡也多次遭袭。想当年，北宋汴梁、
南宋临安受北来的金人、蒙古族入侵，隐居赵家堡则遭东来的倭
寇袭击。赵氏家族，似乎总是处于被动挨打的地位。所幸的是，
赵家堡不是汴京与临安，倭寇的多次入侵都被赵氏后人组织的乡
勇击退。其中规模最大的一次发生在明崇祯初年，近千名倭寇围
攻赵家堡，守城居民通过一条秘密通往堡外的地道运送弹药粮
草，顽强坚守一月有余。后在官兵的配合下大获全胜，斩杀倭寇
数百名，剩下的几十名倭寇仓皇逃往海上，从此再也不敢来犯。
这面下为条石、上为夯土的坚固城墙，在御敌斗争中发挥了重要
作用，居功甚伟。
　　作为一座聚族而居的防御城堡，赵家堡对外可以抵抗敌寇入

诒安堡

侵，内里则具备家族的生存与发展功能。

据传赵义为完成父亲赵范嘱托，以"修建城堡，抵御倭寇，造福一方"为由，专门考察了北宋都城汴梁及南宋都城临安的建筑布局。因此，重建、扩建的赵家堡，大有"依葫芦画瓢"的意味：比如赵家堡的外城、内城、完璧楼便仿照汴京的外城、内城、大内三重；鱼池、荷花池则为汴京潘家湖、杨家湖的缩影；汴派桥不仅名称与汴京的汴梁桥相近，其圆拱平板的石桥形状更是模仿得惟妙惟肖；一些特殊建筑如聚佛宝塔不仅克隆汴京铁塔，并按原建筑的一定比例设计建造；其他如城垣、府第、小院、佛庙、戏台等，不仅模仿汴京的相应建筑，其命名也有特定含义，如高耸的完璧楼，便取自典故"完璧归赵"，其寓意不言

自明；南门、汴派桥等，也隐含着一定的喻义……几百年来，这些特殊建筑的典故、隐义经当地民众不断演绎，并与赵氏家族南迁逃亡的历史、赵若和及其后代开创基业的艰辛、湖西畲乡的奇闻、周围秀丽风景的传说等交织在一起，朝廷与民间、真实与虚构、风俗与民情融为一体，雅俗共赏，颇具文化内涵。

堡内有棵高大的老榕树，浓荫遮蔽，在树下纳凉，据说可祛瘴除病。《清明上河图》中的汴梁古都，到处都是枝叶稀疏的杨柳，可没有榕树这一福建常见且被闽人视为神树的树种。赵家堡人将这株榕树视为村宝，据说原来还刻有一块"树在村在"的匾额。辗转南迁，赵氏后裔的语言变了，习惯变了，每到一地，不得不入乡随俗，与当地的自然、人文相互融会。他们永远不变的是对先祖辉煌帝业的追思，对优良传统的坚守，对复国不得的无奈……

在堡内的建筑群间穿行，我见到了一位坐于木靠椅中年逾七旬的老人，交谈中，得知他是赵若和的直系后裔。也许是遗传，也许是千百年来的熏陶感染，这位赵姓老人的举止谈吐，与普通农村老人相比，显然多了一份优雅、安详与自信。

突然想到，大宋皇朝自赵匡胤开国以来，皇位几经辗转移位，后来便有了某种说不清、道不明的变化。赵匡胤兄弟五人，老大、老五早夭，除赵匡胤外，还有老三赵光义，同父异母的老四赵光美。赵匡胤死，兄终弟及，赵光义登上王位，为保证太宗一系的统治地位，赵光义拿宗室开刀，逼杀赵光美、赵德昭、赵德芳。赵匡胤、赵光美两房支系的后代，大多沦为平民。赵构南渡，受惊吓患上阳痿没法生育，唯一的儿子又早逝，不得不将皇位还给太祖赵匡胤的七世孙赵眘，是为孝宗。后经光宗，传到宁宗时，又没有儿子可传了，不得已仍在宗室中挑选皇位继承人。当朝宰相史弥远根本就不想找一位真正的宗室子弟，在他一手遮天的操纵下，登上皇位的理宗与宋氏宗族并无半点血缘关系。好在天怜赵家，理宗死后也没有儿子，只好又在宗室子弟中选择，赵氏的皇位血统这才得以复归。挑来选去，老四赵光美的十世孙赵若和中了"头彩"，被选入宫中。遗憾的是，从未出过皇帝的赵光美一系仍是无缘帝位，最终继位的是另一位宗亲赵禥，仍属太祖一系，是为度宗。赵若和的皇位没了着落，自然不能继续留在宫中，他被封为闽冲郡王，迁往封地福州。临安沦陷，赵若和追随新立的小皇帝赵昰、赵昺不断南逃，直至这个小朝廷在厓山覆灭。

每一次改朝换代，伴随着的往往是数不胜数的残忍杀戮，在血雨腥风的笼罩下，先朝皇族首当其冲。老四赵光美及其后裔虽然从未有人登上皇位，可属于平民、草根阶层的这一系生命力却最为旺盛，传续时间最为长久。

由此，不禁想到了离赵家堡不远的诒安堡，堡内所居，乃赵若和侍臣黄材后裔。当初定居时并无城堡，作为侍臣，黄材所建房舍，肯定比赵若和家族简陋。直到清康熙二十七年（1688年），官至太常寺卿正一品的黄材十四代孙黄性震有了资本，才建造了传至今日的诒安堡。城墙全用条石砌成，虽稍显破旧，但比赵家堡显得更为高大、厚实、坚固。它长一千二百多米，高六点七米，上面筑有宽三点三米的跑马道。堡内现有九十五座石砌民居，全部坐北朝南，红砖红瓦，飞檐翘角，清一色的闽南民间古厝。石板铺就的八条巷道穿插其间，布局井然，显得有条不紊。赵家堡虽也住着一百多位赵氏后人，但诒安堡则显得更具人气，其平民风格不仅亲近随和，且更具生命活力。

从古至今，人类经由神话时代、英雄时代，逐渐向平民时代过渡。大宋王朝的远逝与残梦，似乎也在见证着这一历史变迁。只有昔日匍匐在地、惶恐不已的广大民众日渐站立、挺直腰身，才有可能打造一个富有活力的平民时代，建造一个充满生机的民主社会。

影响中国文化的讲学之地

一

第十六届全国民间读书年会在郑州举行，主办方组织的活动之一，就有少林寺、嵩阳书院之游。少林寺早年去过，听说如今商业化气息颇浓，虽兴趣不大，但为了一睹嵩阳书院之"芳容"，我毫不犹豫地报名参加了。

嵩阳书院为中国古代四大书院之一。"四大书院"之说，最早源于南宋，是对北宋时期影响力最大的四所书院的一种称谓或褒奖，普遍认可的有应天书院（睢阳书院）、嵩阳书院、岳麓书院、白鹿洞书院，或嵩阳书院、岳麓书院、石鼓书院、白鹿洞书院。鹅湖书院建于南宋，因朱熹与陆九渊等人的"鹅湖之会"而享誉天下，加之应天书院日渐衰落，于是也有人将四大书院列为嵩阳书院、岳麓书院、鹅湖书院、白鹿洞书院。不论何种说法，嵩阳书院总在"四大书院"之列，可见其地位历来为众所公认。

这些书院，我去过的有岳麓书院、石鼓书院、鹅湖书院，一直期待着嵩阳书院之游，机会说来就来。

细雨中走过人潮如涌的少林寺，在永泰寺素斋馆用过午餐，然后马不停蹄地赶往嵩阳书院。

验过门票，一行人缓缓前行，走了十来分钟，眼前兀然出现一座新修的牌坊式建筑，上书"高山仰止"四个大字。这就是所谓的仪门了，提醒学子来到如此庄严神圣之地，得注重穿着打扮，言谈举止须符合儒家礼仪才是。

进入仪门，便是嵩阳书院的地盘。导游带领一行人左行参观大唐碑，扩音器里传出她那滔滔不绝的解说。每到一地，我对导游的解说总是抱着一股疑虑，夸张不实之词充斥其间，当然也不乏优秀精到的解说，但也懒得去鉴别，索性与导游保持若即若离的距离，兴之所至地自由观赏。于是，我从正面登上台阶，刚刚跨进嵩阳书院大门，便被一阵乐声吸引，原来先圣殿前正在举行拜孔诵经表演。表演规模不大，仅五人，一男四女，着淡蓝色古装，戴青色儒冠，手捧卷册，在背景音乐中诵读祭孔文及儒家经典。驻足观看，颇合儒家礼仪规范，演员却面无表情，表演单调，虽聊胜于无，但吸引力不大，便移步游览院内景致。

嵩阳书院毁建多次，今日建筑，经当地政府二十多年修缮维护，基本保持了清代原有建筑格局和环境风貌。嵩阳书院的建筑，显得中规中矩，中轴线上排列着五进院落，依次为先圣殿、讲堂、道统祠、藏书楼；左右两边配房，原为程朱祠、书舍、学斋，如今多为陈列室，展示嵩山文化、嵩阳书院历史变迁等方面的文物、图片资料；廊房墙壁，镶有历代文人墨客的题字留言。这些碑刻多为原物，书法作品各具艺术特色，弥足珍贵。

院内建筑，青砖灰瓦，格局紧凑，典型的硬山卷棚式中原民居风格，置身其间，有一种古朴、肃穆、雅致之感，还可感受到儒家朴素、中庸、平和的思想理念。院内植有大片竹林，茂盛的翠竹仿佛具有滤尘洗心之功效，将外面的喧嚣世界隔开，奔波之人，顿时就清静了下来。一时间，只觉清风吹拂，鸟语花香，在琅琅的书声中，我仿佛逆时光而上，眼前出现一幅当年的盛世光景。作为一座书院，其历史实在是太悠久了。一千五百多年前，即北魏太和八年(484年)，这里就有了一座寺庙，因位于嵩山之阳（南麓），故名嵩阳寺，又称嵩阳观、天封观、奉天宫等，是佛教、道教的活动场所，还是唐朝时宫廷皇室的行宫。五代周朝时，改建为太室书院。此地背负嵩山主峰峻极峰，面对水流清澈的双溪河，东边是林泉幽深的逍遥谷，西面是如凤翱翔的少室山，环境清幽，景色宜人，的确是一块不可多得的风水宝地，一个适于士人修身养性、著书立说、讲学读书的好地方。

　　除成片翠绿的修竹外，满目所及，便是郁郁葱葱的树木，多为松柏、槐树与杨柳。常言道，背靠大树好乘凉。大树下不仅好乘凉，更宜于读书修身。面对森森古木，唤起的是沧桑古老的历史。书院内，耸立着两棵高大的柏树，仅看树干，便知多么古老！大的那棵，粗壮的树干因漫漫岁月的侵蚀，分裂开来，或旁逸，或直立，仿佛几棵丛生的柏树，细看，其实就是一棵，葱翠的枝叶构成巨大的绿色树冠，与树皮皱裂的干枯树干形成鲜明对比。青春茁壮于古老之上，不禁想到了中华文化，如果没有传统文化的深厚根基与兼容并蓄，就不可能有古今交融、中西并汇的现代文明。

　　古柏有两棵，相距不远，离院门近的那棵较小，名叫"大将军柏"，而这棵大的却叫"二将军柏"。相传汉武帝刘彻前来游玩，刚进大门，便见一棵巨柏，不禁叫好，脱口而道："真乃大将军也！"继续前行，见到一棵更为高大的柏树，君王一言九鼎，"大将军"已经封赏，这棵只能屈居"二将军"之名了。其实，当年的嵩阳书院共有三棵柏树，长在后院的那棵汉武帝最后看到，依照惯例，只能是"三将军"了。三棵比较，它长得最小，称"三将军柏"也算名副其实。但这棵最小的柏树，寿命却最短，毁于明末火灾。

　　两棵至今仍然活着的柏树，在两千多年前，就已高大得令君临天下的帝王惊叹不已，其寿年之长可想而知。据林学专家推测，它们属原始森林遗物，树龄在四千至四千五百年之间。

　　见过"二将军柏"，我从不同角度拍了好多照片，这才转到"大将军柏"前。这棵柏树不知是盛名难副，还是承受不了自身重量，只见树干斜生，静静地倚靠在一堵围墙上。当然，你也可以说它是睥睨天下，"斜眼"看人，一副典型的"大将军"派头。有人说它因为封了个大将军，高兴得大笑不已，竟将腰给笑弯了，于是成了一棵"弯腰树"。"大将军柏"最引人注目的是它的树干，几乎占了整棵树的一半，大有"袒胸露肚"之势。"大将军柏"树干完整如一，"二将军柏"的树干则"四分五裂"，有人便拿这两棵树"作文章"，说最大的却封了个老二，气愤无比，竟将肚皮给气炸了，于是成了一棵树干分权的空心树。

人们常说名正言顺，"名不正，则言不顺；言不顺，则事不成；事不成，则礼乐不兴；礼乐不兴，则刑罚不中；刑罚不中，则民无所措手足"。看来孔子《论语》所言，还是有几分道理的。

二

两棵古柏，堪称全国最大、最老的柏树，与它们一同见证嵩阳书院历史的，还有一棵位于中轴线讲堂东北的槐树，树干嶙峋，看上去老态龙钟，但树姿优美、枝繁叶茂、老而不衰。可不要小看这棵槐树，它也是大有来头的，为著名理学家程颢、程颐兄弟亲手种植。北宋神宗熙宁至元丰年间（1068—1085年），程颢、程颐在此讲学，种了不少槐树、柏树，唯有这棵古槐幸存，人称"二程手植槐"。

北宋是嵩阳书院的鼎盛时期，这不仅与赵家王朝的重文轻武有关，书院突出的地理位置也是一个相当重要的因素。它东距都城汴京（今开封市）一百多公里，西离西京（今洛阳市）五十多公里，算得上东西两京之间的中转站。这个中转站不仅是物质的，更是文化的。当初谁也没有想到的是，一个小小的书院，作为理学中转站，向南发展至福建形成闽学，竟上升为影响中国传统文化七百多年之久的程朱理学。

程颢为嘉祐年间（1056—1063年）进士，宋神宗时任太子中允、监察御史里行。因反对王安石新政遭到排挤，于是潜心学术，与弟弟程颐创立了一门新的学说。程氏兄弟为河南洛阳人，故名"洛学"，也是当时"濂、洛、关、闽"四大学派之一的代表人物。洛学奠定了理学基础，"二程"称得上理学创始人。他们以嵩阳书院为"平台"，在此修身养性、完善理论、讲学授课、传播学说。他们最得意的弟子有四人——杨时、游酢、伊熔、谢良佐，并称"程门高弟"，其中杨时、游酢都是福建人。

杨时学有所成，南下返乡，恩师程颢将他送出嵩阳书院大门，师生依依惜别。程颢望着高足远去的背影，情不自禁地说道："吾道南矣！"

程颢不仅创立门户，还具哲人睿智的穿透目光。洛学的影响，当时仅仅局限于中原一带。中原长期都是专制正统控制最严、浸染最深的地盘，新的学问一时难以立足，而福建在唐以前还属化外之地。进入宋代，福建士子虽在多次科举考试中有出色表现，但就整体而言，文化的深度与广度与中原不可同日而语，因此，程颢对"洛学"经由弟子在福建的传播寄予了极大的期望。而此时，北宋积贫积弱且金兵日益紧逼，中原眼看就要沦为敌土，文明的重心将发生一次真正意义上的南移。那时的福建，传统文化与新的学说相融汇，可以预见的是，将形成一股蔚为壮观的新文化洪流。

事实也正是如此。杨时回到故乡闽北，收徒讲学，传播二程理学。到他八十三岁离世时，门生已千余之众，被后世誉为闽学鼻祖。理学发展史上的关键人物——罗从彦、朱松、刘勉之、李侗等人，都是杨时的得意门生。从学术渊源来看，杨时一传罗从彦，罗从彦二传李侗，李侗三传朱熹。作为二程四传弟子的朱熹，以洛学为基础，站在前辈的肩膀上，吸纳佛教、道家、陆九渊心学、张栻湖湘学、吕祖谦婺学等诸多学说之长，以恢宏的气势、超拔的气概、包容的大度，完成了对旧儒学的改造，构建了集理学之大成的朱子学说，被全祖望称为"致广大，尽精微，综罗百代"（《宋元学案·晦翁学案》）。这一新儒学思想体系，又称"程朱理学"，后发展为宋明理学。

到了明代，朱元璋更加推崇朱子学说，以朱熹的《四书集注》和《五经》命题试士，下令天下学宫祭祀朱熹，以至有"重朱子所以重孔子"之说；清廷入关，仍利用程朱理学，认为"朱子者，天下之朱子也，万世之朱子也"，此后哪怕有圣人再出，也不可能超过朱熹了……在封建帝王的推崇与操纵下，程朱理学由区域化、民间化走向普世化，朱熹由一名学子，跃升为人们景仰、供奉、朝拜的万世圣人与新的神祇，形成理学七百多年对中国传统思想的绝对统治。

追根溯源，朱熹理学源头，就在嵩阳书院。如果没有这一"平台"，二程理学的传播会大打折扣，与杨时的"无缝对接"也就无法完成。也许，日后就没有南下福建的闽学，难以形成"综罗百代"的朱子学说了。

偶然，在历史的进程中往往起着难以想象的举足轻重的作用。

嵩阳书院大门前的平台仍在，称为"道南台"，又名"吾道南矣"处。

说到程朱理学，人们自然会想起"程门立雪"，这一典故也发生在嵩阳书院。

杨时与恩师告别仅四年，程颢就去世了。杨时闻讯，悲痛万分，在卧室专设灵位祭奠。程颢辞世，而弟弟程颐尚在，十多年后，年近四十的杨时怀着崇敬的心情，专程拜访程颐。仍是在嵩阳书院，正值冬天，风雪交加，他与同学游酢抵达时，适逢程颐在讲堂内闭目打盹。为了不影响老师休息，杨时与游酢恭敬侍立门外。等到程颐睡醒之时，门外积雪已一尺多深。

这一典故出自《宋史·杨时传》，不过还有另一版本，据宋代理学家侯仲良记载二程事迹与学说思想的《雅言》所载，杨时、游酢见程颐正在闭目养神，就静静地站在老师身边等候。等他睁眼醒来，但见暮色苍茫，便让两位弟子明天再来。杨时、游酢来到门外，飘舞的雪花积在地上，已一尺多厚。

对于这两种说法及其真实性，我们没有必要考究，其传达的信息与指向，无非都是对老师的尊崇，对学问的渴求。

讲堂外，有一砖砌月台，便是"程门立雪处"，又称"程门立雪台"。历代多有重修，而今此台，据说为清康熙二十三年（1684年）修建。

程颢、程颐在嵩阳书院讲学十多年，言近旨远，从者如云。"士大夫从之讲学者，日夕盈门，虚往实归，人得所欲。"（《二程集·朱公剡问学拾遗》）弟子朱光庭聆听二程讲课一月，由衷地感叹道："光庭在春风中坐了一月。"于是，"如坐春风"以嵩阳书院为原点不胫而走，凝为成语，至今仍然"活"在人们的口头或笔端。

我造访嵩阳书院如此心切，还与另一人物——北宋政治家、文学家、史学家司马光有关。提及司马光，人们首先想到的是他主持、编纂了中国第一部编年体通史《资治通鉴》。《资治通鉴》家喻户晓，影响深远，其中的第九卷至第二十一卷，就是在嵩阳书院完成的。当年，司马光游嵩山时，发现嵩阳书院东墙外溪水潺潺，溪中怪石嶙峋、水石相激、相映成趣，溪岸芳草萋萋、赏心悦目。他一眼就相中了这一幽静之所，在此买了一块宅地，建了一座名为"独乐园"的别馆，里面藏书上万。每年夏季，司马光便来此避暑、讲学，而正在进行的《资治通鉴》编纂也随之从洛阳移到了嵩阳书院及"独乐园"别馆。

1997年，我花了近一年时间，摒弃俗务，专心致志地通读《资治通鉴》，并做了不少读书笔记。近年有报纸副刊约稿，我翻拣出那些笔记，一边重读原著，一边以《古史今读》为题，撰写《读〈资治通鉴〉系列札记》。拟写二百多篇，每篇两千字左右，已成二十余篇。因之，便想在此好好走走看看，亲身感受一下司马光当年编纂《资治通鉴》的环境氛围，吸取一点灵感，以助系列札记之创作。

三

近年来的全国民间读书年会，每届都有一张藏书票，设计者均为崔文川先生。今年由他设计的藏书票，主体图案便选取了清代著名金石学家黄易绘制的《嵩阳书院》。在刚结束的年会研讨会上，大家一致认为今年的藏书票是所有年会中设计制作得最好的一枚。

那是清嘉庆元年（1796年）九十月间的事了，黄易带着两名拓工，前来嵩洛一带踏访碑刻，写有《嵩洛访碑日记》，并做《嵩洛访碑图册》。黄易是一位金石资料的发现者、搜集者与收藏者，他总是倾其所藏，慷慨示人，用于学术研究。

黄易访碑，不仅用文字生动地记录寻访古碑的经过，还亲笔绘图，描摹现场，留下了不少珍贵史料。纸本墨笔画册《嵩洛访碑图》共二十四幅，涉及等慈寺、大觉寺、中岳庙、少室石阙、开元寺、太行秋色、少林寺、会善寺、白马寺、嵩岳寺、伊阙、龙门山、香山、奉先寺、邙山、老君洞等名胜二十四处。每幅图片，构图简约，用淡墨干笔突出所画景物，虽疏淡超逸，但古意盎然，并自题名称，加以注释。《嵩阳书院》为《嵩洛访碑廿四图》第六帧，设色，篆书题跋如下：

> 嵩阳书院在太室南麓，门外唐天宝三年徐浩分书碑最高
> 大，阴刻熙宁辛亥张琬、宣和乙巳卢汉杰题记。院内墙阴得
> 嘉祐庚子文璐公、大观庚寅张果、政和戊戌王郇等题字。东
> 墙有元符二年宋傅小楷书真武经，最精。旧有宋人石幢翊圣
> 真君秘诰，今佚。瞻将军柏二，大者七人围，次三人围，俱
> 森茂可观，院中有堂有楼，毕师秋帆先生抚豫时所葺也。

黄易题跋稍左，另有一则补记：

> 汉柏二株有图勒于石，昔门人莫绩轩携其二子读书于
> 此。其长君今京兆韵亭屡拓此柏属题，予前后为此柏赋长歌
> 者五度矣。丙辰十二月廿日，方纲。

落款的方纲，即当时著名的金石名家翁方纲，黄易正是在京
城结识此人，才得以进入清乾嘉时期的金石研究圈。

前来探访嵩阳书院的名人甚多，我所知的还有晚明文学流
派——"公安派"领袖、古代十大散文家之一袁宏道。袁宏道，
字中郎，字比名更其响亮。几年前，我为这位四百多年前的湖北
公安老乡写过一部长篇传记《晚明风骨·袁宏道传》。记得他于
明万历三十七年（1609年）奉命典试秦中（主持陕西乡试），
任务完成后，喜好游历的他逛遍秦中名胜，然后出陕西，入河
南，游嵩山，写有《嵩游五篇》，其中《嵩游第三》所写便是嵩
阳书院。其时，院内三株柏树皆在，他在文中写道："观汉三
柏，大者七人围，皮如皱石，望之若山，干不甚修者，土掩其本
也。……柏之得封也，必以伟，在汉已为故物，前此之积埃，又

不知几许。"他还写了三首咏柏诗,其中的《嵩阳观古柏口占二绝》写道:

(一)

苔甲生生裂水波,苍皮十度手摩挲。
问君那只高如许,汉垒唐基积几多。

(二)

云散烟飞岫亦枯,风霜不上老肌肤。
山中怪事知多少,石母生儿定有无。

论及吟咏嵩阳书院的诗歌,最有意思的当数山长耿介于清康熙十八年(1679年)写的《嵩阳书院四时读书乐,效紫阳夫子体》,诗分为春夏秋冬四章,请看春天第一章:

绿满平芜草色齐,燕子初归白昼迟。
映溪桃李才烂漫,夹岸杨柳正参差。
一年好景是青春,古人读书惜寸阴。
读书之乐乐未央,夜来微雨长新篁。

耿介好友、学者窦克勤紧追其后,写了《奉和耿逸庵先生嵩阳书院四时读书乐》,此后还有钟国士、梁家惠、耿尔昌、李佩衡等奉和不已,一时传为佳话。

由《奉和联逸庵先生嵩阳书院四时读书乐》,想到每年一届的全国民间读书年会,也是对古人访学问学、刻苦研读的一种传承与呼应。前来游览的与会代表,都是些来自全国各地的"书虫",算得上真正而纯粹的书人。

逛完书院建筑，我不禁回望了一眼门楣上的匾额，"嵩阳书院"四个大字赫然在目。清光绪二十七年（1901年），光绪帝下旨，改全国书院为西式学堂。光绪三十一年（1905年），嵩阳书院改为嵩阳高等小学堂。直到近年，书院复兴，全国各地或重修、或新建，兴起一股"书院热"。一座座应运而生的书院，便是一块块新的文化阵地。当然，它们不可能回到古代，不可能原封不动地移植、照搬昔日功能，应与时俱进，海纳百川，不仅传承"国学"，也须传播西学，中西并举。

崔文川先生设计的藏书票面，黄易绘制的嵩阳书院建筑右前方，一块石碑格外醒目。这便是大唐碑，全称"大唐嵩阳观纪圣德盛应以颂碑"。该碑高九米多，宽二米多，厚一米多，重八十多吨，享有"嵩山碑王"之称，号称"稀世宝"。大唐碑刻立于唐天宝三年（744年），历经一千二百多年风雨洗礼，碑文已漫漶不清。据史料记载，全文一千零七十八字，由李林甫撰文，主要叙述嵩阳观道士孙太冲为唐玄宗李隆基炼丹的故事，是唐代隶书的代表作品。

游览就要结束了，一行人站在仪门前纷纷拍照，头顶"高山仰止"四个镀金大字，更是意味深长：凡属真正的学问与崇高的德行，皆在我辈仰望之列，"虽不能至，然心向往之"。

我与黄妙轩、李树德两位先生分别合影，又为浙江代表李剑明（季米）、励双杰、许新宇、章玲拍照，然后加入其中，一同合影留念。

仪门留影，"咔嚓"一声，留住的不仅是短暂时光，从某种角度而言，也定格了书院的历史与文化。离开仪门，嵩阳书院渐行渐远，但内心，仍与肃立仰望、踏入仪门之时并无二致。

朱熹的首仕与归宿

首仕：朱熹与"紫阳过化"

朱熹十九岁考中进士，位列王佐榜五甲第九十名，因成绩不是太佳，直到三年后，即南宋绍兴二十一年（1151年）春，又经铨试，方授官左迪功郎、福建泉州府同安县主簿。

绍兴二十三年（1153年）五月，朱熹由故乡崇安出发，从建溪南下，沿闽江至福州，经莆中、泉州，一路访学问道。七月，朱熹取道南安县，经小盈岭进入同安。

南宋时期，县主簿官列从九品，据朱熹《建宁府建阳县主簿厅记》所言："凡户租之版，出内之会，符檄之委，狱讼之成，皆总而治之，勾检其事之稽违与其财用之亡失，以赞令治，盖主簿之为职。"可见主簿之职，主要是协助县令管理簿书、符檄、狱讼、赋税、教育等事务，位在县令、县丞之下，县尉、主学之上，相当于一县之管家。

主簿官职虽小，但对从小便具有一种神圣使命感的朱熹而言，显然提供了初试身手、崭露头角的"用武之地"。

朱熹上任伊始，所做的第一件事，便是"推行经界"。

所谓经界，指土地、疆域的划分。"推行经界"，确定田亩，目的在于整顿赋税，增加朝廷财政收入。南宋初年，兵火连连，文籍散失，胥吏税收之时，往往与兼并土地的大户相互勾结，隐田漏税。绍兴十二年（1142年）十一月，左司员外郎李椿年针对这一弊端，上疏条陈"经界不正十害"，首倡"推行经界"。朝廷采纳，颁诏施行，开始了一场全国范围内声势浩大的正经界运动，勘查田亩、丈量土地，扭转隐田漏税、赋税不均的社会弊端。此后，尽管受到地主、官僚的强烈反对，在推行与阻挠之间不断反复，但这一举措，作为南宋朝廷清理田赋的主要形

文公书院内朱熹塑像

式，收到了一定的效果。

李椿年主持经界时，福建的泉、漳、汀三州未曾推行。本来，这三州的经界已"打量"了八九成，却因福建路提点刑狱公事孙汝翼以山贼没有平息为由，上奏朝廷，最后取消了。朱熹刚到同安，就感受到了土地兼并及隐田逃税现象十分严重，"细民业去产存，其苦固不胜言，而州县坐失常赋"（朱熹《条奏经界状》）。为调整赋税不均之弊，增加县府财政收入，朱熹不顾此前停罢经界的禁令，在县令陈元滂的支持下，自行清查版籍田税。朱熹初来乍到，不仅没有根基，且仅为一介主簿，人微言轻，很快就遭到了同安上下既得利益者的反对，不得不中途作罢。

"推行经界"受挫，朱熹并未心灰意冷，转而整顿吏治。听说永春县令黄瑀有一套惩处奸吏、督收赋税的"良方"，朱熹专程前往永春登门求教，然后加以"改造"，作为吏治新法付诸实践。《语类》卷一百零六便道出了他的追税及防吏作奸犯科办法："昔在同安作簿时，每点追税，必先期晓示，只以一幅纸截作三片，作小榜遍贴云：本厅取几日点追甚乡分税，仰人户乡司主人头知委。只如此，到限日近时，纳者纷纷。然此只是一个信而已。如或违限遭点，定断不恕，所以人怕……某向为同安簿，许多赋税出入之簿，逐日点对金押，以免吏人作弊。"

朱熹在同安任主簿期间，做得最成功的并非"簿事"，而是"学事"——兴文讲学、整顿民风、以礼治民。为此，他付出了更多的精力与心血，也更令人所称道。

当时，秦桧专政，严禁"洛学"。学校不得讲授"义理之学"，天下学风，江河日下。同安县学受其影响，学舍破落，藏书寥寥，学生只习科文、辞章，懒散不已。朱熹见此情景，痛心不已，决定破除旧习，建立县学体系，重振学风。

同安县学原有四斋，后裁汰两斋。朱熹恢复四斋旧制，重取斋名，新选各斋斋长，并作《四斋铭》《讲座铭》。针对县学诸生"晨起及学，未及日中而各已散去"的慵懒情形，朱熹又作《同安县谕学者》《谕诸生》《谕诸职事》等文，劝谕他们以"义理之学"为宗旨。不仅如此，他还亲自为诸生讲学，聘请徐应中、王宾等当地贤达之士充任职事，严罚不遵学则、破坏学风的不肖生徒。

一番整顿，终于扭转了同安的学风，迷途士子由追逐辞章到精研义理、重回经学。于是，一批有用之才，如许升、戴迈、吕侁、林峦、柯翰、陈齐仲、王近思、杨宋卿等，纷纷投入朱熹的门下。他们之中，年龄最小的许升仅十三岁，最大的柯翰已年过五旬。

朱熹发现，县学藏书不仅数量少，且所藏之书，大多残脱。绍兴二十五年（1155年）正月，朱熹通过关系，多方搜求，共得经书九百八十五卷，在文庙大成殿后新修经史阁予以收藏。他还在明伦堂建了一座教思堂，通过讲学，吸取了大批民众。

在整顿民风方面，朱熹采取的一项重大举措，就是修建苏颂祠（又名苏公祠、苏丞相祠）。

苏颂，宋天禧四年（1020年）生于同安。五岁那年，他随即将供职汴京文馆的父亲离开故乡，北上千里，直到逝世，再也没有回来过。苏颂高寿，活了八十二岁，从政五十多年，历经五朝，受过迫害，蹲过监狱，政治生涯跌宕起伏。他虽以政治家立身，位极人臣——丞相，但其政绩平平。苏颂学识渊博，其功绩主要在于科学，在科技领域创下七项世界第一。

朱熹首仕同安，离苏颂逝世不过五十多年，乡人已对苏颂知之甚少，"虽其族家子不能言"。有感于此，朱熹建祠纪念，以振兴教育，扭转社会时风。苏颂虽然没有显赫的政绩，但他为人

文公书院

正直，恪守法规，不奸不贪，两袖清风，堪称楷模。朱熹所看重的，正是苏颂的道德风范，为此，他写了五篇文章，对苏颂的终身节俭、公正清廉大加推崇，称他"道学渊深，履行纯固，天下学士大夫之所宗仰"，"惟公始终一节，出入五朝，高风响乎士林，盛烈铭于勋府"，"然而始终大节，可考而知，则未有若公之盛者也"，"以是心每慕其为人"。

除苏公祠外，朱熹还将同安县城朝天门内的荣义坊改为丞相坊以纪念苏颂。由于他的大力倡导，苏颂这位乡贤逐渐为当地百姓知晓，其学识风范，不断激励、鼓舞后人。

朱熹当年所建苏公祠，或遭兵燹，或遇大火，多次毁弃，又多次重建。如今的苏公祠修葺一新，位于同安孔庙。进入祠堂，供奉的苏颂半身纪念像两旁贴着一副对联："存小心与宋千古，识大义唯公一人。"横批为"正简流芳"。正简，是宋理宗朝对苏颂的追谥。

朱熹刚到同安，在县衙右边的主簿廨办公、居住，那儿离孔庙不远，前往县学督导十分方便。主簿廨因年代久远，"皆老屋支柱，殆不可居"，幸而署内西北角还有一间房子，地势高旷，前后两进，敞亮宜居。可喜的是，屋内凿有一个水池，一座小桥跨卧其上，池边植有梧桐、杨柳，疏密相间，颇有几分情致。朱熹与夫人刘氏、长子朱塾搬入其中，将其名为"高士轩"。对此，朱熹在《高士轩记》中写道："……主县簿者虽甚卑，果不足以害其高，而此轩虽陋高士者，亦或有时而来也。"朱熹知足常乐，对高士轩的幽雅环境颇为欣赏，情不自禁地吟咏抒怀："官署夜方寂，幽林生月初。闲居秋意远，花香寒露濡。"（《高士轩诗》）第二年，次子朱塾在此呱呱坠地。

同安地处偏远海滨，开发虽早，但文化教育一直较为落后，"民俗强悍，民风不醇"。朱熹尽管年轻，但已熟谙理学精髓，"其教人无非格言至论"。为"使父子、君臣、夫妇、长幼、朋友各尽其道"，朱熹不辞劳苦，深入乡村，体察民情，采风问俗。每到一地，都要"敦礼义，厚风俗"，不遗余力地"教化"民众，贯彻他的"志道、据德、依仁、游艺"四大教育内容。同安多山地丘陵，纵横起伏，河流切割，地形破碎，交通不便，而他在三年多的时间里，几乎走遍了同安的山山水水、村庄寨堡，留下了六十多处文化遗迹。

朱熹好山，县城近郊的大轮山、北辰山自然去得最多。大轮山风景优美，有座梵天古寺，隋朝敕建，唐高宗时落成，比今日名气颇大的厦门南普陀寺要早三百多年。朱熹"登山临水，处处有诗"，游梵天寺留下了四首诗歌，其二《梵天观雨》颇具意境，堪称佳作：

> 持身乏苦节，寸禄久栖迟。
> 暂寄灵山寺，空吟招隐诗。

"铜鱼"碑

读书清磬外，看雨暮钟时。
渐喜凉秋近，沧洲去有期。

除诗作外，朱熹还根据大轮山景点特色，题写了不少言简意赅的"墨宝"，如"大轮山""战龙松""寒竹风松""瞻亭""极目""偃月台""圭石"等，"瞻亭"石刻至今犹存。

梵天寺后的山坡上，耸立着一座修复的文公书院，又称紫阳书院、大同书院、轮山书院。这座泉州府最早的官办书院于元至正十年（1350年）由同安县尹、孔子第五十三世孙孔公俊创建，前奉孔子，后祀朱熹。因朱熹逝后赐谥"文"，世称文公，故名文公书院。书院最初位于同安县城学宫东边，明嘉靖年间，在享有"理学名宦"之誉的乡贤林希元的提议下，依原制迁于大轮山梵天寺后。文公书院屡毁屡建，最近一次毁于"文化大革命"时期的破"四旧"中，1987年重建。院内有座栩栩如生的朱熹雕像，里面最珍贵的文物，当数朱熹石刻像：像碑高两米，宽约零点九米，据传是朱熹对镜自画的半身像——头戴纶巾，身着儒服，袖手而拱，面带微笑，眉宇间透着一股蕴藉自信的风采。

北辰山离县城约十二公里。这里怪石嶙峋，风景独特，最著名的景观是十二龙潭。朱熹登临此山，不仅挥毫写下"仙苑"二字，还留下了一首长达二十行的五言古诗《与诸同僚约奠北山》。

　　此外，莲花山、香山、文圃山等地，不仅留下了朱熹的足迹，还留下了众多他的"墨宝"及传说。如朱熹取"华岳莲花"之义，在莲花山题写"太华岩"三字，镌刻于石，成为厦门境内留存下来的年代最早的摩崖石刻；他登临香山，顺道探访友人许衍，为许氏家庙撰写对联"千峰起伏奔腾前狮后马，九水回环映带右鹊左鸿"，并在香山寺后山麓手书"真隐处"；当地民间，流传着"朱熹三探莲花山"的传说，而朱熹游香山时留下了"香香两两"的联句让人答对……

　　同安县城，是朱熹待得最多的地方，留下的遗迹自然远甚他处。同安县城形似银锭，故称"银城"；又因南溪有三块石头形状像鱼，颜色似铜，故名"铜鱼城"。这"铜鱼"之名，便源自朱熹。对此，清人高有继在《铜鱼赋》中写道："石系以鱼，肖形而号；鱼系以铜，肖色而称。谁其名之，紫阳远示。"在东溪与西溪交汇处，有"铜鱼石"三块，"金车石"两块，南面一块逆水石上，刻有隶书"中流砥柱"，据传便由朱熹所题。明清地方官员，对"铜鱼"的保护十分重视，在此盖有铜鱼亭。"文化大革命"期间，亭毁池填，2009年1月修复。

　　位于城东鸿渐门外的东桥，离朱熹住所县衙不过半里之遥。他常散步至此，写有《雨霁步东桥玩月》一诗：

> 空山看雨罢，微步喜新凉。
> 月出澄馀景，川明发素光。
> 星河方耿耿，云树转苍苍。
> 晤语逢清夜，兹怀殊未央。

　　古同安县域，包括今天的厦门市各区、漳州市龙海角美镇以及金门县。朱熹采风问俗，深入各地，当来到灌口蔡林社时，

被眼前的奇山异水、夕照晚霞、樵歌渔唱等自然、人文胜景吸
引，不禁为蔡林社题拟"八景"——圃山夕照、珠屿晚霞、金龟
寿石、玉井泉香、沙堤岸影、渔网蝉影、连道樵歌、文江渔唱，
每景附七绝一首，道出风光、风情之内蕴。揆诸源头，同安最早
的特色"八景"，便出自朱熹，此后才有"厦门八景""丙洲八
景"及金门的"浯洲八景"等。

厦门（又称嘉禾屿）、金门（又称浯洲屿）两岛，浮于海
中，只能乘船渡海前往。其时，厦门岛尚未建城，人烟稀少，
朱熹来此，专为探寻唐代文士陈黯遗迹。陈黯才华出众，但科举
不第，隐居嘉禾屿金榜山。陈黯自号"场老"，因此金榜山又名
"场老山"。朱熹游历山中，一边考究，一边题咏，留下了石刻
"迎仙""谈玄石"，写有诗歌《金榜山》："陈场老子读书
处，金榜山前石室中。人去石存犹昨日，莺啼花落几春风。藏修
洞口云空集，舒啸岩幽草自茸。应喜斯文今不泯，紫阳秉笔纪前
功。"朱熹还撰有三百来字的《金榜山记》，为陈黯整理遗稿
《裨正书》（三卷）并作序。朱熹前往厦门岛，不仅探访了位于
二十三都的金榜山，还游览了其他各地。岛内的文公山便因他而
名："文公山，在城东二十一都虎山北。相传朱子尝游其巅，故
以为名。"（清道光版《厦门志》）

金门一直隶属同安，直到民国四年（1915年），才正式设立
县治。朱熹渡海金门，主要是采风、视学、讲学，且多次前往。
据清光绪版《金门志》转引《沧浯琐录》所记："朱子主邑簿，
采风岛上，以礼导民。浯即被化，因立书院于燕南山，自后家弦
户诵，优游正义，涵泳圣经，则风俗一丕变也。"由此可见，朱
熹到金门不仅以礼导民，还创建书院，以文化民，彻底改变当地
风俗。自朱熹登岛过化，金门民众，家家诗书，户户业学，薪火
相传，哪怕赤贫如洗，也以子弟读书为荣。据有关资料统计，同

朱熹手植三株挡风古榕树

安县古代科举共有文武进士二百二十四人，其中金门就达五十名。为感念朱熹的教化之功，金门人专建朱子祠，于每年农历九月十五日举行朱子冥诞祝祷、祭典。

与此同时，同安的山乡、风物、习俗对朱熹也产生了较大的影响。二十四五岁的年纪，其思想正处于转型、成熟的特殊阶段。来同安之前，朱熹受武夷三先生刘子羽、刘子翚、胡宪以及道谦禅师影响，潜心佛教，影响颇深。刚到同安，他写了《步虚辞》《寄山中旧知》之类的佛老诗歌。大轮山梵天寺是他的佛国圣地，还为泉州名刹开元寺题了一副对联："此地古称佛国，满街都是圣人。"然而，佛老势力不断膨胀，已在闽地造成严重危害：与同安毗邻的漳州寺院田产，竟占全州土地的七分之六；仅福州一地，就有大小寺院一千五百多座。面对这一现实，朱熹不断反思，在繁忙的簿吏事务之余，研读儒经，重新认识《论语》《孟子》。

绍兴二十六年（1156年）春，朱熹因公事前往德化县，夜宿剧头铺寺院。寒夜之中，他苦读《论语》，杜鹃声声，思索通宵，终于悟出儒家的真谛就是"事有小大，理却无小大"，对禅学的"有理一无分殊"不禁产生了怀疑。随着思索与探讨的不断深入，他对佛老的怀疑与日俱增。

正是在同安，朱熹进入了"逃禅归儒"的转型。这种转型，并非虚无主义的全然弃绝，而是在吸收佛道精华的基础上完善理学，由"以心会理"到"即事穷理"。正因朱熹兼收并蓄，"致广大，尽精微，综罗百代"，才使得他成为理学的集大成者。面对一套二十七卷的《朱子全书》，我在《朱熹：理学的拓展与困境》一文中曾感慨不已地写道："除读书之多、著书之多、书中所涉问题之多无人企及外，我敢说，朱熹还是中国古代唯一有别于传统思维模式，将抽象与思辨推向前所未有的高度，并构建了庞大知识结构与认识体系的百科全书式的学者。"同安作为朱熹理学乃至闽学的发祥地，享有朱子学"开宗圣地"之誉，可谓实至名归。

绍兴二十六年（1156年）七月，朱熹任职期满。八月上旬，他到泉州等候批书，住在位于南安县九日山的九日山房。这是泉州知事陈称为儿子陈瓘建造的一座读书室。他在这里研读儒经，开始更深层次的反思与超越。十二月底，朱熹将夫人、孩子送回崇安，第二年春再返同安。因不再任职，他搬出县衙高士轩，闲居城北名医陈良杰馆舍"畏垒庵"。又等了一段时间，继任者莆田人方士端仍未接任，"法当自免归"。绍兴二十七年（1157年）十月，朱熹自行离开同安归返故里。

朱熹于绍兴二十三年（1153年）七月就任同安县主簿，绍兴二十七年（1157年）十月归去，前后四年零四个月。他任职主簿三年，加上赋闲时间，在同安待了三年半多。

　　朱熹活了七十一岁，一生担任地方官员七年多，在朝廷任焕章待制兼侍讲四十六天。而同安，是他的首仕之地。他为官时间三年多，对当地产生了深远的影响。民间将他与两千多年前开疆拓土的许滢相提并论："许滢开疆二千载，朱熹过化八百年。"许滢，河南许州（今许昌）人，汉武帝时任上柱国左翊将军。西汉建元六年（公元前135年），闽越王反叛，许滢奉命入闽平乱，驻扎营城（今同安大同镇）。闽越之乱平定后，汉武帝刘彻敕令他"永驻斯土"。从此，许滢及其士卒在此戍守，繁衍生息，成为中原汉人入闽第一人。据《同安县志·旧志序》所记，朱熹厉行风教，同安由此"礼义风行，习俗淳厚。去数百年，邑人犹知敬信朱子之学"；《同安县志》卷四十一写道："闽之文学以漳泉为最，而漳泉尤以同安为最。盖在朱子过化，文风日盛耳。"

　　朱熹母亲为安徽歙县人，父亲朱松曾在歙县城南紫阳山老子祠习书，在福建政和县任县尉时，自署"紫阳书堂"。受父亲影响，朱熹自号"紫阳"，书房也题为"紫阳书房"，人称"紫阳先生"，学派称为"紫阳学派"。因此，后人将朱熹任同安县主簿期间的教化民众，称为"紫阳过化"。

　　朱熹主簿同安，与当地士民建立了深厚的友谊，即将离去，众人依依不舍，一路长送，一直送到同安与南安交界的小盈岭。当年，朱熹正是从此处进入同安，并赋有《小盈岭道上偶成》一诗："今朝行役是登临，极目郊原快赏心。却笑从前嫌俗事，一春牢落闭门深。"小盈岭夹于两山之间，岭口犹如一个漏斗，东北风可由此长驱南下，当地居民常为风沙所苦，岭南的地名就叫沙溪。为治风沙，朱熹专来此地考察，认为在岭口建造一座石坊加以阻隔，可抵御风沙南下。石坊建成，朱熹题匾"同民安"，意为"安斯民于无既也"，还在一旁亲手种下三棵榕树，助石坊

扳辕石

挡风。从此，小盈岭不仅少了风沙，同安一邑也大为受益，以至"井邑平康"。

越过小盈岭，前面就是南安县了，同安士民扳住朱熹车辕，希望他在同安再多停留一刻。"同民安"石坊前，至今立有一块石刻，上书"扳辕石"三个大字。"卧辙攀辕挽去衣，扶携追送各依依。亦知旧邑还须借，犹恐鸿飞去不归。"同安乡贤、明嘉靖朝进士洪朝选描写当地百姓送别县令谭维鼎之诗，其情其景，与当年送别朱熹当无二致。

石坊几经沧桑，屡毁屡建，清乾隆朝重建时，改"坊"为"关"。既为关隘，便有士兵把守，设置墩台，驻塘兵二十名，军事防御、交通控制、征收关税三者兼具。

如今，经过重修的关隘，朱熹手书的"同民安"碑匾格外醒目；关隘门后建有一座禅寺，虽是南安地盘，却归同安管理；寺院前关隘一侧，朱熹当年手植的三棵榕树，历经八百多年风雨，翁翁郁郁，浓荫匝地，成为一道别致的风景。

朱熹在同安的"紫阳过化"，使得这里的文化教育水平得到了极大提高，呈现出"海滨邹鲁，文教昌明"的气象。三十七年后，年逾六旬、思想成熟的朱熹以理学大师的身份又一次来到闽南，出任漳州知事。他采取正经界、蠲横赋、敦风俗、播儒教等措施，在漳州地区开展全面变革，以图"振民革弊"。一年任期内，他仅在整顿学校、吏治与民风方面取得了较大成功，其他方面则乏善可陈。他常到州学、县学巡回督察，亲自讲授《小学》，出版《四书集注》，创建受成斋，教导武生员，提出"身修家齐，风俗严整，人心和平，万物顺治，隆及后世"的办学方针……于是，体系完善的朱子学作为一种新的理学文化，终于在闽南地区（今厦门、泉州、漳州）迅速传播，并扎下根来。

朱熹理学诞生之时，有着一股强劲的生命活力，当其上升为统治者的精神支柱，作为凌驾于一切学问、理论、流派之上的统一思想七百多年之久，可以想见的是，会给华夏民族造成怎样的束缚、狭隘与短视。

伴随着文明的兴盛，朱熹的"三纲五常""三从四德"也深入人心，闽南妇女受害最深，摧残尤烈。受"朱子家礼"影响，"女子出门，必蔽其面"，遮面的花头巾美其名曰"文公兜"。据有关学者考证，惠安女今日出门，仍披戴头巾，就是当年同安风俗在闽南地区的传播、影响与留存。在"饿死事小，失节事大"的桎梏下，一个个鲜活而美丽的生命以自戕的方式，获取所谓的烈女、贞节、节孝之名，换来一块块冰凉冷漠的节孝匾及一座座死气沉沉的贞节坊。

我在研究福建地域文化时发现，鸦片战争之后，同属福建的厦门与福州作为东南沿海五口通商的其中两个口岸，在西方文明的冲击下，近代福州涌现出林则徐、严复、沈葆桢、林纾等一大批影响深远的伟人、巨人与名人，而同样得风气之先的厦门却严重缺席，一个也没有。究其根源，应该说与朱熹不无关联。正是他在闽南地区推行的封建理学，长期以来似一道无形的枷锁，压抑了当地民众的锋芒与激情，束缚了他们的思想与个性，禁锢了他们的创造与活力。

当然，朱熹被历代统治者作为工具加以利用，并非他本人之过！宋代时期，同安节妇甚少，在明、清两代，进入《同安县志》者有一千一百五十多人。据颜立水先生《朱熹首仕同安》一

朱子书院

书考证，古同安境内有一百一十座石牌坊（不包括墓道坊），其中旌表烈女、节妇的石牌坊四十座，全为明代万历年后所立。

　　"文化大革命"时期，一场"批林批孔""评法批儒"的运动席卷全国，朱子学被视为反动的吃人哲学；朱熹作为"孔子第二"的儒家领袖、反动道学家受到前所未有的声讨、攻击与批判；特别是在"法家爱国，儒家卖国"的评价准则下，朱熹由大圣人一变而为投降派与卖国贼。尽管如此，朱熹的形象，仍受到同安当地民众的景仰。据有关资料统计，古同安现存朱熹遗迹、遗物十七处，纪念朱熹的现存遗物十五处；一些关于朱熹的故事、传说及体现他具有先见之明的"朱文公谶"，仍在民间广为流传；最近，同安吕实力芗剧团根据朱熹为民除害的一则传说，创作了歌仔戏《朱熹点化鳄鱼精》；同安县衙旧址经过改造，朱熹当年办公、居住的主簿廨，已改建为朱子书院，占地约六百平方米，前、中、后分别为门头小院、书院讲堂、高仕轩馆。近年来，同安着力打造朱子文化地标，创建朱子文化品牌，推出了两条朱子文化旅游路线。金门县每年都要举办朱子文化节。2016年5月21日，厦门同安区也举办了首届国际朱子文化节……

回归理学本义，还原朱熹的个人努力与修为，我们看到，作为一个小小的主簿，朱熹当年的"紫阳过化"，对当地的影响，超过了任何一个所谓的大人物。这种影响，涉及社会、思想、文化、教育、民生等诸多方面，至今犹存。这不能不说是一个值得研究的文化现象与人文奇观。

归宿：朱熹的建阳情结

真正研究、了解朱熹的思想与学说，缘于《永远的驿站》（东方出版中心2006年6月第1版）一书的创作。作为一部描写福建地域文化的系列散文集，朱熹是一个无法绕开

武夷精舍旁朱熹塑像

的关键性人物。朱熹当年在闽北的活动区域，我仅去过武夷山一地。因此，有关朱熹辞世及下葬建阳的描写，只能凭借资料与想象。对此，我在《多维视野中的朱熹》一文中写道：

> 朱熹死时，理学仍被朝廷视为"伪学"遭到禁绝。作为"伪学魁首"的他，在世俗社会特别是势利者眼中，是一位避之唯恐不及的"瘟神"。然而，他的死却深深地牵动了遍及四面八方的学徒门生。他们决定聚集在信上之地，举行一次大规模的会葬。当权者获悉，采取种种手段严加防范。尽

建阳考亭书院石牌坊

管如此，朱熹下葬于建阳县九峰山大林谷时，仍有近千人前来奔丧祭奠，《宋元学案补遗》则说"会葬者六千人"。在一个偏远的山区小县的一个更为偏远的山谷之地，又有统治当局的禁绝与防范，一下子涌出近千人或六千多人，该是一种怎样的声势与威力呵！

于是，心中就存了一份念想：什么时候得找机会去建阳朱熹墓看看。直到2014年6月，应邀参加《美丽建阳》创作采风活动，不仅了却这份心愿，还使我对朱熹与建阳的关系有了更加深入的了解，有关朱熹的一些疑惑也有了明晰的答案。

建阳位于武夷山脉南麓，面积三千三百多平方公里，并非小县，也没有我想象的那么偏远，曾为建阳专署、南平专署治所。南平市行政区划近期调整，市政府驻地也由南平迁至建阳。

建阳作为福建省最古老的五个县邑之一，有着丰富深厚的文化历史底蕴。

　　建阳西郊的童游镇考亭村，耸立着一座高大的考亭书院石牌坊。抵达建阳的当天下午，我们一行便前往参观。牌坊为四柱三间五牌楼结构，上面刻有麒麟、雄狮、仙鹤、凤凰等祥禽瑞兽，造型古朴生动；匾额上的"考亭书院"四个大字，相传是宋理宗御笔。这里，便是朱熹当年创建的考亭书院所在。

　　南宋绍熙三年（1192年）六月，考亭新居建成，初名竹林精舍，朱熹定居此地。两年后扩建，更名为沧洲精舍。直至庆元六年（1200年）三月九日病逝，朱熹大部分时间，都在考亭讲学、著述。建阳，是朱熹晚年的定居之所，朱熹人生的最后驿站。此时的朱熹，已是理学宗师、学界泰斗。他所置身的考亭，一个名不见经传的小地方，一时间成为名闻遐迩的理学中心，吸引了无数学子的目光。他们从四川、湖广、江浙等南方各地负笈启程，历程长途跋涉，风尘仆仆地汇聚于此，在朱熹的引导下，研经读史，穷究性理之学，探求济世良方，寻找人生奥秘……于是，一个新的学派——中国理学史上著名的考亭学派就此诞生了，且日渐成熟，扩展开来，影响此后的中国古代社会数百年之久。

　　伴随奇迹一同成长的，是考亭书院的不断扩建。考亭书院由朱熹最初"前堂后室"的简陋居所，经过历代重建修葺，具有藏书、奉祀、教学三大功能，为诸生肄业之所，且规模宏大，占地面积一万多平方米，仅主体建筑，就有石坊、仪门、明伦堂、集成殿、启贤祠等。考亭书院虽一次毁于洪灾，两次毁于兵燹，但经过重修扩建，一直焕发着勃勃生机。只是到了"文化大革命"时期，这所拥有七百多年历史的考亭书院才被拆除得荡然无存。今日我们唯一见得着的，便是这座立于明嘉靖十年（1531年）的石牌坊。

　　夕阳西下，斜晖脉脉，面对巍峨古朴的"考亭书院"牌坊，

武夷精舍

我的眼前，不禁浮现出随山势高低起伏的书院建筑，以及无数学子聚精会神、皓首穷经的情景，与当下社会的喧嚣浮躁、汲汲钻营，形成一种鲜明对比。

朱熹的知识、学说、思想，在书院学习、实践、切磋而成，也经由书院传授远播、深入人心、影响社会。因此，他的一生，与书院有着难舍难分的不解之缘。据有关资料统计，朱熹与全国六十七所书院关系密切。其中，他读书、讲学的书院四十七所，题写诗词的书院十三所，修复的书院三所，创建的书院四所。这四所书院，除武夷精舍外，其余三所——寒泉精舍、云谷晦庵草堂、考亭沧州精舍都在建阳。

朱熹一生，辗转南北，与多地结缘，尤以闽北各县为甚。朱熹祖籍江西婺源，出生福建尤溪，求学于政和、建瓯、浦城、松溪，常于顺昌、邵武访友讲学，移居武夷山崇安五夫里四十余年，在同安、漳州"紫阳过化"，前往江西九江、湖南潭州等地为官……所有这些有过关联的地方，他对建阳似乎情有独钟——

不仅晚年定居于此，死后下葬于此，就连年轻时参加科举考试的户籍所在地，也是建阳县群玉乡三桂里。

朱熹这种难以割舍的建阳情结，其渊源何在？

朱熹第一次前来建阳的时间，据可考证的文字，系绍兴十年（1140年）五月。在京城任职的父亲朱松因反对秦桧议和，遭贬回闽。朱熹随父亲从浦城来到建阳，入住大潭山下朱松二妹即朱熹的姑妈家中。这年他虚岁十一，与表哥邱子野相处甚欢。朱松与考亭陈氏家族交往密切，来到建阳，少不了前往考亭拜访，自然要带上十分喜爱的儿子。考亭背负青山，距建阳城关大潭山约五里，清澈的麻阳溪从此经过，山环水绕，景色十分迷人。对此，朱松在日记中写道："考亭溪山清邃，他年可以卜居。"考亭迷住了朱松，想将此作为安居之所。遗憾的是，不到三年，他就在寓居地建州（今建瓯）环溪精舍病逝。但是，这一遗愿却在儿子朱熹心中播下种子，萌芽成长，直到长成一棵参天大树——由此可见，朱熹晚年定居建阳考亭，也算水到渠成。

为求生存发展，朱松病逝前安排后事，将不到十四岁的儿子托付给崇安五夫镇的好友刘子羽。于是，朱熹奉母携妹离开建瓯，前往武夷山五夫镇，拜刘子羽为义父，在屏山脚下、潭溪之上开始新的人生。

从此，朱熹在武夷山生活、著述、讲学四十多年之久，以致著名历史学家蔡尚思写道："东周出孔丘，南宋有朱熹；中国古文化，泰山与武夷。"他认为武夷山之于朱熹，正如泰山之于孔子，是他们学说的发祥之地。泰山、武夷山是两座巍峨的自然山峰，而孔子、朱熹则是两座高大的中华传统文化山峰。

当然，这四十多年间，朱熹并非全部待在武夷山，还在外地为官断断续续七年（一说九年），在建阳莒口马伏寒泉精舍、东山云谷晦庵草堂隐居十年。

作为一名大儒，朱熹身上有着一股难以抑制的隐士倾向。一段时间，他访禅问学，出入佛老，以心观心，以心会理，最后又逃禅归儒，完成了从"主悟"到"主静"，再到"主敬"的学术历程。朱熹从政，命乖运蹇。一旦官场受挫，他身上的隐士倾向就"抬头"了，总是找寻一处山清水秀、风光幽静之地，一边舔舐"伤口"，一边在学问中找回迷失的自我与自信。

乾道五年（1169年）九月，朱熹七十岁的老母祝氏夫人病逝，官场不顺的他立即返乡，与擅长风水之学的得意门生蔡元定一同为祝氏夫人寻找安葬的风水宝地，最后选中了建阳崇泰里寒泉坞（今莒口马伏良种场旁）。第二年正月，朱熹葬母于此，并在墓旁建寒泉精舍，一则守墓尽孝，二则埋头著述，梳理总结这些年的学术心得。

一直寂静的寒泉坞，因朱熹的隐居变得热闹起来。对此，朱熹在给弟子蔡元定的一封信中写道："寒泉精舍才到即宾客满座，说话不成，不如只来山间，却无此扰。"

孝宗淳熙二年（1175年）初夏，著名理学家、"婺学"创始人吕祖谦专程前来拜访朱熹。两人的弟子也闻讯赶来，各有二十多人，开始了长达一个半月的学术盛会——寒泉之会。这场脍炙人口的研讨会，一个最重要的成果，便是在争论、商榷中达成共识，编撰了一本传至今天的理学入门书《近思录》。

一次，朱熹游览离寒泉坞不远的云谷山，发现这里的西山、庐峰等处古木苍苍、溪水潺潺、环境清幽、风景绝佳，正如他在《云谷二十六咏》中的《草庐》一诗所言："青山绕蓬庐，白云障幽户。"于是，朱熹又在云谷山建了三间草房，取名晦庵草堂，将隐居之地移至这一更为幽静的所在。

朱熹自葬母守孝，至淳熙六年（1179年）离开晦庵草堂前往江西星子县任南康军知军。这十年期间，除短暂外出，他一直在建阳莒口的寒泉坞、云谷山隐居，专事著述。据《紫阳朱氏建安谱》记载，朱熹在此完成了《家礼》《论孟精义》《资治通鉴纲目》《论语集注》《孟子集注》《周易本义》《诗集传》《伊洛渊源录》等著述，共计十九部二百六十六卷。

朱熹钟情建阳，还与夫人刘氏有关。朱熹十七岁那年，建阳萧屯刘勉之将女儿刘清四许配给朱熹为妻。刘勉之是朱熹父亲的生前好友，朱松病危之际曾致信诀别。刘勉之原居崇安五夫里白水草堂，后迁建阳萧屯（今考亭破石）。由此可见，朱熹也属建阳女婿。就在朱熹隐居建阳莒口的孝宗淳熙三年（1176年），与他相伴三十多年的夫人刘氏病逝。朱熹悲恸不已，葬刘氏于建阳黄坑后塘大林谷。

大林谷位于建阳西北，离城区八十多公里。那里山高林密，十分偏远，我们乘车前往，在路上行驶了约一个半小时。当年山路崎岖，若从考亭步行而去，得一两天时间才行。朱熹对风水之学颇有研究。他母亲下葬的寒泉坞，附近有座太平山，山北有片树林，名"寒泉林"，林中有个湖泊，曰"天湖"。朱熹母亲祝氏夫人墓，就葬在寒泉林中的天湖之侧。曾有风水先生对朱熹道："龙归后塘，乃先生归藏之所。"另有一说，是朱熹在睡梦中神人对他言"龙归后塘"。不论何种说法，都将朱熹的最后归宿之地指向黄坑镇后塘村。经过一番考察，朱熹发现黄坑（旧名唐石里）九峰联峙、层峦叠嶂、古木参天、一溪穿流，是块难得的风水宝地。"山分罗带天风静，地抱金沙雨露深。"于是，朱熹掘双穴葬妻于此，为自己与刘氏合葬后塘埋下了"伏笔"。

淳熙六年（1179年）冬，朝廷诏命朱熹前往江西知南康军。临行之前，朱熹赶往大林谷告别亡妻，正值大雪，道路难行，不禁赋诗一首："春风欲动客辞家，霖缭纵横路转赊。行到溪山愁绝处，千林一夜玉成花。"（《唐石雪中》）

　　宋光宗绍熙二年（1191年），朱熹长子朱塾在浙江金华病逝。其时，朱熹正在漳州知事任上。中年丧妻，老年丧子，悲痛欲绝的朱熹葬朱塾于建阳大金山（今莒口镇社州村）后，决意辞官回乡。

　　日暮乡关何处是？此时的朱熹，不禁有点发愁了。他首先想到的自然是崇安五夫里，那里尚有一座故居紫阳楼呢。但是，经过一番抉择，他将晚年的安居之地最终选在了建阳。不回五夫镇的原因，可能与夭亡的长子有关。那里的山山水水、一草一木，都留下了父子间的美好回忆，触景必然生情，晚年生活在一种悲伤压抑的氛围之中，实非朱熹所愿。他定居考亭后，在给陈亮的一封书信中写道："五夫所居，眼界殊恶，不敢复归，已就此卜居矣……其处溪山却尽可观，亡子素亦爱之，今乃不及见此营构，念之又不胜痛也。"

　　建阳葬有他的母亲、妻子、长子；后塘大林谷是他理想的归葬之地；考亭"溪山清邃""却尽可观"，是父亲朱松"可以卜居"的地方，也是亡子朱塾平素喜爱之地；朱熹年逾花甲，著作等身，理学思想已然成熟，考亭离建阳城区较近，且环境清幽，闹中取静，是一处建立书院、传授学问的好所在。在古代，学说、思想的主要载体是文字、书籍。而建阳作为中国古代三大雕版刻书中心之一，印书业十分发达，被誉为"图书之府"。建阳刻印的"建本"，与浙江临安的"浙本"、四川成都的"蜀本"齐名。朱熹在《建宁府建阳县学藏书记》中写道："建阳版本书籍，行四方者，无远不至。"建阳书坊，为朱熹印刷书籍颇多，如《近思录》《南轩集》《二程集》《二程外书》等，还出版过不少其他儒学、理学著作，并为书院生员提供大量教材……诸多因缘凑在一块，使得朱熹不再犹豫，将人生最后的八年时光，定格在了建阳。

朱熹与弟子蔡元定、真德秀、陈淳等人塑像

　　因为朱熹的存在，建阳考亭声名远扬，影响超越闽北，超越福建，成为南宋学术研究、书院教育的中心，就连金人也知朱熹大名。于是，天下学子纷纷前来求教，诸多名流慕名拜会切磋。绍熙三年（1192年）春，著名诗人辛弃疾赴福建提点刑狱任，专程来到建阳考亭拜访朱熹。他认为"历数唐尧千载下，如公仅有两三人"，对朱熹推崇备至。当年六月，朱熹新屋落成，辛弃疾又赶来庆贺。

　　晚年朱熹，除以"天下第一大儒"的身份举荐入朝为皇帝讲学四十六天外，其余大部分时间，都在建阳教学、著述。至今仍留有姓名、生平、履历可考的建阳考亭朱门弟子，共有二百一十五人。这些学生，都是当时的社会精英。而因各种原因被历史风尘埋没的考亭朱门学子，更是不计其数。朱熹在考亭完成的著述，主要有《孟子要略》《周易参同契考异》《韩文考异》《楚辞集注》等。他经数十年精力撰著的《四书集注》，在建阳书坊也有刻本问世。朱熹临终之时，已经重病缠身，还为学生授课，撰写未完稿《诗集传》。死前三天，他在家人与门人的搀扶下，仍手握毛笔，颤巍巍地修改《大学·诚意章》。

　　庆元六年（1200年）三月初九，朱熹辞世。辛弃疾闻讯，挥

朱熹母亲墓

毫写下挽联："所不朽者，垂万世名；孰谓公死，凛凛犹生。"十一月，朱熹石椁从考亭运至后塘大林谷，长长的送葬队伍走了六天，才抵达目的地，将其与其夫人刘氏合葬一处。当年留下的"伏笔"，此时得以"照应"。就当时的人口、环境、交通等情形而言，前来奔丧、送葬的门生、亲友、同道等数百人乃至近千人并非虚言，而《宋元学案补遗》所记"会葬者六千人"，就有些夸张了。

在建阳的三天采风时间里，我们游览的朱熹遗迹景点，除考亭书院石牌坊外，还有朱熹母亲墓，朱熹与夫人合葬墓，其得意门生蔡元定墓，建阳书坊古迹书林门牌坊，潭山公园门外广场新塑的朱熹大理石雕像等，甚至还抽暇去了邻近的武夷山市五夫镇，观赏朱熹故居紫阳楼及兴贤古街。特别值得一提的是，朱熹墓、朱熹母亲墓、蔡元定墓等建阳古墓葬，馒头状的土堆上，密密麻麻且极有规则地砌满了光滑的鹅卵石，显得十分别致，与我此前所见的纯土堆坟墓或水泥砌筑墓葬迥然有别。

朱熹与建阳，实属相得益彰。建阳美丽富饶的山水，为朱熹提供了适宜的生活讲学之所，为他的著书立说带来了充沛的灵气。他的思想学说在不断的锤炼中走向成熟，走出福建，走向全国，乃至超越时空。朱熹创作了歌咏建阳山水的诗歌近百首，他在建阳的足迹遍及城关、莒口、麻沙、界首、崇雒、书坊、徐市等十一个乡里，他的血肉之躯最终也与建阳大地融为一体。朱熹在建阳的活动，有力地提升了当地的文化品位。

建阳过去立有"南闽阙里""文公阙里"牌坊，如今享有"朱熹故里"之称，可谓实至名归。

布衣上疏可回天

一

前往福建平潭县采访之前，听说那儿有个"布衣告状"的传说。及至到了当地，方知"布衣告状"并非传说，而是一段真实的历史。

百姓告状鸣不平，自古多矣，而被告为官府，则鲜有听闻。在其位谋其政，官员上疏是其应尽的职责，但无官无职的布衣向皇帝上奏，实属罕见。发生在明朝洪武年间的平潭布衣林杨上疏事件，便是这少之又少的一桩"个案"。

历经元末农民大起义，明朝建立之初，太祖朱元璋所要解决的主要问题是对内休养生息，恢复生产，发展经济；对外抵御北虏、南倭。北虏指逃往塞外的蒙古残余势力，他们做梦都想恢复昔日对中原的统治，南倭即侵扰东南沿海的日本倭寇。倭寇烧杀掳抢，凶残暴戾，给沿海地区的广大民众带来了极大灾难。朱元璋采取的对策有三：一是海禁，"倭患起于市舶"，"奸豪与之交通"，明廷错误地以为是开放导致了倭寇的来袭，于是因噎废食地强制取消市舶机构，断绝与日本的往来，不准私人对外贸易，严禁民众下海；二是强迫沿海居民内迁，海边成为荒无人烟的弃地，使倭寇无财可掠，无人可掳；三是加强海防建设，在东南沿海扩充守备兵力，增造战船，增设卫所，修建城寨、烽燧、墩台等，对倭寇予以严厉打击。

平潭是一个年轻的岛县，建县历史不过百年。主岛平潭历称海坛，为福建第一大岛，全国第五大岛，居台湾、海南、崇明、舟山之后。其时，朱元璋派遣心腹干将江夏侯周德兴前来福建督镇军务，筑城十六座，增设巡检司四十五个，挑选一万五千名丁壮防守。周德兴所修十六座福建卫所中，有福建第二大岛东山岛的铜山城，第三大岛金门岛的金门城，皆置守御千户所，却唯独没有在福建第一大岛海坛筑城。其缘由在于海坛当时属福清县辖地，而福清归福州府管辖，海坛离福清县城约一百五十里，海岛孤悬，天远地偏，周德兴的着眼点，在于福清全县，便将卫所建在了明初福清的重要港口海口镇。守住海口，也就保住了全县。海坛岛没有设置卫所，岛上居民的安全无从保障，他们面临的出路只有一条——内迁。除海坛岛外，福建其他内迁的岛屿，还有湄洲岛、澎湖列岛、南日岛、崳山、鼓浪屿、大嶝岛、小嶝岛等二十多座。

国人安土重迁，岛民普遍不愿离开。但朝廷严旨，若有违抗，即以杀头论处；行动稍稍迟缓，便有兵弁在官吏的率领下施以暴力，强行驱逐。

正是洪武二十年（1387年）的平潭岛民集体内迁，引出了布衣林杨的一纸上疏。

据叶向高《独行传》所述："福州指挥李彝以勘地至，索贿无厌。杨素任侠有气，为里中所推重，率里人逐彝。彝怒，上言'海坛去邑远，距小琉球一日程耳。'逐并徙。下令三日为期，后者诛。仓卒不得舟，编门户床箦为筏以济，值暴风，十九覆没。"

叶向高（1559—1627年），福清人，曾在明朝万历后期、天启年间两次为相。他为同乡林杨撰写这篇《独行传》时，距当时已经两百来年了。因此，其中既有史实，也有推测，且不乏民间传说的成分。比如将海坛居民内迁，归咎于福州指挥李彝的索贿，便与当时的客观事实不符。福建第一大岛海坛不设卫所，岛民内迁，实出于东南沿海防御的整体考虑，并非一个卫所指挥就能上言左右。在林杨的奏疏中，不仅没有提及李彝索贿，对内迁之事反而深以为然："圣德广大，念周遐荒，以臣等群居隔海，缺乏城池，乃发德音，下明诏，徙之内地，以康其生，非为有罪而比之罚。"但地方官员的假公济私、贪赃枉法自不可免，一旦遭到民众反抗，或未达预期目的，就会变本加厉地迫害百姓。对此，林杨在《奏疏》中写道："不意奉命之臣，不能上体圣意，下悉民情，文移星火，势急雷霆。三日之内驱臣等登舟，焚臣等房屋，拆臣等基址。"奉命之臣不顾百姓死活，限令海坛岛民三日之内离开故地，如此逼勒，更多因素在于官员好大喜功、草菅人命。

平潭岛东部为台湾海峡，岛体平均宽约二百公里，最窄处仅一百三十公里；与大陆之间，隔着一条南北长约四十公里，宽三点三至十公里的海坛海峡。岛民内迁，必须横渡狭长的海坛海峡。仓促之间，几万岛民一下子找不到那么多船只，只好以木门、床板为材料做筏，冒险横渡。没有想到的是，突遇暴风，所渡舟筏，十分之九倾覆沉没。其实，就当时情形而言，哪怕出于沿海防御的全局考虑，百姓内迁也不必如此急促。执行者只要稍发善心，宽延十天半月，于百姓而言，就会减少不少损失，避免许多无妄之灾。

林杨，便是这任人宰割的小民百姓中的一员。居于海坛，为了生存，他时而耕于田垄，时而下海捕鱼，身兼农民、渔民之职。与一般岛民不同的是，林杨受祖辈、父辈影响，耕种捕捞之余，常吟诵诗文。林杨先祖林浩，本为南宋官员，蒙兴宋亡，耻于为蒙古异族效劳，遂渡海隐居，不求闻达，唯求道德之完美、人格之完善。林杨生于元朝至正五年（1345年），父亲林炎早逝，生前常教育他说："立德为上，立功次之。"因此，四十三年来，林杨虽一直生活在故乡，毕竟受过良好的家风熏陶，饱读诗书，内心充满着一股急公好义、勇于担当的凛然之气。

林杨带着母亲陈氏、三个弟弟、一个妹妹，在三日之内必须完成的内迁浪潮中，和众百姓一同漂流过海。全家人侥幸逃脱风暴侵袭，舟筏漂至福清龙江之畔，后随遇而安，在海口镇务厚村草草定居。

林杨画像

事情到此也就罢了，没有想到的是，所迁之民虽离开故土，但田赋杂税一仍其旧。也就是说，林杨一家既要上交现耕地的新税，还要缴纳原居之地业已荒废的田地旧税。不仅海坛岛移民如此，东南沿海受倭寇侵扰的福建、浙江、广东三省所迁居民无一例外。

当朝官员一点也不考虑百姓死活，只要期限一到，便按登记在册的户籍、人口、赋税严格征收，毫无宽待。官员征收赋税自然没错，但总得讲点道理才是呵！想想看，人已迁居新址，昔日之地业已抛荒，还要缴纳过去的赋税，"生者代死者之纳，存者代亡者之偿"。这简直就是强盗逻辑，哪像堂堂正正的朝廷所为?!我常感叹于当今社会的一个最大弊端，就是缺少逻辑与常识，没想到古代官员更是如此。

实税、虚税加在一起，对抛弃产业、背井离乡的百姓而言，无疑雪上加霜。林杨不禁仰天长叹道："伤哉海上民也，间关流离，仅而获济，此之不蠲，不死海，且死赋矣！"侥幸逃脱风暴的岛民，虽然没有葬身海底，也要死于这沉重的苛捐杂税。是可忍，孰不可忍!布衣林杨再也按捺不住心中义愤，挥毫写下《奏蠲虚税疏》。

二

也许，林杨生前作过不少诗文，但流传下来的，只有这篇一千二百多字的《奏蠲虚税疏》。

文虽不长，但看得出来，从未参加科举，压根儿就没想过求取功名的林杨，作为一名地地道道的布衣，却是熟读诗书，通晓历史。文章叙述清楚，要言不烦，文采斐然，且在措辞用语、表情达意等方面特别讲究策略艺术，其中不乏政治家的谋略和眼光，与那些酸朽、迂腐的科场、官场中人相比，不知要清醒、高明多少倍！

在《奏蠲虚税疏》中，林杨开门见山地点明上疏目的，"为恳蠲虚税以救遗民残喘事"；正文首先指出君民"上下相资"的要害关系，民众在饥寒、劳苦、危乱三方面有赖于国家的稳定昌盛，而"国家之威非民力不张，国家之需非民财不裕"，"倘民不聊生，何以效力？民力既尽，又何以输才？"一番宏论之后，林杨笔锋一转，就自己的个人遭遇谈开，认为皇上朱元璋肃清天下，"民已安矣，物已阜矣"，没想到遇上了内迁之事，仓促渡海，"遗其器物，撇其畜养，粮食不能尽随，资财多致失落。兼风涛大作，人力莫支，覆没之余，死亡过半"。好不容易安顿下来，本指望得到皇上休养生息的政令，没想到有司违背常理，还要按原额征收以前赋税，点滴不肯改变，半点不能通融。奏文中，林杨写出了相关的具体数目，说明他下过一番认真调查的工夫："臣等旧居福清县海坛山，周围八百余里，田地七百八十四顷，粮米五千余石，盐额正耗五千余斤，夏税秋租为钱三十余万文，鱼课二千余担。"海坛移民经过一场死里逃生的迁徙，本已十分困厄，大多家庭一贫如洗，却又遭受如此逼迫勒索，以致"十死而无一生，十亡而无一存"。写于此，林杨悲愤已极，却不得不讲点策略，先扬后抑："臣等何幸生当圣明之时，与太平君相同其世。"为了不激怒皇上，一番恭维之后，道出百姓不堪承受的困厄惨痛："何不幸遭此转徙之苦，不获与太平草木同其生。"生逢太平盛世，小民却连一棵草木都不如。面对此情此景，他林杨一人、一家又算得了什么？只是那些流离失所、满路啼哭的万家百姓实在可怜，出于良知与责任，他才不得不站了出来，为民请命："故臣不避斧钺之诛，甘触雷霆之怒，昧死吁天，忘生叩地。"他希望皇上"除虚业之税额，清逃亡之户口，救其疾苦，定其居而授其田，奠其生而抚其伤"，给老百姓一条活命的生路。

明洪武二十二年（1389年），林杨怀揣一纸疏文，独自一人踏上了赴京之路，以求上达天听。明代法律严酷，官吏视人命如草芥，朱元璋更是一名残暴无比的帝王，与秦始皇相比，在某些方面实有过之而无不及。他对威胁统治地位的大臣，对贪赃枉法的官员，对看不顺眼的百姓，动不动就是剥皮斩首，诛灭九族。对此，林杨有着十分清醒的认识。明洪武二十年（1387年）海坛岛民内迁，他之所以拖了两年时间才前往京城，不外乎两点。其一，对皇帝及其官员抱有一定的幻想，希望他们能够体谅百姓的疾苦，主动蠲免赋税。眼见统治者变本加厉，林杨才迫不得已上疏。其二，林杨并不是一个莽撞之人，他心细如发，心明如镜，做了大量前期准备工作。他既希望朱元璋采纳疏奏中的建议，开恩于民，又以"我不下地狱谁下地狱"的大无畏精神，做了坐牢乃至杀头的最坏打算。

年届四十五岁的林杨上有老母，下有儿女，他将家事托付给两位弟弟，义无反顾地踏上了凶险莫测的旅程。临行前，母亲陈氏勉励儿子勇往直前，不要牵挂年迈的她："民死迁已过半矣，今又死赋，是无子遗也！而能持尺疏，叩九阍，万一得邀天恩，救此一方，而之功德立矣，奚以老妇介怀！"

朱元璋消灭割据、赶跑蒙人、定都南京不久，曾考虑北迁，却迟迟没有行动，很大程度便出于东南海防安全的需要。福清离南京两千多里，古时交通不便，林杨满怀希望，日夜不停，风雨兼程，好不容易赶到京城，等待他的，却是一场灾祸——刑部以抗粮抗税的罪名，将他打入大牢！

好在林杨早将生死置之度外，牢狱之灾，毕竟胜过杀头，狱中的他，倒能安然处之。

没想到的是，这一关，就是十八年之久。

世事之荒谬，世道之惨烈，常超出人们的预料与想象！

三

林杨上疏，系于牢狱，其经过、缘由并无文字记载。

据当时的情形及后来的推测，林杨不论通过何种途径，总归是将《奏蠲虚税疏》递给了朝廷相关部门。至于是否呈达皇上朱元璋手中，就很难说了。

朱元璋虽然残暴无比，以铁血手段严惩豪强，但他出身农民，对农村、农民一直怀有深厚的感情。他对国家的治理，追求的便是一种人人都是自耕农，人人都有饭吃有衣穿，人人都能自给自足的"小国寡民"社会。他采取的一系列措施，就是试图将整个中国变成具有田园风光的乡村社会，将中华民族的每一成员全部农民化。朱元璋在位期间，曾下诏减免租赋、赈济灾民七十多次。就一般情形而言，如果他接到林杨疏奏，得知内迁岛民遭受的苦难，定会下诏蠲免虚税。由此推断，林杨疏奏被"有司"扣压未报的可能性最大。

当然，从另一角度而言，谁也没有胆量扣押林杨直接呈给皇

林杨诞生地石碑

上的疏奏,一旦被朱元璋知晓,处罚之重可想而知。因此,也不排除《奏蠲虚税疏》确实送达朱元璋手中的可能。他废丞相,大权小权独揽,每天要阅览两百多件上报,处理四百多件事务。历代王法规定,民不能告官,否则,输要杀头,赢则充军。也许,朱元璋虽然觉得林杨的疏奏句句在理,却为一介小民僭越礼法胆敢上疏的行为所激怒,便将其打入牢狱,免税之事自然也就搁置一旁,不了了之。专制集权的一个主要特征,就是君意难测、君命难违,小民百姓之祸福,往往系于君王的好恶与一念之间。

　　林杨进监,没有钱财打点,不得不忍受狱卒的虐待,"手铐脚链之处满生虫蛆,遍体节疮,十指不能伸张"。而福清的家人,更是望眼欲穿。母亲盼望长子归来,家人早日团聚,一年未归,两年未归……时间一长,不禁愁肠郁结,卧病在床。家人终是放心不下,四处筹措经费,派林杨大弟林榔前往南京,打探看望。林榔返回途中,因所带钱粮全部接济兄长,突染重疾。孤零羁旅，无钱医治，结果病逝于江苏金坛客邸，尸骨无归。

林杨十八年冤狱，无人过问，不加理睬，不予审理，历经太祖朱元璋、惠帝朱允炆、成祖朱棣三位皇帝，直到永乐四年（1406年），才被"开恩"释放。而这时的他，已被折磨得瘦骨嶙峋、不成人形，并从年富力强的中年人变为年逾花甲的老者。

林杨出狱，明廷拟授一官半职。对做官本来就不感兴趣的他，经过十八年牢狱之苦，更是认清了官府本质，自然坚辞不就。他说："吾一布衣待罪，幸不死，且免重累，分愿足矣，敢他觊乎！"

明廷虽然没有名正言顺地给他平反，但总算给了一个"说法"，实与平反无疑。可吊诡的是，他上呈的《奏蠲虚税疏》，仍如泥牛入海，没有半点回应。封建专制政体，最为缺少的就是自身纠错机制。荒诞的赋税政策仍在执行，浙、闽、粤三省内迁居民不得不继续承受官府的盘剥与压榨。

林杨出狱，拖着年迈虚弱的身子回到福清，方知母亲早已病逝，大弟为探狱无辜殒命，堂兄为救他耗尽家财，不禁悲从中来，痛不欲生。回到家乡的他，又活了十三年，于明永乐十七年（1419年）病逝，享年七十五岁。临死之前，他的心中充满了无尽的遗憾：疏奏被压，虚税仍存，不知何日得免……

其时，林杨为民请命、上疏系狱的事迹，已在民间广为流传。对于朝廷长期征收虚税这一荒诞之举，所有明朝官员，皆视而不见，置若罔闻，竟然没有一人以大臣身份，堂而皇之地站出来，正气凛然地为民请命。官场之黑暗，官员之无良，百姓之无奈，由此可见一斑。

明宣德元年（1426年），也即林杨病逝七年之后，他的上疏终于引起了明宣宗朱瞻基的注意。刚刚登基的朱瞻基不满旧政，决心革除积弊，振兴朝纲。布衣林杨所撰已近四十年的《奏蠲虚

林杨纪念祠外景

税疏》，被他从一堆发黄的案卷中翻出。展卷阅毕，朱瞻基当即派员前往福清、海坛查明情由。根据复勘事实，宣宗很快下诏，批准林杨所奏，豁免闽、浙、粤三省内迁移民虚产赋税；还授他"高行"谥号，钦赐白水岛屿，以资褒扬。

布衣回天，"一疏利及三省"，林杨地下有知，当可瞑目含笑九泉。

从此以后，内迁移民的虚税得以蠲免，他们"欢若更生"，饭前必先祝祷林杨，并绘其像立庙祭祀；三省各界名公硕望，极力推崇、颂扬林杨的功德；叶向高为他撰写《独行传》，题有"韦布回天"匾；林杨的事迹，《福州府志》《闽书》《福清县志》《平潭县志》等均有记载；而那篇《奏蠲虚税疏》，则被收入纪晓岚编纂的《钦定四库全书》。该书所收著名奏疏，从唐至清，仅三十八篇，作者除林杨为一介草民外，余者皆为朝廷命官。长期以来，家乡福清、平潭以林杨为荣，视他为乡贤，宣宗诏令刚下，便在福清海口修了一座"韦布回天坊"以做纪念。如今，平潭县山门村留有林杨故居遗址，建有林杨纪念祠。

"义举动天地，青史留美名。"林杨以其急公好义、不惧牺牲、舍弃一切的凛然正气，问政上疏，不仅获得了民间赞美，也得到了官方认可。

中国古代社会对朝政的监督，多为官员所为，一般是大事廷议、小事上封，而像林杨这样的百姓监政之举，可谓绝无仅有。这种超越传统的行为，当事人唯有冒死犯颜、囚于牢狱、迁累家室，付出惨痛的代价，庶几才能获得成功。

有人认为，林杨的《奏蠲虚税疏》是中国民权、民主思想在其艰难发展历程中的一座里程碑。此言一点也不为过。

当封建社会解体，专制政体覆灭，现代民主社会的一个最大特征，就是人民当家做主。只有官员树立以民为本、服务于民的理念，布衣问政、百姓监督成为常态，社会在前进的过程中，才会少犯错误，少走弯路，从而步入良性发展的轨道。

曾国藩的功名与修炼

一

2014年金秋时节，在长沙友人的陪同下，我花了两天时间，专程探访湖南境内与曾国藩相关的遗迹景点——白玉堂、富厚堂、靖港水战遗址、曾国藩墓。

白玉堂是曾国藩的诞生之地；靖港水战是他兴办团练、组建湘军、出师衡阳后遭遇的一次惨败；富厚堂是他人生鼎盛时期建于故乡的一所富丽堂皇的住宅；而曾国藩墓，自然是他最后的归宿之地了。四处景点，几乎贯穿了曾国藩的一生——从生命的成长到历经坎坷的拼搏，从事业的辉煌到人生的终结。

四处景点位于三地，相距甚远，初访靖港，次而墓地，然后是富厚堂、白玉堂。为叙述方便，还是从白玉堂起笔，这里虽属最后探访，却是曾国藩生命的起点。

古人十分讲究风水，曾国藩也特别看重此点。风水融自然环境与人文因素于一体，撇开其中的神秘成分，还是有一定科学道理的。

白玉堂位于双峰县荷叶镇天坪村高嵋山下，源于九峰山的神冲河穿村而过，流入涓水河汇入湘江。这里有苍翠的青山、茂盛的草地、盛开的鲜花、碧绿的河水、清脆的鸟鸣、丰饶的物产。它们滋润了曾国藩的童年、少年时代。二十五岁赴京赶考时，他赋诗一首吟诵故乡道："高嵋山下是侬家，岁岁年年斗物华。老柏有情还忆我，夭桃无语自开花。几回南国思红豆，曾记西风浣碧沙。最是故园难忘处，待莺亭畔路三叉。"考中进士后，久居"满腔俗恶"的京城，曾国藩唯有"苦忆故乡好林壑"以做排遣，在《题苍筤谷图》中满怀深情地写道："我家湘上高嵋山，茅屋修竹一万竿。春雨晨锄劚玉版，秋风夜馆鸣琅玕……"

白玉堂

如今的白玉堂经过重修，显得焕然一新。屋前有一块地坪，坪前一口巨大的半月形池塘，与屋后背倚的高嵋山相互映衬。孔子说，知者乐水，仁者乐山。这里有山有水，曾国藩可谓智仁兼备。

当然，造就曾国藩的除了自然山水，更有丰富的人文环境。曾氏是典型的耕读之家，曾国藩祖父曾玉屏（号星冈）制订"八字家训"——书、蔬、鱼、猪、早、扫、考、宝，即读书、种菜、养鱼、喂猪、早起、打扫、祭祖、睦邻。八件事中，读书位居第一，其重要性不言自明。曾玉屏还有一段大白话，也让曾国藩牢记在心，受用一辈子："尔的官是做不尽的，尔的才是好的，但不可傲；满招损，谦受益，尔若不傲，更好全了。"

曾国藩父亲曾麟书也以科举功名为要，但屡试不第，直到四十三岁那年，才得了个"补县学生员"。于是，便将希望寄托在后辈身上。他专门建了一座私塾，取名"利见斋"，亲自担任塾师授课。曾国藩五岁时便随父念书，打下了深厚的儒学功底。

利见斋

　　"利见斋"离白玉堂不远，上下两层，门外挂着一副对联："心澄自得诗书味，室雅时闻翰墨香。""利见斋"之名，出自《易经》"飞龙在天，利见大人"，意即读书获得的利益与好处是看得见的。斋名虽然带有一定的功利色彩，但作为一种励志方式，值得肯定。

　　一般而言，伟人、名人出生，都会依附一些奇妙的传奇与传说，曾国藩也不例外。说的是他出生当晚，祖父曾玉屏梦见一条巨蟒在白玉堂上空鳞光闪闪地盘旋不已，然后从天而降，绕宅爬行一周，既而进入庭院……一觉醒来，睡梦依稀，出门一看，发现屋旁高大的皂荚树上攀附的老藤，酷似一条蟒蛇。就在这时，一声婴儿的啼哭打破了周遭的寂静，曾国藩降生了……于是，曾国藩是蟒蛇投胎的传奇，便在当地及周边地区流传开来，一直传到今天。

　　传说归传说，其实曾国藩天资平平，他一生取得的成就，主要在于奋力拼搏、顺应时势、把握机遇、自强不息、自我修炼。"诚、敬、静、谨、恒",是他一辈子主修的五门"功课"。

作为一名从偏远乡村走出的农家子弟,要想获得成功,需要付出多少艰辛与努力,唯有曾国藩自己最为清楚。他一辈子勤勉学习,嗜书如命。道光十五年(1835年),曾国藩初次进京会试落第,第二年恩科未中,所带盘缠耗尽,只得归返故乡。途经南京,见到一部心仪已久的《二十三史》精刻本,爱不释手,犹豫再三,咬咬牙,借银一百两买下,回家后也不敢告诉父亲。常言道,瞒得过初一,瞒不过十五。好在父亲知道后不仅没有责怪,反而勉励他说:"你借钱买书,吾不惜为汝弥缝,但能悉心读之,斯不负尔。"于是,曾国藩闭门不出,以"每日点十页,间断就是不孝"的劲头,花了一年时间全部读完。一部《二十三史》,从此烂熟于心,为他的毕生事业,打下了良好根基。

曾国藩第二次赴京科考,高中进士,官途畅通,短短十年时间,就跃升至内阁学士兼礼部侍郎,官居二品。一向低调谦逊的他,在家信中也难掩得意之情:"三十七岁至二品者,本朝尚无一人。"然而,太平天国的兴起,改变了他的命运。咸丰二年(1852年)六月,曾国藩奉旨前往南昌充任乡试主考,行至安徽,突闻母亲病逝,本想公务结束后回乡省亲的他,立马改道回家奔丧。此时,太平天国正如暴风骤雨般席卷湖南,曾国藩不仅感到了这股力量的强大,同时也为拜上帝教对传统文化的否定而痛心。母亲辞世,按制丁忧须守表三年。这时,咸丰帝发来一道圣旨,命曾国藩在乡兴办团练,也就是训练地方武装,以对付太平军。咸丰帝在谕旨中特别强调:"务必尽力,不负委任。"于是,曾国藩不得不遵旨,创办团练。

此时的太平天国如日中天,从广西打到湖南,又从湖南出师湖北,占领省会武昌,如秋风扫落叶般打得清廷正规军——绿

靖港水域

营、八旗狼狈不堪。年届四十二岁的书生曾国藩从未带兵打过仗，要训练一支与太平军抗衡的地方武装，何其难也！然而，他硬是凭着一股"吃得苦，霸得蛮"的刚毅顽强，以十年时间，攻下太平天国的大本营——天京（南京），一举改变了有清一代二百多年军政大权握于满人之手的统治格局。

当然，后人看到的只是胜利的结局，而十年的征剿过程，曾国藩所经历的挫折与失败，吃过的苦楚与罪责，忍受的委屈与悲痛，用他的话说，便是"好汉打脱牙和血吞"。

就拿靖港之战来说，这是一场由曾国藩亲自指挥的战役。他率战船四十多艘、陆勇八百共两千多人进攻太平军驻守的长沙外围据点靖港。适逢南风大作，波涛汹涌，战船无法操控，又遭太平军岸上炮火轰击，指挥船被击中，各船纷纷逃避。太平军迅即出动二百多只小划船发起猛攻，湘军惨败，战舰损失三分之一。曾国藩又羞又愤，沮丧至极，决心一死了之，纵身跃入水中。幸而部下机警敏捷，将他从湍急的水流中救出，才不至于"出师未捷身先死"。

靖港距长沙城区约三十公里。当我们走进这座因靖港水战而闻名的古镇时，明清建筑依然完好，只是宽广的水域已与奔流的湘江分开，中间隔着一道河堤与一座电排。靖港变静港，成了波平浪静的湖泊。当年两军生死相搏的惨烈场面，唯有展开想象的翅膀方能还原。

靖港之战，太平军以少胜多，湘军溃败，湖南官场竟然一片欢呼。曾国藩办团练、建湘军，抢了地方官员的风头，矛盾冲突势所难免，他们早就等着看他的笑话呢。湖南巡抚骆秉章带头上书参劾曾国藩。被救上岸的曾国藩心情郁闷，饮食不思，仍想自杀。他备好棺材，写好遗书，就差填上日期了。幸而湘军取得湘潭大捷，太平军遭到前所未有的惨败，咸丰帝准其将功赎罪，下旨免予追究责任，曾国藩这才逃过一劫。

此后，曾国藩所率水师又在江西湖口再遭败绩，连座船也被太平军虏获，大量文卷册牍、粮台银两等尽数落入敌手。他痛不欲生，又一次投水自杀，依然被部下救起。

署理两江总督时，曾国藩迫于无奈，军营驻扎之所竟然选中了一处兵家绝地——安徽祁门。大营在太平军的猛攻下两度陷入险境。他写好遗嘱，床前始终悬挂一把利剑，随时准备自刎。

尽管如此，但曾国藩以"屡败屡战"的百折不挠精神，扎硬寨，打死仗，终于"啃"下了太平军这块难啃的硬骨头……

二

富厚堂就是湘军攻克南京、剿灭太平天国后修建的。

这是曾国藩的第三处故居，离白玉堂约八公里。曾玉屏生有三个儿子，长子麟书，次子鼎英，幼子骥云，次子曾鼎英早逝。当他在荷叶镇良江村又购置一处田产，建造一座名为黄金堂的宅院后，便与儿子分家了。白玉堂分给了曾骥云，曾国藩便随父亲曾麟书搬至分得的第二处故居——黄金堂。

黄金堂今已不存，唯有槽门石基、残垣断墙，以及堂前犹存的池塘，在默默诉说着当年的依稀往事。

曾国藩父母均在黄金堂去世，儿媳贺氏（曾纪泽妻子）在此死于难产，不久，用人孙女又落入门前水塘淹死。发生一连串不幸事故，使得家人、乡人都觉得黄金堂屋场不佳。于是，打下南京的曾国藩令长子曾纪泽回乡，择一吉地建造新宅，"以作终老林泉之所"。

富厚堂就此"应运而生"。

富厚堂位于富圫村，坐西朝东，山水环绕。堂前是硕大的翠荷湖，视野十分开阔，三面群山环绕，藏风聚气，风水甚佳。曾国藩对此十分满意，认为是"第一等屋场"，而对这座建得富丽堂皇的宅院，却不怎么认同。

富厚堂由其弟曾国荃督造。湘军攻打南京，曾国荃以挖壕围城取胜，人称"曾铁桶"。夺得首功的他，却被居高思危、功成身退的兄长以养病为由打发回家。曾国荃做事素来讲究排场，隐居在乡，倍感压抑，便乘建造宅第之机，将富厚堂建成了一座名副其实的"侯府"。

曾国藩得知富厚堂建得豪华气派，不禁"深为骇叹"，主张

富厚堂

　　勤俭持家的他自觉无颜见人。其实，修造富厚堂花费钱七千串，折合银子约六千两，身居两江总督的他，每年除正俸外，养廉银便在一万三千至二万两之间。也就是说，富厚堂尚不及他一年养廉银的一半。既不认可，也就不愿涉足，据说他一次也没进去住过，就连正门匾额上的"富厚堂"三字，也是从他的日记中摹写而来。

　　如此说来，富厚堂似乎算不上曾国藩的故居。

　　但它又确凿无疑是他的第三座故居。富厚堂的建造，源于曾国藩授意；所耗银两，自然出自他的"腰包"；最为关键的是，富厚堂汇聚了他的毕生心血。曾国藩早年借钱购买《二十三史》，此后更是不惜巨金，四处搜求各种珍稀善本，甚至专门组织力量访书购书。他不贪财，但对书籍却广纳馈赠，来者不拒。曾国藩虽不认可富厚堂的豪奢，却将历年收集、购买的书籍，源源不断地运回故乡荷叶镇，藏在了富厚堂。他在遗嘱中特别强调

后人"惟当一意读书，不可从军，亦不必作官"。

　　走进这座重新修缮过的"毅勇侯第"，仿宋、明回廊风格的庞大建筑群固然引人注目，但令人惊叹的，还是其中的藏书楼，这也是富厚堂的精华所在。

　　富厚堂原有藏书楼五座，分别为思云馆、求阙斋、归朴斋、艺芳馆、环天室。五座藏书楼面积两千多平方米，约占整个富厚堂建筑面积的四分之一。

　　富厚堂的藏书，内容丰富而珍贵，有名人手稿、名人字画、名人年谱，有宫廷律书、地方志书、晚清行政事务史料、湘军与太平天国史料等。最为难得的是，除了传统的经史子集外，还有

富厚堂（全景）

不少西洋原版书籍。

富厚堂三十多万册藏书，凝聚着曾氏家族五代人的心血。

曾氏最早的藏书家，当数曾麟书，他创建的"利见斋"，算得上富厚堂藏书楼的"先声"，集私塾与藏书于一体，除教学使用的普通用书外，还收藏了不少典籍。走进"利见斋"，室内至今仍悬挂着一副对联："有诗书，有田园，家风半读半耕，但以箕裘承祖泽；无官守，无言责，时事不闻不问，只将艰巨付儿曹。"

曾国藩继承父志，开创曾家藏书新局面，将自己搜、购的大量书籍，分四次运回故乡，主要藏于富厚堂思云馆。另一藏书楼求阙斋，则收藏了他的手稿，如奏章、家书、日记，撰写的题词、牌匾及赐物，还有各地史志、名人字画、宋元旧籍等。

然后是曾国藩长子曾纪泽的归朴斋，除经史子集外，还有他游历、出使外国时带回的西文书籍。曾国藩次子曾纪鸿与妻子郭筠的艺芳馆，藏书近十万卷，以文史、天文、算术、英文类书籍居多。曾国藩长孙曾广钧研究诗词、书法、算学、物理、化学等，著有《环天室诗集》《环天室诗续集》等，除用过的书籍外，其文稿、诗稿也藏于他的环天室。抗日战争时期，曾国藩孙女曾宝荪将她创办的艺芳女校的所有书籍资料从长沙转移到思云馆，还在富厚堂办起学校……

曾氏家族致力于书香文化，可谓代代相承，薪火不绝。

"文化大革命"时期，曾国藩因镇压太平天国贴上了"汉奸刽子手"的标签，被打入"冷宫"。改革开放后，随着《曾国藩家书》《曾国藩全集》以及唐浩明长篇历史小说《曾国藩》的出版，掀起了一股历经二十多年持续不衰的"曾国藩热"。曾国藩的道德、功名、学问、思想乃至他的关系学、官场学、风水术等诸多方面都得以重新评价与解读，但曾氏家族的读书与藏书，似乎没有得到应有的重视与研究。

曾国藩虽然走出书斋带兵作战，但本质上仍是一介书生。他常常手不释卷，严格规定自己每天读书、写作、习字，孜孜不倦。正如他自己所言："每日稍闲，则取班、马、韩、欧诸家文旧日所酷好者，一温习之，用此以养吾心而凝吾神。""廿三史每日读十页，虽有事不间断。"因忙于军务政务，时间有限，他不得不放弃诗文创作，专写奏章、文告、书信、日记之类的应用文。

有关曾国藩作品中最为畅销的是《曾国藩家书》。他一辈子写了一千四百多封家书。戎马倥偬之际，他不忘教育曾家子弟，希望他们戒骄、戒惰、宜勤、宜谦。他在信中写道："谚云'富家子弟多骄，贵家子弟多傲'，非必锦衣玉食，动手打人，而后谓之骄傲也；但使志得意满，毫无畏忌，开口议人短长，即是极骄极傲耳。余正月初四信中言戒骄字，以不轻非笑人为第一义；戒惰字，以不晏起为第一义。望弟常常猛省，并戒子侄也。"又说："家中无论老少男妇，总以习勤为第一义，谦谨为第二义，劳则不佚，谦则不傲，万善皆从此生矣。"

曾国藩曾经说道："吾教子弟，不离'八本''三致祥'。"所谓"八本"，即"读古书以训诂为本，作诗文以声调为本，事亲以得欢心为本，养生以少恼怒为本，立身以不妄语为本，居家以不晏起为本，居官以不要钱为本，行军以不扰民为本"；"三致祥"，即"孝致祥，勤致祥，恕致祥"。

富厚堂原称便叫"八本堂"，曾纪泽据《后汉书·功臣表》"列侯大者三四万户，小国自倍，富厚如之"中的"富厚"二字而更名。进入前厅，匾额上的"八本堂"三个大字即由曾国藩亲笔书写，下方便是曾纪泽用隶书誊抄的父亲"八本"家训。

曾国藩生前封侯拜相，死后留给子孙后代的珍贵遗产，不是金银财宝，而是"又富又厚"的藏书。

在我眼里，富厚堂的价值与魅力并非雕梁画栋、富丽堂皇的建筑艺术，而是藏书楼中的三十多万册藏书。遗憾的是这些藏书已所剩无几，它们大多被政府接收，成为国家馆藏；部分手稿及一批重要文献移至台湾，如曾国藩、曾纪泽书信、书札、书稿，未经删改的《忠王李秀成自述》原稿等；少量图书则流入民间——新中国成立之初，富厚堂藏书楼被封存四年，虽然贴了封条，但无人管理，就有人以各种理由与借口进入书楼"浑水摸鱼"，带走手稿、书画等。

如今对外开放的，唯有十个新做的书柜，里面摆满厚而新的精装典籍。但我依然能感受到这里弥漫着浓厚的书香雅韵。作为私家藏书，富厚堂一个最大的特点，就是藏读结合。堂内设有学堂，不分男女，都要"知习一样手艺"，具有"独自一人出门之才识"。可见在延续祖辈耕读结合家风的基础上，还融入了男女平等的进步理念。

富厚堂的藏书文化带动了当地民间藏书的发展。湘乡籍湘军将领刘蓉仿曾国藩的求阙斋，于道光末年在老家修建藏书楼"养晦堂"，并请曾国藩题写楼名；民国时期，双峰县爱好书籍且收藏者上万人，如民间藏书家龙福春建有五大间"藏宝楼"，藏书四万多册；20世纪80年代，乡村图书馆遍及湘乡，馆藏图书在一万册以上的就有二十多家。

富厚堂的藏书不仅曾氏子弟受益，而且惠泽故里，使得荷叶镇人才辈出，涌现出了中共第五、六届政治局委员、常委、中央宣传部部长蔡和森；中共第一位女中央委员、第一任妇女部长向警予；全国妇联主席、全国人大常委会副委员长蔡畅；两度创办女子职业学校的教育家、"女中豪杰"葛健豪（蔡和森、蔡畅母亲）；中国同盟会第一个女会员、早期女权运动领袖唐群英等诸多名人。

近代民主革命志士秋瑾的婆家位于荷叶镇神冲村，离富厚堂不到二十里。秋瑾与曾家人过从甚密，与当地富绅子弟王廷钧的婚姻，便由曾国藩侄子曾纪梁撮合。她在诗文上求教于富厚堂环天室书斋主人曾广钧。他们互赠诗词，互相唱和。清光绪二十二年（1896年）初秋，秋瑾与葛健豪、唐群英、郭筠等一群姐妹欣赏富厚堂前荷花池中各种艳丽的荷花后，一连写下了《咏红莲》《咏白莲》《唐群英和诗<咏红莲>》《咏白莲》四首七律。她的不少诗文、书法遗墨，便保存在曾广钧的《环天室诗集》《环天室诗续集》之中。可见富厚堂的藏书，对秋瑾的志向、学识也产生过一定影响。

<h1 style="text-align:center">三</h1>

同治十一年（1872年）二月四日，曾国藩在南京病逝。三月后灵柩运抵长沙，葬于南门外金盆岭。第二年底，改葬望城县坪塘镇桐溪村伏龙山。

曾国藩死前半月，还在领衔上奏"派遣留学生一事"，促请尽快落实。李鸿章兴办洋务，实由曾国藩启动。作为一名封建士大夫，能有如此眼光，殊为难得。

曾国藩一辈子，其实活得十分勤勉与劳累、谨慎与艰难。"倚天照海花无数，流水山高心自知。"他创办团练、兴建湘军之初，到处被人掣肘，不得不压抑个性，委曲求全，左右周旋。他的点滴功绩，都是舍命拼得，而战功越高，越是克己修身。他心怀天下之忧，处事如临深渊、如履薄冰，总是小心翼翼、战战兢兢。他时刻反省，每天都写日记，检讨过失。面对难耐的欲望，他以"不为圣贤，便为禽兽"的理学标准严格要求自己，在清廉与贪腐、慎独与合污、钻营与淡然、静坐与躁动、寡欲与享受、洋务与守旧之间抉择挣扎，努力向圣贤看齐。他责己甚严，待家族子弟也严，每天像个旋转不停的陀螺般忙忙碌碌，还得专门抽出时间，静下心来不厌其烦地书写一封封循循善诱的家书，殷殷亲情令人动容。他立德、立功更立言，一辈子笔耕不辍，留下了约一千五百万字的《曾国藩全集》……

据有关资料记载，曾国藩临死前一天，还在阅读《理学宗传》，并写下了最后一篇日记。他死时也不像常人那样躺卧在床，而是端坐椅中而逝。哪怕生命的最后一刻，也要保持凛然尊严。

　　曾国藩生前写过多次遗嘱，最终留下的主要有四条：一、慎独则心安；二、主敬则身强；三、求仁则人悦；四、习劳则神钦。

　　慎独自律，独处不苟；恭敬整齐，严肃强健；读书学古，仁民爱物；勤劳自励，磨炼筋骨。这些，也是曾国藩一生的缩影与写照，他将自己的阅世经验、奋斗心得、人生感悟加以提炼，传给后代。

　　"君子之德，五世而斩。"曾氏如今已至八代，家族仍兴盛不衰，人才辈出，在海内外具有较大建树与影响者有二百四十多人。如攻陷太平天国首府天京（南京）的曾国藩九弟曾国荃，官至两广总督、礼部尚书；著名外交家曾纪泽，与俄人力争，修改不平等条约，收回被俄国占领的伊犁，取得中国近代史上绝无仅有的外交胜利；近代著名数学家曾纪鸿自学成才，著有《对数评解》《圆率考真图解》等专著；数学曾宝荪自英国留学归来，创办艺芳女子学校并任校长；曾国藩曾孙曾约农，创办湖南克强学院，担任东海大学首任校长；曾国藩胞弟曾国潢曾孙曾昭抡，著名化学家，中国科学院院士，曾任教育部副部长；曾国潢曾孙女曾昭燏，著名考古学家，曾任南京博物院院长；曾国荃玄孙女曾宪植，是叶剑英元帅的夫人，曾任全国妇联副主席……

　　一百多年来，曾国藩家族"长盛不衰，代有人才"，没有出现过一个"败家子"。这一奇迹的出现，与曾国藩留下的遗嘱及教育子弟的传世家书，与富厚堂丰富的藏书，与家族绵延不绝的书香，与后裔发愤读书、克勤克俭、严格自律等密切相关。

　　人们常说"盖棺论定"，曾国藩却是例外。正所谓"谳之则为元凶"，他镇压太平军、捻军，杀人如麻，落下了"曾剃头""曾屠户"的外号；他扶持清廷，被人骂为"汉奸"；他审时度势处理天津教案，被人讥为"崇洋媚外"……而"誉之则为

靖港古镇

圣相",将他与"汉之诸葛亮、唐之裴度、明之王守仁"相提并论;毛泽东说"愚于近人,独服曾文正";蒋介石说他"足为吾人之师资";梁启超更是推崇备至:"曾文正者,岂惟近代,盖有史以来不一二睹之大人也已;岂惟我国,抑全世界不一二睹之大人也已……"

无论怎样评价,美化颂扬也好,丑化贬斥也罢,都不得不承认,曾国藩不仅是中国近代最后一位集传统文化于一身的代表人物,也是中国历史上最具完善人格的士大夫。他的弃世,象征着中国封建社会最后一尊精神偶像的消失。

笔者因与曾国藩同姓,辈分又高,常有人问我是否为他的后代。"天下一曾无二曾",曾姓源自山东,以曾参为开派祖先,但我与曾国藩家族实无半点关联。我写过长篇文化历史散文《曾国藩:天降大任的自觉担当者》,此次又专程探访他的相关遗迹,实出于对其人格的仰慕与文字的服膺。

曾国藩墓地离长沙不远,出城后不过半小时车程就到了,但位置十分偏僻,与其故居及靖港古镇相比,颇难寻找。我们利用

曾国藩墓

车载定位仪，一路问询而去，结果还是走错了路。只得折回，再问，从一条小路进入起伏的丘陵地带。山高林深，越行越远，在不断地问询与"快到了"的回复中，终于将车停在一家农户旁，徒步攀上一处山坡。穿过两旁长满树木的水泥小径，眼前赫然出现一座石阙，上书"曾太傅墓东阙"。墓葬为曾国藩与欧阳夫人合冢，曾多次遭人盗掘，御碑亭、墓庐也遭损毁。虽未完全修复，但眼前的墓冢、墓碑、拜台、墓坪、东西石阙、花岗石罗围等，仍可见当年的森严气象。

站在曾国藩墓前，天空阴阴的，不时飘下几丝细雨。此种氛围，正适合悼念。虽然置身幽远静谧的山林，却能感受到一百多年来，曾国藩的功名事业、道德人格、价值取向对我们脚下这块土地所产生的巨大影响。

作为一个乡野之人、凡夫俗子，曾国藩做了自认为应该做的一切，将个体生命的能量，几乎发挥到了极致，达到了常人难以企及的高度。这，不能不说是一个奇迹！

从剃头到理发

古时汉人受儒家思想影响，认为"身体发肤，受之父母"，如果轻易损伤改变，就是对长辈的大不敬，是轻上、违上、反上。因此，也就没有剃头、理发之说。于是，孩童披着头发，盖着颈项，垂到肩背，及至成年，便绾了盘在头顶，称作"总发为髻"。无论男女，皆蓄长发，盘一发髻，高高地耸在头顶，不同的是盘发的方式有别。

其实，到了汉代，就有了以理发为职业的工匠。"理发"一词，也出现在了宋代的文献之中，不过，那时的理发，只是梳梳头发，刮刮脸，修修面，剪剪胡须，一般称为"篦头"，给长长的头发做做"清洁卫生"而已。

现代意义上的理发，源于清朝的剃头。

清朝由居于东北的满族人建立。东北一年四季，约有一半时间处于冰天雪地的严寒时节。受自然环境的制约与影响，满族人种田的少，多以狩猎为生。他们常年骑在马上飞奔，要是留着长长的头发，疾风劲吹，长头飘拂，不仅遮住目光，还遮住手脚，相当碍事，只有剃掉。怎么个剃法？将脑袋前面及周围的头发全部剃去，刮成半个光头，只在中间留一撮顶发，再把顶发编成一条长长的辫子，垂在脑袋后面。何以要留一撮顶发编成长辫？据说是先人传下的一种原始崇拜。满族人一辈子在马背上生活，马就是他们的依靠，他们的命根，他们的图腾。他们信任马，视马为神灵，所以就把头顶那撮关键的毛发编成了一根马尾似的辫子。

汉族征服、统治满族人时，尊重他们剃发留辫的习俗，并不强迫他们跟汉人一样蓄发总髻。可满族人进入山海关统治中原，就没有这样的气度了。清兵占领北京第二天，立马颁布一条剃发令，规定所有汉族，不论官员军人，还是普通百姓，统统剃发留辫，若有不从，按逆贼处理。

剃发令颁布后，遭到了汉族人的强烈不满与反抗。清廷刚刚入关，政权不稳，为笼络人心，不得不收回成命，允许汉族人照旧束发。

可不到一年，当清军进入江南后，清廷又再次颁发了剃发令。此种反复，很大程度上与一位名叫孙之獬的汉族人有关。

孙之獬，山东淄川人，中过进士，做过二十二年明朝大臣，官至侍讲。按说明朝有恩于他，可清兵刚进北京，他就俯首乞降，改换门庭，做了清朝的礼部侍郎。清皇帝上朝时，臣子分列两排，一边是满族人，一边是投降了的汉族人。一朝天子一朝臣，投降也就罢了，可孙之獬偏偏学满人模样，将脑袋四周的头发剃了，顶发编了一根辫子拖着，还穿着满族官员的服装上朝。那些投降了的汉族人大臣，大多出于无奈，心里本来就羞着恼着，一见孙之獬这副模样，便不愿接纳，一个劲地将他往对面的满族人班那边赶。孙之獬并非满族人，满族人班自然不肯收留他。于是，他又厚着脸皮回到汉族人班。汉族人班的大臣说："你这副打扮，分明是一个满族人嘛，怎么能往汉族人班站呢？"硬是不让他跻身其中，弄得他灰头土脸，左右为难，丢尽了脸面。

受了羞辱的孙之獬回到家中，气得几天几夜睡不着觉，为了讨好主子，报复汉族人班，索性写了一篇上书，奏请皇上下令汉族人一律剃发留辫。他在奏章中写道："陛下平定中国，万事鼎新，而衣冠束发之制，独存汉旧，此乃陛下之从汉旧，而非汉旧之从陛下，难言平定，难言臣服也。"

孙之獬的马屁正好拍在点子上，顺治帝福临一见上奏，大笔一挥，当即再行颁布一道剃发令，并限定剃发留辫的严格时间，京城内外，十天为限；其他各省自诏令到达之日起，也是十日期限；若有迟缓不从者，格杀勿论。

没想到这新的剃发令一颁布，全国上下，顿时激起了一浪高过一浪的反抗大潮。

清朝要汉族人剃发，喊出的口号是"留头不留发，留发不留头"。他们将汉族人的剃发看成是一种标志，剃发就是归顺，可以看作清廷的顺民；不剃就怀有二心，便是叛贼，是逆民。要么剃发，要么丢头，当时的汉族人，只能择其一种。

汉族人得知剃头令的消息，又惊又恐。敬祖先，守孝道，是汉族人千百年始终不渝的传统，而儒家更是作为一种不是宗教的宗教深深植根于传统文化之中，受之于父母的身体发肤，岂可轻易损毁？于是，他们怎么也不愿像满族人那样剃发留辫。不剃发，就要砍头。反正要砍头，不如起来反抗，在天地间留下一股英气，于是纷纷发誓道："宁为束发鬼，不作剃头人！"一时间，到处都是反抗的呼声与行动。清廷赶紧派兵镇压，凡不愿剃头者，当即砍下脑袋。清兵杀了无数汉族人，其中最为悲惨的，当数"江阴十日"。江阴民众为了保住头发起兵反抗，清军将江阴城围得铁桶一般天天攻打。江阴义兵日夜坚守，杀死敌人七万五千多名。而清兵越围越多，八十一天后，城池终被攻破。清兵涌入江阴城中，举起屠刀疯狂报复，杀了整整十天，全城十七万多名手无寸铁的普通百姓被杀到仅五十三名老幼幸免。加上守城战死的六万七千烈士，共有近二十四万汉族人遇难。清军惨无人道的大屠杀，除"江阴十日"外，还有"嘉定三屠"等。

反对剃发令的起义，在全国各地持续了三十七年。最值得一提的是顺治四年（1647年）爆发在孙之獬故乡山东淄川的农民起义。义军攻入淄川城，适逢孙之獬回家省亲。因此，本想衣锦还乡的他，却成了义军的俘虏与"战利品"。他们将孙之獬五花大绑后游街示众，然后在他那剃得青光发亮的脑袋上用锥子钻了一个洞，插上一撮头发为之"复发"。想到清朝皇帝再次颁布的剃头令因他而起，不禁痛恨万分，最后用刀将他劈成八块。

清廷历经长达三十七年的残酷镇压，表面的反抗是没有了，汉族人不得不奉行剃发令，脑后留一条狗尾似的辫子，可内心仍然不服。前明遗老雪庵和尚所作《剃头歌》，内里便透着一种无奈、不满与嘲讽："闻道头须剃，而今尽剃头。有头皆可剃，不剃不成头。头自由他剃，头还是我头。试看剃头者，人亦剃其头。"民间一直流传这样一首俗谣："正月不剃头，剃头死己舅。"农历正月是不兴剃头的，剃头会犯忌——自己的舅舅会因此而死去。正月剃头，跟舅舅有什么关联？"死舅"，乃"思旧"的谐音。正月是一年的开始，一年之始不剃头，为的是思旧。思什么旧？当然是思念过去的明朝，思念汉族人千百年来总发为髻的传统。

不管怎么说，只因清朝剃头令的颁发，才催生了一个新的行业——剃头。

刚开始，剃头师傅在街道、路口、村头搭个简易棚子，表示那是理发店。棚子旁竖一根旗杆，上面悬挂清朝皇帝颁布的"剃头令"，还挂一颗血淋淋、肉糊糊的死人脑袋。意思自然是再明白不过的了，有谁胆敢不遵皇上圣旨，旗杆上的人头就是下场。

日子一长，剃头成了习惯，旗杆就不挂皇上的圣旨昭示众人，也不必挂人头威胁百姓了。但旗杆总得竖，竖起的旗杆不能像个光杆司令，得挂点什么东西才像样。于是，圣旨与人头换成了毛巾与荡刀布。

慢慢地，剃头匠多了，相互竞争起来。为方便民众，他们开始主动上门服务，由固定变为流动。剃头之前，首先得用热水洗头，便准备了一副剃头挑子，一头是烧着炭火的铁罐，铁罐上放一个洗头的铜盆，铜盆里面的水烧得热气腾腾，外面安一副木板做成的套筒，旁边竖着木架，架上放有肥皂盒，晾着毛巾，挂着荡刀布；挑子的另一头则是长方形的小柜子，上面放一个为顾客准备的凳子，下面的抽屉里则备着剃刀、剪子、梳子、篦子等一应理发工具。那些以剃发为生的匠人，便挑着这副家当走村串巷，四处吆喝，招揽生意。

剃头令由顺治皇帝颁布，才有了剃头这一职业。剃不剃头是归不归顺清朝的一个标志，所以清廷对剃头业、剃头师傅相当重视，并将过去朝廷称呼百工技艺的"待诏"这一尊称赐给剃头匠。此后，郎中、铁匠、补锅匠、木匠等什么的都不能再称"待诏"，它成了剃头师傅的专利。雍正皇帝还特地敕封待诏师傅为"半副銮驾，小执事"，并御笔题赠一副对联："做天下头等事业，用世间顶上功夫。"

人们眼中的剃头师傅，总是挑着一副担子走村串巷，总有一头放着铜盆，盆里盛着热气腾腾的热水，于是，民间便有了一条歇后语：待诏师傅的挑子——一头热。

可汉族人恨清朝，恨剃头令，老百姓对剃头这一行当在心底总是瞧不起，将剃刀师傅称作剃头匠，看作"下三烂"，除非万不得已，是不让自己的子弟学习这门职业的。

围绕剃头、蓄发，汉族人有过无数次规模不一的暴动。太平天国是清朝近三百年间爆发的规模最大的一次农民起义，对剃发令的反抗，也最为强烈。太平军人人蓄发，清廷便骂他们"长毛""发贼"。他们每攻下一地，发布的第一道公告就是"蓄发令"。其大意，是说"剃发令"让汉族人的脑后拖着一条长长的尾巴，把人变成了畜生，"蓄发令"就是要让汉族人割掉尾巴，由畜生重新变成人。"蓄发令"跟"剃发令"一样严厉，若有违犯不剪长辫不蓄前面头发者，格杀勿论。因此，太平军打到哪里，哪里的辫子就割下一地。有些汉族人因为头上长疮流脓，或是生出虱子之故难以蓄发，这样的人只要被太平军抓住，不管三七二十一，照样斩首。

当年，太平军与清军在湖南、湖北、江西、浙江、江苏一带展开"拉锯战"，有时候太平军获胜，有时候则是清兵占上风。老百姓夹在其中，无所适从，苦不堪言。今天太平军打过来，不蓄发就要掉脑袋，百姓只得将那根马尾似的辫子剪掉。刚一剪掉，第二天清兵又攻来了，没有辫子怎么办？就为这脑袋上的几撮毛发，无数百姓不是被太平军杀了，就是让清军给斩了。

最后一次与头发有关的暴动是辛亥革命胜利后的剪辫运动。1911年，汉族人终于推翻清廷夺回政权，再也不必留着这条马尾、猪尾似的长辫了。一时间，汉族人扬眉吐气，将辫子剪得咔嚓直响。但是，不少汉族人担心清兵再打回来，便留了一手，辫子是剪了，可不扔掉，一有风吹草动，就赶紧拿出，重新接在脑后。因为要活命，要点小聪明，这倒好理解，可让人不可思议的是，当革命军前来剪辫时，不少百姓不愿剪，不是假不愿，也不是怕清廷打回来，而是真的不愿剪。究其缘由，他们说刚生下来就留辫，留了一辈子的辫子，要是剪掉，肯定不习惯。这些不肯剪辫的汉人大多有一把年纪了，自己不愿剪，若别人动手，他们就跟当年保护头发的汉族人一样，红着眼睛拼命。

据有关资料记载，辛亥革命后不肯剪辫，闹得最凶的是山东昌邑县。

那一年，山东都督特派宣传员到属下的昌邑县宣传新的政策，劝导民众剪辫。当地百姓不仅不从，反于当天夜里秘密联合，决定以城隍庙的钟声为号，举事反抗。第二天清晨，钟声一响，无数百姓敲锣打鼓，呼朋引伴，高喊"打""杀"，冲向特派员的临时居所。混乱中，暴动者不仅打死包括特派宣传员在内的二十七名无辫者，还将他们的尸体扔上大街，让野狗抢吃。暴动虽然很快得到平息，但法不责众，只惩办了几个为首的杀人凶手。

　　辛亥革命不仅革满族人的命，还革皇帝的命。汉族人的辫子是剪了，可再也回不到古代皇帝统治下那种"总发为髻"的装扮了。辫子剪后自然要蓄发，蓄发也只能蓄短发。一个男人如果将头发留得长长的，一天到晚在头上盘来绾去的，不仅浪费时间，也极为不便。于是，都兴留短发。不仅男人蓄短发，一些妇女也时兴剪短发。而留短发、剪短发自然就离不开剃头师傅了。因此，剃发令虽因清朝退出历史舞台而成了一纸废文，可剃头业不仅没有衰落，反而更加红火了。

　　随着社会的变迁，剃头这一称谓也在变化，变为理发了。一说剃头，就会想到清朝的剃头令，想到惨兮兮的砍脑袋，空中仿佛飘着一股残酷的血腥味，令人头皮发麻。只有叫理发，听着才舒服——修理头发，清理头发，整理头发，打理头发……一个"理"字，尽得其妙，既贴切传神，又具时代特色。当然，因口语化之故，特别是农村一些地方，剃头、剪头、推头与理发仍交互并用。而对这一职业的称谓，也由过去清廷尊称的待诏，民间的剃头匠或剃头师傅，变成了今日的理发匠、理发工、理发师傅或理发师、美容师等。

　　从剃头到理发，当沉重的一页随风翻过，人们早就忘了它的内涵与过去。表面看来，似乎只剩下"消费"这一满足自身欲望的现代或后现代经济行为，但从文化积淀的角度而言，透过三百多年与头发相关的历史，其实我们可以或多或少地窥见汉民族的心理压抑、个性扭曲、自我排解等方面的演变轨迹。

严复的起点与归宿

严复之于中国，犹如古希腊神话中的普罗米修斯之于人类。

普氏从天上盗取火种传播人间，而严复，则将西方文明的"火种"通过翻译的形式转换、传输到古老的中国大地；火的使用意味着人类摆脱了蒙昧的原始状态，而西方近代文明中的"物竞天择，适者生存"等社会进化论思想则猛促国人警醒，革故鼎新；严复虽未像普氏那样触怒主神宙斯被缚高加索山崖，每日遭受神鹰啄食肝脏，忍受循环往复的肉体痛苦，却于晚年陷入一场深刻的思想危机，备受难以解脱的精神折磨。

所不同的是，普罗米修斯最终为神勇无敌的赫拉克勒斯所救，获得了解放与新生；而严复则在无尽的煎熬中难觅出路，不得不以传统的形式完成其一生的探索与追求，在难于挣脱的悖论与怪圈中，将精神的归宿定格于生命的起点。

阳崎故居

严复生于清咸丰四年（1854年），祖籍福州侯官县阳崎村，出生地在福州南台苍霞洲。医术高超有着"严半仙"之称的父亲严振先在苍霞洲行医时，母亲陈氏生下了他。七岁那年，严复进入私塾念书，先后从师多人。九岁时，父亲将严复送回阳崎老家，转入学问渊博、擅长诗赋的五叔严厚甫的私塾就读，住在祖居大夫第。十一岁，严复又回苍霞洲，用心良苦的父亲聘请当地思想境界开阔的闽中宿儒黄少岩坐馆教子，严复的国文水平也因此而跃升到一个新的高度。

发源于武夷山地的福建最大河流闽江由西北向东南流经省会福州，在临近福州时，分成南北两条支流，北称白龙江，南名乌龙江。两江继续向东，在马尾港附近又汇合一处注入大海。于是，夹在乌龙江与白龙江之间的地盘，便形成了一个名曰南台

福州严复故居

的岛屿。苍霞洲位于白龙江北岸，现已是福州城区江滨商贸区；阳岐位于南台岛西南部的乌龙江边，既是福州城郊的码头港口重镇，也是进出福州市区的一条交通要道。从阳岐到苍霞，直线距离不过7公里，但得穿越南台岛，渡过白龙江。

阳岐是一处山清水秀的好地方，既具小镇规模，又有几分乡野之气。据王蘧常《严几道年谱》所叙："溪山寒碧，树石幽秀，外临大江，中贯大小二溪，左右则有玉屏山，李家山楞严诸丘壑。"严复祖宅临溪而筑，因随军从中原河南迁居福州的始祖严怀英曾官居朝议大夫，老宅常年悬挂一块写有"大夫第"三字的匾额，故此人们称祖宅为大夫第。严复当年随五叔就读时，就住在故居西边的一间披榭中。

严复十四岁时父亲突然病故，失去唯一的经济来源，家道中落，全家不得不搬回阳岐祖宅大夫第，分得两间住房栖身。此后，严复与苍霞洲的关系就渐渐地淡了，那里没有房舍，没有亲人，没有挂念。于是，严复的家园，不论物质的，还是心灵的，也由出生地与祖居地合为一处——阳岐。

苍霞洲在明朝末年还是一处荒凉之地，清康熙年间开始走向繁荣，商家、客栈、酒楼、妓院林立，如今作为福州市区的一处繁华地段，更是改建得面目全非。这里有着以苍霞命名的苍霞公园、苍霞新城、苍霞街道，还立有严复塑像，建有天演楼。然而，不仅严复的出生之地难以寻觅，连当年的半点痕迹，都荡然无存。我们只有涉足严复祖籍阳岐村时，在保存完好的严复故居大夫第、玉屏山庄，才可见到严复早年生活、学习的依稀身影。

一百多年过去了，中华民族不再有亡国亡种之虞，加之严复当年翻译《天演论》时，用的是文言文，虽精粹典雅、声韵铿锵，但作为一种不再使用的古文，今天的读者已不易读懂，即使能够读懂，也颇费力气，难以通读。于是，《天演论》离我们似乎已经十分遥远了。然而，只要我们回首历史，就不能不正视《天演论》曾经卷起的巨大风暴，以及曾在华夏大地留下的深深印痕。而《天演论》中的"物竞天择，适者生存"等主要思想，不论何时何地，也不会过时。中华民族如果不思上进，不图富强，不竞争不求胜，随时都有被开除"球籍"的危险。

因此，严复那走向遥远天际与历史深处的背影，并未在我们眼中淡化，那复杂的思想发展轨迹，似乎永远向我们传递着某种发人深省的启示。

车驶出福州市区约半小时，就进入了阳岐地界。阳岐曾是乌龙江边的一个重要渡口。乌龙江绕南台岛向东注入闽江，汇入大海。在以水运为主的古代南方，阳岐自宋代起，就十分繁荣。阳岐以一条溪水为界，分为上岐与下岐，一座石构小桥将它们连为一体，桥称午桥，栏板刻有"午桥古迹"四字。传说此乃北宋著名书法家蔡襄手迹。

严复在《梦想阳岐山》一诗中对穿村而过的小溪曾有过描写："门前一泓水，潮至势迟迟。"每当乌龙江涨潮之时，河水便盈满小溪，两岸的绿树倒映在碧波荡漾的水中，实在是美丽极了。

今日的阳岐虽已衰落，但一座座古旧的楼房与一幢幢宽敞的院落，特别是午桥旁耸立的一栋有着欧式建筑风格的两层小楼，仍刻写着当年的明丽风采，诉说着阳岐昔日的风流韵致。

漫步村中，走在不甚宽敞的乡路上，两旁的房舍，既有当年的旧屋，也有新修的楼房。但感受深刻的，还是当年作为一处重要码头所留下的繁盛痕迹，而今日现代化的冲击则显得微乎其微。恍惚中，那一条条依然古旧的街巷，似乎闪现着儿时的严复与伙伴玩耍的活泼身影。当然，这不过是我的想象而已。严复九岁从苍霞洲回到祖籍之地时，父亲将求取世俗功名的希望一股脑地压在他的身上。那稚嫩的肩头，承受如此沉重的负担，他的大部分时间，肯定在刻苦攻读中与孤灯、书卷为伴。即使偶与伙伴嬉戏，也极为难得。

过午桥左拐，前行不远，便是严复故居大夫第。大夫第至今保存完好，于1983年8月列为市级文物保护单位，门外立着一块石碑，上书"阳岐严复故居"。房屋两进，属砖木结构，前面有一个天井，后面是一座庭院，由迁至福州的始祖严怀英建于唐朝末年，明代重修。走进屋内，里面住着几户居民，弥漫着一种乡居生活的简朴、闲适与从容。来到第一进西边披榭的严复青少年读书处，房门紧闭，内里结构及陈设不得而知。当年的严复，是否经常闭门掩户，将自己关在屋内，刻苦攻读不已？

严复最初的攻读，就是为科举做准备，虽多次落第，仍乐此不疲地醉心其中，有着难以挣脱的"科举情结"。只因四次落第，深受其害，才著文予以抨击。如果他是一名获利者，态度又会怎样呢？即使反戈一击，当光绪帝采纳设置经济特科这一变相的科举选才制后，严复受到几个官员的推荐与皇帝的批复，便异常感动。而经济特科毕竟不是正儿八经的科举，直到清宣统元年（1909年），年仅四岁的新皇宣统突然颁布一道圣旨，赐严复进士出身，伴随他大半辈子的"科举梦"，才在五十六岁这一年，画上了一个"圆满"的句号。

严复所置身的时代，正是风云激荡的社会剧变时期，所谓"五千年来未有之创局""三千年一大变局"。面对中与西、传统与现代、革命与渐进的抉择，严复内心深处时刻处于一种相互撕扯的矛盾与煎熬之中。在理智上，他崇尚西方文明，可在感情上，又对传统文化有着难以割舍的依恋与认同。这种内心的痛苦与选择，他似乎从未与人提及，犹如青少年读书处那紧闭的门扉，我们只能在那自相矛盾的文字与行为之中细细地揣摩与感受。

愈到老年，严复就愈加保守。年轻时激烈进取，锋芒毕露，年纪一大，便意志消沉、圆滑内转，几乎是人生的一大特征，不唯严复，近代许多伟大人物莫不如此。只是严复表现得最为突出，年迈的他，与翻译《天演论》时年轻的他，简直判若两人。1921年10月3日，严复预感来日不多，给儿女留下了六条遗嘱，第一条便是"须知中国不灭，旧法可损益，必不可叛"。几千年封建专制统治孕育而出的"旧法"固然也有精华，但更多的则是糟粕，如果不叛不离，就无法走向现代文明。

保留至今的严复故居共有三处，除大夫第外，阳岐村还有一处玉屏山庄，另一则位于福州市区郎官巷。

玉屏山庄建筑庞大，共有二十多座院落，是一处有名的园林式建筑群，为严复同乡、清末邠州知州叶大庄所建。叶大庄死后，山庄曾几易其主。严复三儿子严叔夏结婚时，他在此买下了一进独门独院的房屋。

离开玉屏山庄，我们又观看了两处与严复有关的建筑。一处为严氏宗祠，祠内立有一尊严复半身塑像，门外的廊柱上，写着一副对联："怀英创基闽郡称始祖，几道传播西学第一人。"怀英指严氏福州始祖严怀英，几道为严复的字，取典出自《老子》"以善几道"之意，也有人说源自严复故居旁有一条"几"字形街巷。另一处是尚书祖庙，为祭祀南宋末年民族英雄陈文龙而建。元兵南下，陈文龙以闽广宣抚使身份率军奋勇抗击，不幸兵败被俘，后由福州押至杭州。陈文龙绝食抗议，死于岳飞坟前。传说陈文龙曾悲愤地咬破手指撕破衣服写下血书，随风卷入西湖，经钱塘江由东海流入闽江，浮现于阳岐江滨。阳岐人将破衣血书打捞上岸，认出乃陈文龙遗物，遂建庙祀奉。福州地区有着众多纪念陈文龙的尚书庙宇，如万寿尚书庙、三保尚书庙等，而数阳岐最早，故称"尚书祖庙"，庙内供奉的还有临水夫人陈靖姑及其他地方神灵。

尚书祖庙显得高大而气派，现存主体建筑由严复1920年带头捐两千元，牵头组织重新修建，拱形正门的石刻横额"尚书祖庙"四个大字，就是他留下的"墨宝"。严复热衷于故乡庙宇的重建工作，自然出于对陈文龙民族气节的仰慕，但很大程度上，则是晚年的一种心灵寄托。

严复墓地

该去严复墓地了。

严复活着时，就为自己的身后做了安排。不知有意，还是无意，他将自己的墓穴选在了阳岐。是起点，又是归宿，当时的严复，心中是否有过如此念想？

墓园建在鳌头山，名曰山，其实不过一座比周围地势稍高一点的土丘而已。宣统二年（1910年）严复祭亡妻王夫人于此，就为自己写了一块墓碑："清侯官严几道先生之寿域。"由此可见，生老病死，在严复眼中，不过是一件再寻常不过的事了，心境之达观，着实令人神往。十一年后严复辞世，便与发妻合墓而葬。

严复墓地虽于1987年列为省级文物保护单位，近些年却屡遭劫难。1999年，盗贼将墓前的一块青石碑撬走，还将一对青石柱硬生生地截断偷去。石碑、石柱均刻有精致的青龙浮雕，颇具艺术与文物价值。经严培庸老人报警及当地媒体报道后，盗贼良心发现，将一碑两柱送回墓地围墙门外。遗憾的是，两根石柱却已断成四截。2003年，严复墓地再次受到侵扰，一条新建公路没有经过文物管理部门批准，修进了墓地保护区……

为加强管理，严复墓地修了一道围墙，安了两座铁门，门上落锁，钥匙分别由村委会及严培庸老人保管。墓地所在的鳌头山

严复墓

离严培庸老人家约一公里。于是，老人的孙子带上钥匙，随我们一同来到严复墓园，打开锈迹斑斑的铁锁。

鳌头山虽为平缓的山丘，但周围都是平原，也就有了一定的高度，四周的风景尽可纳入眼底。前有小河，后有松林，左有石岗，右有池塘，"风水"着实不错。对此，严复曾在《怀阳岐》一诗中写道："鳌头山好浮佳气，崎角风微簇野航。"

进入墓园，沿台阶缓缓而上，但见墓体呈一"钟"字形状；墓前有一石头横屏，上刻"惟适之安"四个红色大字。石头横屏后及拱顶墓前，立着严复生前亲笔镌刻的青石墓碑，回归的一碑两柱已然复原，但那新抹的水泥印痕，显得格外刺眼，仿佛向我们诉说着劫后余生的惊险。

据介绍，严复亲笔题写的墓碑上中间有着一个小小的缺口，不仔细看，难以发现。这一缺口由来已久，还是民国年间的事情，据说系一名学生所为。此生置身积贫积弱的旧中国，认为严复留学回国，却不能振兴中华，遂将满腔怨愤发泄在他的墓碑上。这名学生的行为固然失当，但一片赤诚天真，却也令人感动。从他身上，我们可以看到，时人对严复该是寄予多大的希望呵！在他们眼里，严复简直就是一位可以力挽狂澜、举手回天的伟人与神灵。

静立墓前，默默地凭吊着，目光就落在了墓前的一个花篮上。先生虽然与世长辞八十多个春秋了，但总有人记得他。

严复以大翻译家著称，他提出的"信、达、雅"译书三要求，长期以来为学术界认可信奉，但他却以"启蒙思想家"的身份，定位并镌刻在近代历史的不朽丰碑上。

严复第三处故居

严复死后归葬阳岐，但他人生的最后时光，却在位于福州城区的郎官巷度过。那儿便是他的第三处故居。

郎官巷故居显得十分高大、宽敞，市区毕竟是城内，与郊区阳岐村的两处故居相比，就明显地带有几分豪华的味道。郎官巷故居建于清同治六年（1867年），已有一百五十多年历史，算得上一座古屋了。这座古屋，是当年的福建省督军兼省长李厚基送给严复的。李厚基之所以出手如此大方，个中自有一些转弯抹角的缘由。李厚基是在海军总长刘冠雄的保荐下才获得督军兼省长这一显赫地位的，而刘冠雄既是严复同乡，又是他的学生。因了这层关系，当1918年严复风尘仆仆地从北方归返故乡时，李厚基在给严复接风洗尘之际，连带也将这栋房子送出。

也不知严复当时态度如何，恐怕有过表面的客气与推辞，但最终还是"笑纳"了。严复在这栋房子里大约住了两年，这两年时光住得很不舒服，不为别的，主要是哮喘病的折磨，那吭吭吭的咳嗽给他带来了无尽的肉体痛苦。严复在一封致友人的书信中写道："还乡后，坐卧一小楼，看云听雨之外，有兴时，稍稍临池遣日。从前所喜历史、哲学诸书，今皆不能看，亦不能看，亦不喜谈时事。槁木死灰，唯不死而已，长此视息人间，亦何用乎？"（《与熊纯如书》）对此时的严复而言，那种血脉喷张、激进图强的豪迈，仿佛是他生命中一个遥不可及的童话。疾病的痛苦，也能消磨人的意志与斗志，使人洞穿世事，变得消沉保守。

1921年10月27日，严复在郎官巷故居终于走完了他那伟大而荣光、复杂而沉重的生命旅程……

与阳岐两处故居的未加保护及墓园的人为破坏相比，郎官巷故居可谓福星高照。2001年，上海大唐李玉棠先生不为名利，纯粹出于对严复的仰慕崇敬之情，慨然捐资一百万元，以"修旧如初"为原则，对此处故居进行了全面维修，并予陈列布展，辟为严复故居纪念馆，免费对外开放。

来到郎官巷严复故居纪念馆，感觉自然不同一般。这里不仅展示着严复生命最后岁月的生活遗迹，也是一扇了解他那复杂灵魂的别致窗口。故居是一幢中国传统民居与西方建筑风格合璧的房屋，体现着严复中西结合的人生基调。

严复在郎官巷故居逝世，遗体运回祖籍阳岐与发妻王夫人合葬，具体时间是1921年12月20日。

于是，我的思绪，又固执地回到了阳岐严复墓园，当年安葬的情景，竟在想象的翅膀扇动中，如电影镜头般浮现于眼前。

严复留学英国，游历法国，回国后辗转于北京、天津、上海、南京、安庆等地，先后担任过天津水师堂总教习、校长，上海复旦大学第二任校长，安徽高等师范学堂校长，海军一等参谋官，资政院译员，北京大学第一任校长等职。看似走得很远很远了，但终其一生，都没有走出故乡。他翻译《天演论》，系统传播西学，"盗取"的火种确乎照亮了一代又一代有志之士奋勇前行的道路，然而他自己，却绕了一个大圈，又回到了生命的最初起点。从出生地苍霞洲蹒跚举步，归葬祖居地阳岐村，自然肉体源于故乡大地，最终与故乡山水融为一体；从《四书》《五经》出发，归返孔孟"温柔之乡"，传统儒学既是他思想的摇篮，又是他文化生命的最终归宿。这，难道仅仅是严复一人的特征与悲哀吗？不，这是整整一代甚至几代中国知识分子无可挣脱的悖论与怪圈！严复只是其中一个最为突出的代表，从他身上，我们可以感悟许多超越个体生命的内涵，洞悉民族的命运与旨归。

　　毋庸讳言，严复曾经推崇并期望过的东西，直到今天，还没有完成，没有实现，某些方面甚至还不具备施行的条件。作为一个产生过巨大影响的启蒙思想家，严复晚年的回归不由得引发我们对历史、对现实的深沉思索，如何建立一套不以西方文化价值观念为依归，而是适合中国土壤的自我评价标准体系，以实现传统文化的创造性转换，推动社会转型及现代化发展，仍是横亘在我们面前的一个无法回避的严峻课题。

蹒跚的步履

一

马尾,近七十平方公里的地盘,隋代以降,不过闽县乡镇治下的一个"里"与两个"图"而已,却因得天独厚的地理优势闻名于世——位于福建第一大河流闽江入海口,内涵三江,外通四海,东望台湾,西倚福州,北达江浙,南抵两广。于是,古代水师在此频繁往来,各地商船经此进出福州,郑和下西洋时此处成为海上丝绸之路的起点之一……

然而,马尾的辉煌与鼎盛却始于清同治五年(1866年)左宗棠创办的船政学堂。严复、詹天佑、邓世昌等一批民族精英与爱国志士由此起步,中国第一艘铁甲战舰在此出海,中国第一支近代化海军舰队于此组建……马尾,作为中国重要的科技基地、造船工业的发祥地、中国海军的摇篮而成为洋务运动乃至中国近代发愤图强史上的一个极其闪光的亮点。

鸦片战争虽然未能惊醒国人的迷梦,但英人的"船坚炮利"却引起了有志之士的强烈反响,喊出了"师夷长技以制夷"的口号。所谓"夷之长技",主要集中在"洋炮洋舰"上,也就是魏源在《海国图志》一书中所说的"一战舰,二火器,三养兵练兵之法"。

最先付诸实践的是被誉为中国近代睁眼看世界的第一人林则徐。为改变清朝海防废弛、水师敝坏的局面,林则徐一方面精心搜集中外战船资料,将各种外国战船式样绘成船图;另一方面积极购买欧美"洋炮",仿

罗星塔

欧洲船式建造双桅船。他还从美国驻广州领事处买来一艘商船改装成战舰，配备英制火炮三十四门编入水师。有人将其视为中国海军史上第一艘具有近代水平的战舰。林则徐的努力虽然收效甚微，发展近代海军的计划最终搁浅，但他仍不失为中国近代海防建设的先驱者，中国近代海军建设的引路人。

有志之士的呐喊与努力遭遇到比西方"船坚炮利"更加坚固厉害的传统保守壁垒，帝国犹如老牛拉着的一辆破车，吱吱呀呀地唱着古老的歌谣，晃晃悠悠地在夕阳的残照里颠簸而行。及至十多年后，当镇压太平军的得力干将、湖北巡抚胡林翼在安徽安庆的长江边见到两艘鼓轮而上的"洋轮"，发现它们"迅如奔马，疾如飘风"，当即惊得面如土色，精神恍惚，半天不语。及至回营途中，突然口吐鲜血，差点坠下马来。在与幕僚谈及洋务时，胡林翼摇手闭目，神色不悦地说道："此非吾辈所知也。"不数月，便薨于军中。

当清廷官员再一次对西方的"船坚炮利"感到焦虑与压力时，他们想到了效仿，只是效仿的目的再也不是"师夷长技以制夷"，而是"以毒攻毒"地对付太平天国起义军。

尽管洋务运动领导者的见识远远不如十多年前的林则徐、魏源等有志之士，其动机也令人扼腕丧气，但毕竟迈开了向西方学习的蹒跚步履。

于是，一批批优秀的太平军将士成为清廷从西方购进的战舰、枪炮的活靶子。太平天国的失败尽管有着诸多无法克服的内在因素，但清军武器的优势不能不说是一个相当重要的原因。

清同治元年（1862年），清政府决定成立一支中国近代海军，正式委托曾经担任中国海关总税务司的英国人李泰国办理。在英国政府的支持下，李泰国购买了八艘军舰，招募到六百多名英国海军官兵。花的是清朝的银子，购买的是英国的军舰，名为中国海军，配备的全是英国官兵，就连舰队总司令，也是英国海军部安排的人选——英国海军上校谢拉德·阿思本。更为荒唐的是，李泰国代表清政府与阿思本签订了十三条合同，其中有"阿思本只执行李国泰转交的中国皇帝命令"，"此项水师，俱是外国水师，应挂外国样式旗号"等条款。尽管清政府急需一支舰队用于镇压太平天国起义军，却怎么也不愿"将中国兵权、权利全行移于外国"，只好支付一笔巨额遣散费，将所有英国兵船打发回国。清政府白白耗费六十七万两银子，最终落得个两手空空，一无所获。

正是在这样的背景下，闽浙总督左宗棠在福建任所向总理衙门上了两道奏疏，认为借船不如租船，租船不如买船，买船不如造船，提出了"设局制造轮船"，也就是依靠自己的力量建立近代造船厂、建造新型船舰的主张。

奏折很快得到清廷批准，在勘察选址时，左宗棠将目光投向了马尾。

闽江两大支流乌龙江、白龙江在此交汇，两岸青山连绵，重峦叠翠，江面显得十分宽阔。汹涌的水流将航道冲刷得深邃无比，洲屿点缀其间，有如星罗棋布。江中一块巨石的形状酷似马头，骏马奔驰向南，位于闽江北岸的地盘自然就成了"马尾"，这段闽江也被称为马江。马尾重山环抱易于防守，江面开阔利于船舶行驶，离入海口近，巨轮可随涨落的潮汐自如进出，马尾港陆地有一片平坦的地段可容纳大量建筑，离省会福州约二十公里，便于官员就近监督。闽海关设在马尾罗星塔对面，可就近提取所需资金……马尾集诸多优势于一体，的确是一块难得的"风水宝地"，一个适于建造船厂的理想港口。于是，左宗棠将福州船政局厂址选定在马尾山下一块宽一百三十丈、长一百一十丈的地盘内。

　　学习利用西方造船先进技术，自然得雇用外人。左宗棠任命原江汉关税务司、法人日意格与原"常捷军"统领、法国军官德克碑为船政局正副监督。为防"李—阿舰队事件"重演，左宗棠不得不制定严格的条款予以约束。

　　正当左宗棠紧锣密鼓地筹建船厂并施行时，突然接到调任陕甘总督的上谕。西北回族起义，清廷想到剿灭太平军、捻军的有功之臣左宗棠。中国传统人治社会的潜规则，从来都是人亡政息，人走茶凉。船政局不可能随左宗棠西迁，他这一走，建造船厂的自强事业极有可能付之东流。为此，左宗棠特地推荐了丁忧在家的前江西巡抚沈葆桢担任船政大臣。为防牵制掣肘，清廷予以专折奏事的特权。

　　沈葆桢，福建侯官（今福州）人，林则徐次女林普晴夫婿，中国第一个也是唯一的一位真正进入近代化技术操作层面的封疆大吏。仿佛冥冥之中的安排，本是左宗棠提议筹建的事业，最终却由沈葆桢施行岳父林则徐生前未能完成的宏伟大业。沈葆桢办事细密，作风严谨，擅长兵法，工于吏治。这一作风特点在主持福建船政时更是得到了充分发挥，为中国近代船政文明、中国近代海军建设做出了卓越的贡献。

　　清同治六年（1867年），沈葆桢在马尾山麓亲自督建船坞、厂房、宿舍。建设规模不断扩大，由原定的占地面积二百亩扩大到六百亩。福建船政局设有铸铁厂、打铁厂、模厂、钟表厂、轮机厂、火砖厂等十四个分厂，另有船台三座，船亭五座，船槽一座，并设学习制造及驾驶的前、后学堂二所，后又成立学习设计的绘事院及艺圃（即技工学校）。福建船政局计有工人两千多名，约占中国当时产业工人总数的五分之一，另有学生、学徒三百多名，不仅是中国当时最大的近代机器工厂，也是世界最大的新型造船厂之一。

　　同治八年（1869年）六月十日，福建船政局采用西法制造的第一艘木质轮船"万年青"号下水了，技术性能及排水量全部超过同一时期向外国购买的任何轮船。9月18日试航，船上的八十多名工作人员，从舰长到舵工、水手、炮手、管轮，全部都是中国人。中国人驾驶自己制造的近代化轮船在马尾港下水，经闽江驶出海口，北上抵达天津，一路行来，扬眉吐气不已。

　　因初行试造，"万年青"号不可避免地存在船身过长、吃水过深等毛病，只能做军用运输船只，不适合做兵船使用。直到两年后第七艘名为"扬武"号的轻巡洋舰建成下水，我国才有了自行制造的第一代适于海上作战的新式军舰。

　　截至至光绪十年（1884年）中法海战爆发，福建船政局一共建造轮船二十四艘，其中木壳轮船十九艘，铁胁轮船五艘，总排水量二万七千多吨。

　　近代军舰与驾驶人才优化组合、编制配备，即可建立一个富有效率的指挥系统，组建一支近代化的海军联合体。福建船政局建造了相当数量的军舰，培养了一批航海人才，为建立一支近代海军奠定了坚实的基础。

　　福建船政学堂虽面向全国招生，无论满汉皆可报名，但汲汲于科举功名的优秀学子报考者极少。如第一届学员中以第一名成绩考入的严复，若非父亲病逝家境贫寒，恐怕不会前来报考。福建地处东南沿海，得风气之先，加之学堂设在福州马尾，因此生源以本省人居多，外省学员极少，仅一二人而已。于是，旧中国海军中福建人最多，对中国海军事业做出了不可磨灭的贡献，也就有了"海军者，闽人之海军也"之说。我国近代海军中的兵舰管带及高级指挥官，基本上都毕业于福建船政学堂。前后担任过海军统领、总理、总长的就有叶祖珪、萨镇冰、兰建枢、刘冠雄、李鼎新、程璧光、黄钟英等人。然而，因地域色彩过于浓厚，久而久之，便形成了有着共同利益的小圈子，排斥非闽系人士，以致被人称为"闽党"。

二

随着福建船政局建造的军舰不断增多，沈葆桢向清廷提出了新式海军的建制问题。

以同治九年（1870年）9月20日清廷调遣福建旧式水师提督李成谋担任轮船统领为标志，福建海军初具雏形；同治十一年（1872年），包括主力"扬武"号在内的四艘军舰下水，福建海军军舰总数达到十艘；随着船政局所造轮船陆续下水，福建海军拥有的军舰不断增多，光绪元年（1875年）已达十六艘，总排水量一千五百多吨。

福建海军虽然是中国近代海军建设中最早成军的一支舰队，但远远够不上一支近代化舰队的水准。福建海军既无完善有效的指挥系统，也无配套的后勤保障体系，官兵极少进行近代海战训练，海防要塞建设相当薄弱。严格说来，福建海军还只是中国近代化海军舰队的先声。直到北洋海军建立，中国才拥有了历史上第一支以西方新式军舰大炮及训练方法建设起来的近代化海军。

福建海军尽管还达不到近代化海军标准，但建立不久，就在捍卫东南海疆、保卫台湾领土的战斗中初露锋芒，显示出先进武器装备的震慑与威力。

日本自1868年明治维新运动开始走上发展资本主义道路，国力迅速提高。日本羽翼初丰，就暴露出侵略扩张的内在本性。1872年，日本册封与中国已有五百多年藩属关系的琉球国王为"藩主"，公开向中国叫板。1874年5月7日，日军又在台湾南部登陆，攻占牡丹江，以龟山为基地建立"都督府"，准备长期占

据台湾。清政府任命沈葆桢为钦差大臣，"办理台湾等处海防兼
理各国事务"。沈葆桢火速布防，福建海军闻风而动，积极备
战，不但在澎湖海域举行舰队练习，向日军显示强大的实力，还
在海上巡逻、运送陆军、搜集情报、传递信息等方面发挥了不可
替代的重要作用。日本不仅理亏，就双方实力而言，日军在军
舰、兵力、后勤等方面也明显弱于清廷。但清政府却抱着息事宁
人不愿决战的懦弱心理，以五十万两银子的赔款换取日军撤出
台湾。

一个近代化刚刚起步的蕞尔岛国，竟敢公然打上门来，向堂
堂的"天朝大国"发难，犹如一场强烈地震，给中国朝野带来极
大震撼。许多有志之士充分认识到，在未来的反侵略战争中，日
本将是中国的头号敌人。清政府也在"台湾事件"中认识到海军
的重要作用，不得不调整战略，重视海防，发展海军，并将海军
建设的重点放在北洋海军上。

中国近代海军从南洋起步，北洋海军却后来居上。

日本通过侵占台湾的军事冒险行动，不仅感到清廷颟顸无
知、色厉内荏、软弱可欺，也看到了海军建设的重要性。中国积
极发展海军，日本更是加快了海军扩张的步伐。

中日两国都以对方为假想敌扩充海军、积极备战。当这种
发展达到一定火候，双方将不可避免地一决雌雄，这就是爆发于
1894年的中日甲午战争。结局众所周知，清廷在这场战争中彻底
惨败，中国第一支真正的近代化海军——北洋海军全军覆没。

其实，早在甲午海战十一年前，中国海军就遭受过第一次挫
折与重创，给洋务运动造成了沉重的打击，对中国近代历史进程
也产生了不可估量的负面影响。

1884年8月23日，中法马江海战爆发，地点就在中国海军的
摇篮——马尾，仍是敌人恃强打上门来，公开挑衅，率先开火。

战争因清朝的藩属国越南而起。其实，所谓的藩属国既非殖民地，也非托管地，宗主国与藩属国关系相当松散。藩属国遵循基本礼仪，奉宗主国为正朔，按时纳贡接受册封，而宗主国虽不干涉藩属国内外事务，但其内乱时，却有出兵平定的责任与义务。宗藩关系既显示了封建统治者"通惠四海""万邦来朝"的大一统盛世虚荣，也起着调节华夏与边远异邦民族关系，保证国内安定的缓冲阀作用。19世纪80年代初，越南发生了被法国吞并的危机。清廷在越南阮氏王朝的再三请援下，本着"外藩者，中国之藩篱，藩篱陷则门户危，门户危则堂室震矣"的战略主张，最终做出了出兵边境、援越抗法的决定。

马江海战，便是中法之间除越南战场外的另一个战场。

法国之所以派遣海军来中国东南沿海开辟第二战场，是想占领福州，将马尾船厂作为法国舰队的维修基地，掌握台湾海峡制海权，达到要挟清廷、侵占越南的目的。谁也没有料到的是，福建船政局、福建海军主要依靠法国技术及机器设备建造而成，却被其视为打击目标。

法国是当时世界第二大海军强国，拥有三十八艘铁甲舰，九艘岸防铁甲舰，五十艘巡洋舰、炮舰及六十艘鱼雷艇，总排水量五十余万吨。尽管法国海军实力雄厚，但前来福建参战的只有舰艇九艘，水雷艇二艘，火炮七十七门，总排水量约一万五千吨，作战兵员一千八百三十人。福建海军虽然算不上严格意义的近代海军，但与之对峙的军舰共有十一艘，火炮四十五门，总排水量九千七百一十五吨，作战兵员一千二百人。此外，中国还有九艘旧式武装师船，二艘帆船，七艘载有鱼雷发射机的汽艇及若干装有杆雷的桨船，岸上还有七座可提供火力支援的新式炮台。由此可见，中法双方实力悬殊并不是太大，加之福建海军以逸待劳，掌握着战争的主动权，只要抓住时机，奋力一搏，并非没有获胜希望。

然而，由于清廷懦弱，一味地寄希望于和谈，战争指挥者决策失误，一再延误战机，致使主动权丧失殆尽，结果导致福建海军被动挨打、彻底失败。

闽江下游山峦起伏，从马尾港到出海口约二十五公里，共有三道严密的防线。南北两岸炮台林立，火力交叉封锁，加之航道水域内岛屿暗礁密布，无论法国海军多么强大，也不可能越过这二十五公里的重重关隘进入马尾港口。然而，当法国海军于1884年7月13日以游历为名要求进入闽江口时，福建总督何璟却允许两艘法国军舰驶入，停泊在马尾港旁的罗星塔下，并予以"最友好的接待"。而早在四个月前，中法两国的军队已在越南战场开始较量。面对法军的战争叫嚣及新的军事行动，战争一触即发，作为清政府的一名高级官员，何璟竟然开门揖盗，他的愚昧无知简直达到了令人无法想象的地步。7月15日，军机处传令"该国兵轮勿再进口，以免百姓惊疑"，何璟违旨，又让两艘法国军舰驶到马尾。自此，法舰自由进出闽江，深入内河，不受任何阻拦，福建海军的优势反而主动让给他人。

于是，法国军舰陈兵马尾港，控制闽江口，威胁福州城，摆出一副剑拔弩张、咄咄逼人的态势。

福建海军面对法舰越来越严重的挑衅，不仅感到了从未有过的紧张与威胁，也做好了战斗准备。"兵船入口不得超过两艘，停泊不得超过两星期，违者即行开仗。"有人援引这一万国公法，主张先发制人向法国舰队开火。福建驻防将军穆图善支持这一主张，福建会办军务、翰林院侍讲学士张佩纶也多次请求先发制人。而得到的清廷指令，却是"严谕水师，不准先发炮，违者虽胜亦斩"，"必待法人挑衅，始准应战，不宜由我启衅"。面对这样懦弱腐朽的朝廷，除了被动挨打，还有什么别的出路？

中法谈判破裂，法国发出最后通牒。直到法军战书下达，何璟才在开战不足一小时前急电福建船政局及长门炮台进行准备。开门揖盗，被动避让，就连战前仅有的一点宝贵时间也被耽误，是敌人假清廷及其指挥者之手，将福建海军一步步地推向了可怕的深渊。

8月23日下午1点56分，法军舰队全面开火，炮声与硝烟顿时笼罩江面。

本来就技不如人、势单力薄的福建海军，加之天时地利尽失，军舰还来不及启碇就被敌人炮火击中。尽管居于劣势，处于被动，但所有福建海军将士都表现得勇敢顽强。他们没有退缩，没有逃跑，而是有进无退，视死如归，就连法国海军军官也不得不称赞他们"表现出勇敢和英雄的优美榜样"。

马江海战十分短暂，双方炮战仅四十多分钟即告结束。福建海军几乎全军覆没，九艘军舰被击沉击毁，另两艘负伤逃往上游，后在林浦搁浅自沉。同时被击沉的还有一批旧式水师船只，共有七百九十六名海军将士以身殉国。法国军舰一艘未沉，仅死六人，伤二十七人而已。

激战过后，到处是漂浮的木板与断帆，沉没的军舰或高或低、或隐或显地露出江面。一些幸存的海军官兵在鲜血染红的江水中沉浮着成了法军的活靶子，只要他们的脑袋浮出水面，就会遭法军步枪、机关枪的疯狂射击，或是被法国人以竹竿猛击，活活捅入水中淹死。一位在闽海关工作的外国雇员见此惨状，不由得悲愤说道："这不能叫作战争，而是屠杀！"

是的，又一场残酷的屠杀！又一次见证着懦弱就受欺辱，落后就要挨打这一所谓的人类文明社会的真理与准则！

在此，让我们引用英国人赫德观战后所说的一段话，永远记住1884年8月23日这一既悲壮又悲惨的日子："真正的荣誉当属于战败的人们，他们奋战到底，并且和焚烧着的满被枪弹洞穿的船舰一起沉没。"

中法马江水面之战短暂，岸防之战则持续了一星期之久。

尽管法舰重炮威力巨大，沿岸炮台都进行了顽强的抵抗。战争初起，数千民众便自发地移石镇江，立桩为栅，筑起一道严密的封锁线，阻止法舰溯江而上，打破了法国占领福州作为抵押品的美梦。法军陆战队两次登陆，企图攻占马尾船厂，遭到两营清军守兵的沉重打击，不得不放弃登陆计划，改用舰炮摧毁船厂。法军以七寸口径大炮对准工地、仓库及一艘即将完工的巡洋舰艇，猛烈炮轰达四小时之久，致使船厂发生五次爆炸，一股股烟雾腾空而起。合拢厂、画楼、水缸厂、炮厂、轮机厂、铸铁厂、砖灰厂、船亭、栈房、模厂等分厂受到不同程度创伤，未下水的舰艇被击穿九十多个孔穴，学堂、匠房内的用具、书籍也在炮火的轰击中残缺不全。

马江之战，福建海军覆灭，马尾船厂被毁，清廷耗费几百万两白银、近二十年苦心经营的事业，顷刻间灰飞烟灭。

三

海战结束，乡民们驾船打捞出死难者尸首五百多具，大都血肉模糊，难以辨认，全尸仅一百三十二具，多为落水后被法军以竹竿猛击捅入水中淹死。能够辨认的由附近亲友领回安葬，无法辨认及无人认领者分成九垅埋在马限山一带。

马江之战两年后，即1886年，一座纪念海战死难烈士的祠堂——昭忠祠建在马尾马限山麓，负山面江而立。

1920年昭忠祠重修时，九垅及马尾船厂船坞旁的其他烈士遗骸迁入其中，修一大墓，墓前建有碑亭，亭中刻有一块纪念石

昭忠祠

碑，上书"光绪十年七月初三日马江诸战士埋骨之处"。

1984年，为纪念马江海战爆发一百周年，国家拨款六十万元再次重修昭忠祠，并将其辟为马江海战纪念馆。

2004年9月17日下午，我在福建省新闻出版局编审吴世灯先生的陪同下来到昭忠祠，凭吊一百二十年前为国捐躯的死难烈士。

祠堂外栽着一排象征烈士精神长青不朽的翠柏，门前陈列着两尊从当时被毁舰船上卸下的大炮，锈迹斑斑的炮身见证着一段永难忘怀的历史，无声地引领着前来凭吊的人们步入当年的悲壮。进到祠堂，映入眼帘的是马江海战的一批纪念物，有马尾及闽江沿岸地形沙盘，福建船政兴衰图片，海军将士奋勇杀敌雕塑，死难军官画像，还有烈士生前用过的遗物如腰带、木盒、茶壶、花盆及佩戴过的领章等。祠内石碑上镌刻着七百九十六名死难者的姓名，包括十二名军官，七百三十六名战士，四十八名弁目、练童、医生、差弁等。

马江诸战士埋骨之处

捐躯的烈士们大多都是船政学堂以西方新式教育培养出来的年轻人才，如军官叶琛、许寿山、陈英、林森林等，其中还有一批出国留学的"洋学生"，如阵亡者中就有中国最早留学海外的四名"留美幼童"，他们是黄季良、薛有福、杨兆楠、邝咏钟。人才的夭亡比厂房被毁更令人惋惜不已，厂房毁坏可以重建，死者长逝则永不复生。可以毫不夸张地说，如果这些死难烈士的生命之花没有凋谢，将给中国海军事业带来新的希望与曙光。

先行者倒下了，又一批后继者崭露头角奋勇前进，中华民族以其顽强不屈的韧性在五千年的文明之河中生生不息地流淌着。马尾船厂遭法军毁灭性炮火轰击仅一个月后，就在船政员工的竭力修复下恢复了正常生产。此后，马尾船厂除建造船只外，还在1918年2月创设飞机制造处，开办了中国第一家飞机制造厂，于1919年8月制造出中国第一架飞机。

综观福建船政局的发展历史，最令人痛惜的是外国侵略者的破坏。除1884年法军毁灭性的轰击外，抗日战争时期，日军多次出动飞机轰炸，还两次占领马尾船厂大肆洗劫。1945年5月，日寇撤出马尾时，又在船政学堂的所有校舍埋设炸药。随着几声巨响，建筑物瞬间倒塌，船政学堂被夷为平地。福建船政局的许多建筑后来都已修葺如初，唯有船政学堂无法复原，日本侵略者的耻辱柱上，又增添了一桩毁灭文明的残暴行径。

走出昭忠祠，我们驱车前往马尾船厂。

马尾船厂作为福建船舶工业公司的骨干企业，如今已改制为马尾造船股份有限公司，以生产科技含量较高的集装箱货轮及新型工程船为主，具有年造万吨货轮六至八艘，单船建造能力三点五万吨级的生产能力。马尾造船股份有限公司在过去的基础上，规模不断扩大，技术日益提高，正逐步与世界接轨，制造的船舶在20世纪90年代初就已打入强手如林的欧洲市场。1997年10月，公司为德国船东批量建造四艘八千二百吨级的集装箱船，成为国内建造德国籍船舶的第一家地方造船厂。当年从西方引进先进的船政文明，经过一百多年的风雨锻造，在战乱与顿挫、屈辱与压抑中恢复、振兴、崛起，终于跻身世界先进行列。

徜徉厂内，没有行人，映入眼帘的，是鸣奏着一曲曲现代钢铁交响的船台船坞，高耸的旋转吊车，鳞次栉比的新建车间。不时可以见到欧式小洋楼的身影，还有修复如初的昔日标志性建筑，如船政轮机厂、绘事院、钟楼等。它们记载着船政的历史与沧桑，与迸发青春激情的新型厂房相互辉映。船政轮机厂建于1867年，正是这里生产了中国的第一台蒸汽机。面对仍保留当年风貌的轮机厂房，连前来参观的法国、荷兰驻华大使也感慨地说："像这样的古旧厂房，在欧洲也难得一见了。"当年的船政绘事院既是船厂技术设计的工作场所，也是培育造船技术人才的教育机构，院址就在轮机厂楼上，如今已辟为马尾船厂史迹陈列馆。高十八米多的五层法式建筑钟楼，更是当年西风东渐的缩影，那鸣响的清脆汽笛，在经久不息的悠悠回荡中，将中西两种不同文明融汇为一个有机的结合体。

然后，我们于薄暮时分来到了中法马江海战遗址。

中法马江海战遗址

两水相汇的江面显得十分宽阔，一艘艘船舶上下行驶，对面南岸连绵起伏的山岭笼罩在轻纱般的薄雾之中。望着风平浪静的水面，隆隆的炮声与机关枪的脆响由历史深处，从遥远天边隐隐传来，越来越近，越来越响，一时间，满耳都是风声、涛声、炮声、枪声、喊叫声、杀伐声的喧腾，眼前不禁幻化出当年福建海军将士浴血奋战的悲惨情景。

是的，正是在这里，中法两国海军将士相互对峙一个多月，不论哪方率先开火，都会占据主动优势置对方于死地。然而，双方都在万分紧张地等待着，等待两国政府的谈判结果，等待对方的最后通牒，等待交火的最后时刻……那可真是一段双方神经紧张得几乎快要绷断的既漫长又难挨的日子。福建海军将士恨不得马上开炮，将已经有实质性侵略行为的敌人驱逐出国土。法国海军深入中国内河，无疑是一种极大的冒险，稍有闪失，也将是全军覆没，死无葬身之地。就在双方交战的当天，如果中方在上午涨潮时提前开火，泊居上游的中国军舰就可发挥舰首炮火威力，使法军陷入被动挨打的局面。然而，法国驻华公使马德诺与孤拔海军中将相信福建海军不会首先开炮，便将递交战书的时间定在下午。下午退潮，福建海军军舰的方向便会改变，面向法舰的船头变为船尾，船头威力强大的炮火难以发挥作用，而火力最弱的船尾则完全暴露在敌人的炮口之下。法军开火，中国军舰必须完成一百八十度的回转，然后才能进行还击。如果没有这样一个短暂的时间之差，中法海战的历史及结局，极有可能重新改写。

法军突然开炮，福建海军一时间无法转身还击，一发发威力巨大的炮弹呼啸着准确地射向停泊着的中国军舰。一个多月的紧张对峙，法军仅以七分钟的猛烈轰击就使福建海军失去了作战能力，仅四十多分钟，就将近二十年无数志士筹建船政、建设海军的心血化为乌有。

"风声竟使全军墨，海水翻流十日红。"林则徐侄孙林扬光的《悲马江》一诗，便是当年悲壮海战的真实写照。

四

扼腕长叹之余，对中法马江之战，我们可以找出许许多多失败的根源，其中一个最重要的且被人一再提及的原因，就是中法双方在军事技术上的巨大差距。法舰配备有鱼雷、机关炮、机关枪，而中方则全无。有人对两支舰队的技术指标、系数进行过一番统计与比较，得出福建海军的技术装备要比法国舰队落后二三十年的结论。

然而，当中国第一支近代化海军，居世界第九位，被称为远东强大舰队之一的北洋海军遭遇实力相当的日本海军时，又一次重演了北洋海军彻底覆没，却连一艘日舰也未击沉的悲惨命运时，如果再以技术差距做结论，恐怕就无法自圆其说了。

"军运"与"国运"，是一枚硬币的两面。"国运"衰败如夕阳残照，"军运"何以兴旺如日中天？通过海军的作战能力，可以衡量、测试出一个国家在政府效率、战略思想、经济实力、人才素质、国家体制乃至国民内在精神等诸多方面的实际水平。而一切的关键，就在于国家的政治体制，只有新的制度，才能根除几千年积淀下来的暮气、惰性及老昏病，彻底改变中国未来的命运。

面临"数千年未有之变局"，清朝"师夷长技"，军火、轮船、机器全都引进来了，洋务运动也办了几十年，可就是达不到"制夷"的效果。列强仍从海上掩杀而来，就连昔日的"学生"日本也欺负到"老师"头上，是可忍，孰不可忍！综观历代国防，从北方陆上杀来的敌人虽然凶猛，汉族人也曾两次遭受异族统治，但历次战争中，汉族人占据上风者居多，有时甚至远征大漠，控制西北，势力直达中亚一带。特别是汉唐的巍峨气象与猎猎雄风，的确回肠荡气不已。可到了近代，面对海疆来袭的侵略者，我们总是一败再败，从未有过一次获胜纪录。据有关资料统计，自1840年至1940年的一百年间，列强从海上入侵中国四百七十多次（其中较大规模八十四次），入侵舰船一千八百六十多艘，入侵兵力四十七万人，迫使清政府签订割地赔款的不平等条约五十多个。

我们对西方文明的学习，如果仅仅局限于技术层面，如果总是陶醉在"天朝"的虚假面子与往昔荣光之中，如果始终摆脱不掉"中学为体，西学为用"的格局，中国的未来与发展就只能蹒跚在蜿蜒崎岖的羊肠小道上，走入历史的死胡同。

西方的物质文明与精神文明密不可分，我们不能仅仅满足于技术、器物的"皮毛"，只有从政治、体制、法律、文化等方面进行"换血"改造，才真正触摸到现代化建设的精髓。

仍然回到中国的海防建设，决定战争因素的不外乎人与物两个方面，洋枪、洋炮、洋舰有了，并不等于使用这些武器的将士、拥有这些军队的清朝政府也随之具备了近代化的优秀素质。

探究中国海军在两次海战中遭挫的内在缘由，我们一口气可以列举无数，比如清朝政府从来没有完整的海防理论，从未考虑过海军的充分使用，轻视甚至主动放弃制海权，将海军建设仅仅看成是保卫本土海岸线及港口要塞的辅助力量。最为可笑的是，清光绪十三年（1887年）在清漪园内筹建昆明湖水操学堂，将用于近代海战的训练，放在一个人工挖造的湖泊之内。而清廷的腐朽更是达到了无法治愈的地步，慈禧太后先是挪垫北洋海军经费，后修建颐和园时，由挪垫发展为挪用；清廷还利用南洋舰队"广甲"号从广东运送"岁贡荔枝"供慈禧太后等人品尝，"一骑红尘妃子笑，无人知是荔枝来"，清廷竟以近代化先进武器为运输工具，上演了一出类似一千多年前的杨贵妃新版荔枝故事。朝廷腐化，上行下效，清朝官员也不放过任何一个"捞油水"的机会，竟敢在制造的炮弹中以次充好、以假乱真。据郑观应揭露，"马江海战，我炮中法船，其弹不炸，法人剖而视之，弹中无药，或炼药不净，或掺杂泥沙，以致药力不足，未能命中及远"，中日甲午海战时，击中日舰"松岛"号的炮弹不炸，也是装填大量洋灰的缘故。北洋舰队成军，海军衙门成立，可军令权却归于不谙军事的皇帝与文官（军机大臣）手中，舰队的指挥权也掌握在不谙近代海战的前陆军将领丁汝昌之手。北洋官兵将军舰当作客轮使用，在烟台与旅顺口之间往来行驶，做定期运送旅客的生意。北洋海军每每虚与敷衍，缺乏实战训练，黄海海战中连接敌的第一个编队变阵都没有排好，抵近敌舰多次发射炮弹，却一发也不能命中目标。丁汝昌不能以身作则严格治军，导致舰队管理混乱、军纪不振，高级军官带头违反纪律，建公馆、养小妾、夜不归航。当光绪十七年（1891年）夏天丁汝昌率北洋海军的六艘舰艇访问日本时，有经验的日本军官发现大炮没有擦拭干净，士兵将衣服晾晒得到处都是，就连"致远号"管带、甲午海战中壮烈殉国的邓世昌也在军舰上喂养宠物"太阳犬"……

一位游客在游览北京圆明园时，曾说过这样一句话："幸而慈禧太后挪用军费建了这么一座园子，要是当年全部拿去建造军舰，我们今天可就什么都见不到了。"此语虽然偏激，却也意味深长，促人反思。

在研读有关甲午海战的大量史料时，我感受最深、感慨最多的，就是北洋海军从上到下，大多缺少血性、胆略与气概。李鸿章内心懦弱，一味求和；丁汝昌躲在港湾内消极防御，害怕出海作战，如果敢于与日本在外海决一死战，并非没有获胜的可能，从某种角度而言，进攻就是最好防御，说到底，北洋海军还是一支没有走出中国大海，只在海岸附近游弋的单纯防御力量；将士中尽管出现了勇猛刚强如邓世昌、黄建勋、林履中等英雄男儿，但封建末世堕落，将士也免不了暮气沉沉，官场裙带作风严重，军官形成闽人圈子，而士兵则形成北方人圈子；北洋军人没有曾国藩组建湘军时的"忠义血性"，缺少国家民族观念的教育与激励，没有视死如归的传统英雄主义及杀身成仁、舍生取义的信念，结果"济远号"管带方伯谦带头逃跑，"广甲"号管带吴敬荣紧紧"跟随"，还有大批不敢出战、临阵脱逃者、力主投降者，在决定北洋海军命运的最后时刻，主帅丁汝昌在众水手的威逼下自尽，北洋海军官兵三千零一十四人向日军投降。日军俘获北洋海军十艘军舰，将其中的"镇远"号、"济远"号作为战利品带回日本。"镇远"号被编入日本海军联合舰队，1900年在八国联军侵华战争中，反被日本人利用来攻打中国，后又参加了日俄战争中的多次著名海战，1912年被当成废船在横滨解体，可两个各四吨重的大铁锚却作为日本海军的"赫赫战功"，在东京上野公园陈列了几十年，直到日本投降，1946年10月才运回国内。

福建船政学堂培养出的海军将士在中法马江海战中损失惨重。十一年后，一批毕业于福建船政学堂，后留洋归来的海军管带又在甲午海战中几乎全部陨落：邓世昌、林永升、林履中、黄建勋战死，刘步蟾、林泰曾悲愤自杀，方伯谦遭清廷斩首……

海洋是陆地的屏障与保护，然而，没有强大的海军与稳固的国防，屏障反而成为入侵者利用的通途。中日甲午海战为中国走向近代化面临的一次最为重大的挫折，北洋海军全军覆没，制海权几乎全部丧失。西方列强纷纷涌来，都想"分一杯羹"，瓜分中国沿海军事基地，划分自己的"势力范围"。中国从此真正沦为半殖民地半封建社会。

甲午海战惨败，二点三亿两白银的巨额战争赔款在喂肥日本的同时，也使清廷财政几于崩溃。为在规定期限内还清赔款，清廷不得不一次又一次以限期四十五年的关税、货厘、盐税做抵押，向英、德等国贷款。若以本息计算，五次贷款合计六亿九千七百多万两白银。中国财政年年岁岁被高利贷吸干，中国人民于债务的阴影中挣扎了三四十年之久。

北洋海军覆灭，除沉重的战争赔款外，清廷征服海洋的自信心也顿然消失。

清光绪二十二年（1896年）3月，曾任云贵总督的王文韶在汇报北洋海防的一封奏折中写到，海军需重具规模，非二三千万两银子不可。也就是说，中国付给日本的战争赔款可建设十支近代化海军。若以实际支付的本息近七亿两白银计算，则可建造三十支近代化海军。而内外交困的清廷却怎么也拿不出赔款之外的银子重组一支强大的新型海军。于是，中国海军的发展目标只能局限于近海防御的狭小范围。

由此可见，日本是导致中国海军发展倒退，中国近代化及现代化迟滞的元凶！

清廷君临天下、一统世界的天朝大国迷梦一旦打碎，也就由盲目的自尊自大转变为极度的自卑恐惧。除了苟延残喘、崇洋媚外，再也没有重振山河的雄心壮志与实际能力。

武昌首义爆发，好不容易重组的海军队伍，在清廷还没有彻底垮台之前，就已全部起义，成为革命党人的一支重要军事力量。然而，当中国最后一个封建王朝退出历史舞台之后，本应继续大规模发展的海军，却因新政权以北洋陆军为核心及其他种种原因，遭到冷落，其重视程度连清朝都不如。而此后连年不断的军阀混战，使得海军建设完全被搁置下来，也使得中国海军与世界海军的差距越来越大。

昔日的历史造成了海军这一军种在中国遭受轻视与冷落，以致好长时间都不能从甲午海战的失败中缓过气来。

新中国成立后，我们对海军的建设提到了一个相当重要的高度，但受历史条件制约，与其他国家相比，仍存在一定差距。

其他方面姑且不论，仅航空母舰而言，直到2012年9月25日，才有第一艘由苏联库兹涅佐夫元帅级航空母舰次舰瓦良格号改装的"辽宁舰"，交付中国海军使用，用于科研、实验及训练。

航母是远洋海军的标配，不仅可以提升海军质量，增强海军作战能力，也可提高军威国威，是综合国力的象征。航空母舰自1910年问世至今，建成服役的共有三百多艘。不说美国、俄罗斯、英国、法国等军事强国，就连亚洲的印度也曾拥有三艘航空母舰，韩国、泰国各一艘。即以昔日阻碍中国海军发展的日本而言，自第一艘航空母舰"凤翔"号问世，到第二次世界大战结束，共建造了二十五艘航空母舰。战败后的日本，军事力量虽然受到了一定程度的阻遏，但技术发展从未中断，战后海军实力并未衰减，如今的日本海上自卫队已发展成为一支兵种齐全、装备先进、具有较强反潜护航作战及远洋机动作战能力的精锐海军，且拥有五艘"准航母"，其海上力量位居世界前列。前些年，一篇发表于日本《朝日新闻》的文章看得我触目惊心，该文指出："假如中国海军全面出动，在双方无空军基地战斗机掩护的条件下，在远洋与日本海上自卫队作战，我们可以得出的结论是，中国海军会在两三小时之内全军覆灭。"查阅有关中日海军实力对比资料，中国现代国际关系研究所东北亚研究室主任杨伯江认为，中国海军已经有了长足的发展，假如中日海军再度交战，甲午战争那样一边倒的局面虽然不会出现，但从军事技术而言，中日海军差距仍然巨大。

令人欣慰的是，2017年4月26日，中国第二艘航空母舰下水。这艘由我国自主建造的航母具有里程碑式的意义，标志着中国海军由"近海防御型"向近海防御与"远海护卫型"结合转变，迈出了关键性的一步，为打造强大的世界级海军力量奠定了基础。

早在二千五百多年前，古希腊海洋学家狄米斯·托克利就曾经说过："谁控制了海洋，谁就控制了一切。"世界各国在保卫海洋权益、争夺制海权的较量背后，实则关系到一个国家、一个民族的生存与发展。海军是当今世界唯一能够制空、制海又制陆的现代兵种，是一支兼具陆海空职能及战略火箭军职能的综合全能型军队。只要海军强大，就能带动陆军、空军及战略导弹部队的全面发展与壮大。

写到这里，不禁想起了《福州文史资料选辑》第十五辑上转载的一篇名为《海军救国论》的文章。原文发表于1941年12月出版的《海军杂志》，作者刘和谦当年还只十四岁。这是他在马尾海军学校第一次招生考试中的应试作文，其中有语道："试观今日之中华，其海防若何？沿海尽被封锁，海权操纵敌手，其故何耶？盖因中华传统之不重海军，而政府之失策，与夫国民见解之错误也……海军建设，实汲汲焉刻不容缓也！当今日也，海军盖可救国，救国亦端赖乎海军，吾人更应献身海军，建设坚韧大无畏之海防，增强海军救国力量，发挥海军救国功能，为我海军救国之先锋焉！"

文中所言，虽隔了七十多年，今日读来，仍动人心魄，荡人肺腑，有着极强的现实意义。

辛亥首义

一

当我们站在历史的制高点审视逝去不久的20世纪，就会发现19、20世纪之交的中国，黑云压城，风雨如磐，似乎看不到半点希望与光明。

戊戌变法失败，义和团运动失败，唐才常创自立军起兵"勤王"事泄失败，孙中山领导发动的惠州起义失败……八国联军攻陷洗劫北京，清朝廷提出"量中华之物力，结与国之欢心"，与德、俄等国签订《辛丑条约》，成为"洋人的朝廷"，中国沦为"谓之亡不可，谓之不亡亦不可"的名存实亡状态。

残酷的压制，层层的禁锢，沉重的黑暗，污浊的空气，简直压得人们透不过气来。

除旧布新，本该充满了活力与激情，可19世纪的中国民众却在血雨腥风的惨然中跨进了20世纪，绝望与死寂如一张大网沉沉地笼罩着中华大地。

"野火烧不尽，春风吹又生。"无数仁人志士仍在奔走呐喊，他们不惜牺牲生命、毅然决然地做着挣破罗网的坚强努力。孙中山、黄兴领导的同盟会在广东、广西、云南等边陲地带多次发动武装起义以推翻清朝，但如闪亮的火星划过夜空，很快就被黑暗吞噬了。1911年4月，孙中山又在广州发动了第十次武装起义，以全党之力，"为破釜沉舟之举，誓不反顾，与虏一搏"，结果仍以失败而告终，黄兴逃往香港，革命精英大部分牺牲。

一次甚过一次的惨重失败与致命打击，使得绝望颓丧的氛围，几乎弥漫在所有幸存党人的心头，民主革命运动跌入前所未有的低谷。

不在沉默中灭亡，就在沉默中爆发。

孙中山铜像

　　谁也没有想到仅过半年，在1911年10月10日（农历辛亥年八月十九日）晚，又一次大规模的革命运动——武昌起义在中国的中部爆发并迅速取得了胜利。此次胜利就连流亡海外，在美国科罗拉多州丹佛城为下次起义募集经费的革命党领袖孙中山也没有料到。10月12日，他在当地的报亭买了一张报纸，打开一看，见到"武昌为革命党占领"的标题，才知革命在武昌爆发并取得成功，不觉欣喜不已。

　　武昌起义的辉煌胜利，再次激励、鼓舞、唤起了革命党人的斗志与信心，短暂的惊奇与惊喜过后，他们不遗余力地奋起响应。奔突的岩浆冲破地表喷薄而出，干柴的烈焰熊熊燃烧旺，潜隐的炸药在全国各地轰然作响……

　　由武昌起义触发的全国革命巨澜，不仅推翻了统治中国两百六十多年的清王朝，而且结束了中国两千多年的封建专制，开创了崭新的历史局面。为了纪念这次具有划时代意义的革命，就以这年的农历辛亥年命名为"辛亥革命"，而武昌起义，自然便称作了"辛亥首义"。

迂缓沉积的中国历史河流，经过辛亥革命的清淤排沙、截直裁弯，变得清澈顺畅、宽阔雄奇多了；古旧衰败的历史装束，经过辛亥革命的洗礼，终于剪下长辫扔掉裹脚布脱下长袍马褂，换上崭新的中山服与笔挺的西装，日渐融入世界文明潮流；积满尘垢的心理灵魂，经过辛亥革命的风云雷霆，民主与法制的清风鼓荡于胸，封建与奴性渐次消隐……

历史的航船，仿佛于偶然间拐了一个大弯，改变了它的航向与航程。

其实，偶然与必然相辅相生，偶然包含着合理的必然，必然往往通过偶然的特殊形式得以体现。

同盟会曾发动多次武装起义，但都以失败而告终。究其缘由，主要在于起义的地点大多选在边陲之地。他们往往从外部的香港、越南将革命力量临时输入广州、镇南关等地发动武装起义，因为缺乏内在动因，难以形成力量优势，失败也就在所难免。

在付出沉重的代价之后，革命党人渐渐达成了一种共识，认为起义的首选之地当为北京，直接威慑、震撼、推翻清廷，中策在长江中下游，下策才为边陲之地。

然而，北方封建壁垒深厚，北京为封建王朝的心脏之地，戒备森严，起义难以发动，只有割舍放弃。于是，他们只好选择中策，将目光投向长江中下游地区，对中国民族资本初具规模的江浙、湖北寄予厚望。内陆革命虽具优势，但与边陲起义相比，其劣势也显而易见。如果内爆型革命不能迅速取得胜利，如果没有广大群众的支持，如果没有深厚的革命土壤，起义将陷入封建势力的重重包围，遭到残酷的剿杀。而边陲起义一旦失败，革命力量可逃往异国他乡。

内地革命起义，生存与死亡、发展与毁灭、成功与失败的机会相依相存。

武昌起义仓促爆发，虽带有一定的偶然性，但它迅速取得胜利，直接推动、导致全国辛亥革命运动的爆发与成功，绝非侥幸的偶然事件。它与武汉地区的政治、经济、教育、军事等密不可分，是多种合力的必然结果。

张之洞像

史学界在探讨辛亥革命何以爆发于武昌的成因中，其中一说即归功于张之洞治鄂。此说虽然多少有失偏颇，却也涉及了事实的深层因素。

湖北深处内陆，在清廷闭关锁国的政策下，经济、文化、教育相当落后。鸦片战争后，西方列强在中国划分势力范围，素有九省通衢之称的湖北自然成为势力圈竞争的中心。他们占租界、开商埠、设银行、办工厂、辟航道、筑铁路，在大举渗透的同时，也带来了先进的科学技术与民主意识。而洋务派的后期代表人物张之洞于光绪十五年（1889年）出任湖广总督后，严厉推行"湖北新政"，经过近二十年的惨淡经营，更是使得湖北由一个落后的内地省区跃至与近代化程度甚高的上海、广东并驾齐驱的地位，成为与李鸿章、袁世凯控制的北洋系并列的又一个洋务建设中心。

湖北新政主要由新式教育、近代工业、新军三大板块组成。

张之洞将早期的洋务移植湖北，第一件深感头痛的大事，就是人才奇缺。那些整日诵读四书五经、以传统教育模式培养出来的秀才、进士显然不足以堪当洋务之任，张之洞因而仿照西方教育制度，开办了两湖书院和自强学堂，新式学堂的早期学员大都由传统士人转化而来。据有关资料统计，咸丰十年至光绪三十一年（1860—1905）年间，湖北共产生士绅约四万八千人，而接受新式学堂再教育的人数，估计在清朝末年的二十年间，最少有两万人，约占士绅总数的百分之四十三。清末全国共有学生三百余万，仅湖北一省就有三十多万。这批接受了西方新式教育的知识分子，已完全有别于中国旧式士大夫，他们不仅学习了西方近代文化科学知识，更接受了民权论、民约论、进化论、民主共和思想等资产阶级学说，具有强烈的爱国意识，极易走上反清的革命道路。

有了人才，引进西方技术设备，湖北首次出现了中国人自己开设的具有近代色彩的大规模工矿企业。其中尤以中国第一家钢铁联合企业——湖北制铁厂最为引人注目："其机力之宏大，运动之灵巧，火力之猛烈，迥非向来土炉人工所能到。"

与此同时，武汉地区还先后开办了两百多家民族资本工业。

官办商人、民族资本家及由在汉的四十多家工厂、一百三十多家洋行、近十家银行形成的买办队伍共同构成了一个较为庞大而独立的商人阶层。他们组建商会，积极投入到抵制美货、保路运动、立宪运动之中，以其自觉的主体意识与相对充实的财力成为这些社会运动不可缺少的支柱。武昌首义成功，他们很快就站在了革命一边，主动承担地方治安、担负后勤及战地救护工作，部分商团成员甚至"荷枪助战"。

"兵之于国家，犹气之于人身也。"张之洞认为唯有练兵与修筑铁路两事是挽救中国的"救死急着"。因此，他一面采用各种方法激发社会尚武崇力之气，一面"放胆大举"地编练新兵。

新军以新式后膛炮、克虏伯大炮、步枪取代戈矛土枪，训练与编制仿效欧、日，指挥官多由军事学堂出身者担任，而接受先进国家的现代化军事体制，也就相当于吸收了先进工业社会的科技管理及价值观念。科举废除之后，一般知识分子只得另谋出路，而多数贫寒子弟则投入新军。秀才当兵，已成为当时社会的一种普遍现象。由此，湖北的新军素质得到了极大的提高，这也为接受革命思潮提供了条件。

于是，一个迥然不同于旧式绿营、勇营的新式军人集团诞生了。清朝末年，湖北已有装备精良、训练有素的新军一万六千多人，且大部驻扎在武汉地区，成为一座一触即发、彻底埋葬清王朝的巨大火药库。

此后，湖北新政作为成功的样板推向全国，而那些"代练新军"人员，全由湖北新军派往各省。武昌首义爆发，他们很就成了该地响应革命的重要人物。

民间常以"秀才造反"这一熟语讥讽理想与现实严重脱节的妄想之举，而秀才一旦与国家的暴力工具军队相结合，就具有了一股沛然莫能之御的神奇力量，成了清朝统治与封建皇权的掘墓人。

湖北新政造成了文化的脱轨，诱发了社会的裂变，而裂变的绅、商、学、军四大阶层联合组成一支不容忽视的社会力量，一致要求突破僵硬顽冥的封建专制。革命的种子只有找到武汉这块合适的土壤，才有"辛亥首义"的猝然爆发，并在短期内取得全国性的辛亥革命胜利。

二

自1644年清军入关统治中原，满汉之间的种族矛盾一直不断。"扬州十日"，清军杀害数十万百姓，将一座历史悠久的繁华名城扬州夷为废墟；"嘉定三屠"，又是惨无人道地屠杀民众二十万；清军的残暴激起广大民众的强烈反抗，民众以"反清复明"相激励，斗争波澜迭起，绵绵不绝。后经所谓的康熙、乾隆盛世的融合，种族矛盾虽有所缓和，但先辈的血恨一直积淀在后人心头，如一条巨大的潜流汹涌不息、澎湃不止。特别是清政府强迫推行的剃发留辫政策，不仅没有达到同化各族民众的目的，那根拖在脑后的长辫反而被汉族人民视为耻辱的象征，仿佛在时时提醒他们不忘民族的深仇大恨。

鸦片战争后，人民日益觉醒，主体意识不断增强，而清廷仍然陶醉在天朝帝国的迷梦之中，闭关锁国，故步自封。此时的有识之士，酝酿、宣传、提倡的是君主立宪的改良主义运动，他们并不想推翻清朝统治，只希冀求得一点有限的民主权利，推进国家的繁荣与富强，而这也得不到清廷的"恩准"。清廷对外奴颜婢膝，对内采取残忍的高压政策。洋务运动流产，戊戌变法失败，唐才常的"勤王"自立军遭到镇压，一系列改良运动的失败使得爱国志士终于认清了清王朝的真实面目，他们毅然丢掉幻想，抛弃改良主义，坚定不移地走上了推翻清朝的革命道路。潜隐着的满汉种族矛盾，再次跃出地表，"反清复明"的口号升华为以孙中山为首的革命党人于1905年确立的"驱除鞑虏，恢复中华，创立民国，平均地权"的革命纲领。

武汉虽然具备了革命的基础与前提，却不足以自觉地转换成摧毁清朝的打击力量，还需革命党人的有力"催化"，才有可能过渡、发展到振臂一呼、群起响应的武昌首义。

湖北革命党人并未产生具有全国影响的思想家与政治领袖，但他们无不景仰孙中山与黄兴，基本上接受了他们的民主思想与政治纲领，并以此号召、组织群众。

湖北革命组织由吴禄贞等人于1903年发轫于武昌花园山设立的反清秘密机关，正式建立组织为科学补习所。此后，又有日知会、军队同盟会、群治学社、振武学社、文学社、共进会等组织先后成立。一个组织被破坏，新的组织随之诞生，湖北革命党人前仆后继，义无反顾，勇往直前。后由文学社与共进会携手联合，组成统一的指挥部，推举蒋翊武为湖北革命军总指挥，孙武为参谋长，刘公为总理，共同发动了震惊中外的武昌起义。

湖北革命党人脚踏实地，"耻声华，厌标榜，木讷质直"。他们采取的革命路线，既非骇人视听的暗杀主义，也没有像同盟会那样急于求成，在条件并未成熟的情况下到处出击、动辄发动武装起义，而是长期深入底层，运动会党，发动新军，稳中求进。

孙中山领导的同盟会所发动的武装起义，往往都是革命党人身先士卒，与清廷军队展开殊死搏斗。而湖北革命党人深深懂得堡垒最容易从内部攻破的真谛，他们活动的目标就是新军——引导新军、利用新军、发动新军，将其视为革命的主要力量以对抗清王朝。武昌起义的所谓内爆型革命，不仅单就地理方位而言，也包含着从清廷"内部开花"之意。

湖北革命党人认为，"革命非运动军队不可，运动军队非亲身加入行伍不可"。于是，不少革命党人先后投身新军。

起义前夕，湖北新军共计一镇（师）、一混成协（旅），约一万五六千人，其中"纯粹革命党将近两千人，经过联系而同情革命的约四千多人，与革命为敌的至多不过一千余人，其余都是摇摆不定的"。

可以毫不夸张地说，革命党人基本控制了湖北新军。因此，一旦举事起义，就掌握了一支强有力的军事武装，而新军所具有的民主思想与革命目标又使得他们的行动远远超过了过去旧军队的哗变闹事。

新军中的革命党人越来越多，活动越来越频繁，目标越来越大，势必引起清廷的密切注视。慈禧生前就曾说过："造就人才的是湖北，我所虑的也在湖北。"运动新军的目的已然达到，起义的条件已经成熟，如果延宕时日，一旦有变，就很有可能错过机遇，被反动统治剿杀。

湖北的革命运动已呈箭在弦上，不得不发之势。

而其他各省的革命运动却一时难以到位，为了达到同时发难一举推翻清朝之效，湖北党人只有继续潜隐、发展壮大。

就在这时，清朝欲将民营铁路收归国有，引发了四川轰轰烈烈的保路运动。督办粤汉、川汉铁路大臣端方将率湖北新军第十六协之三十一标、三十二标入川镇压，而这两标（团）中的革命分子较多，一旦调离湖北，将严重影响革命党的起义行动。为此，文学社、共进会两团体骨干六十多人于1911年9月24日在胭脂巷召开大会，因元朝末年就有"八月十五杀鞑子"之说，革命党人决定利用这一民间传统，提前于农历八月十五（即1911年10月6日）发动武装起义。

偶然爆发的四川保路运动，成了一根"嗞嗞"作响的导火索。

然而，就在当天，武昌南湖炮队的革命党人因与官长发生矛盾，二十多名共进会员大闹营房，引起清朝当局警觉，严加戒备。一时间，武汉三镇风声鹤唳，革命党人的行动受到严格限制，准备工作无法进行，起义未能如期发动。

革命党人并未就此罢休，他们在寻求良机，武装起义的准备工作仍在积极而紧张地进行着。10月9日下午，孙武在汉口俄租界宝善里14号秘密制造炸弹时，不慎发生爆炸事故。俄国警察闻声赶来，藏匿房间的炸弹、旗帜袖章、党人名册、文告印信等用于革命起义的物品全被搜走。

租界是帝国主义渗透中国的畸形产物，具有复杂的两面性。它所享有的领事裁判权、设置的巡捕房等形成了典型的"国中之国"，是近代中国半殖民的屈辱象征；同时，它又是一张发展革命的"温床"。革命党人正是依赖国际公法中有关保护政治犯的条文，借帝国主义的国土开展海外革命活动，利用租界做内地革命的掩护地盘。实在难以设想，如果没有这些特殊的"庇护场所"，中国近代社会的民主革命能否在铁板一块的清朝封建专制下获得成功。此外，西方列强利用租界这一"国中之国"的优势对中国的传统文化影响尤为突出。仅以汉口租界而言，教会医院使先进的医术、西药、化学全面进入湖北；教会学校成为湖北新式教育的滥觞之地；租界的西方建筑使得中国的老式建筑黯然失色，群起仿效，位于武昌的湖北咨议局即为典型的湖北仿西式建筑，此后，湖北地方政府基本上接受了租界所展示的近代城市文明的整体规划与布局；湖北当局受到租界良好的社会治安、社会秩序的刺激效仿租界建立了近代警察制度；受外国在汉报纸等新闻事业的浸润，湖北先后创办报刊一百多家，极大地开启了民智，成为湖北中西文化融合之先导……

就一般情况而言，西方人士对中国的民主运动往往抱有同情甚或是支持的态度。而这次的汉口俄租界当局却与清廷警方沆瀣一气，他们不仅逮捕革命党人，还将宝善里搜出的革命信物全部转交给了湖北地方当局。机密全泄，新军起义顿时陷入危机，湖北革命到了生死存亡的紧急关头。

于是，蒋翊武、刘复基等人当机立断，决定于当晚12时发动起义。

然而，命令还未送到，起义总指挥部就被清军破获，彭楚藩、刘复基、杨洪胜被捕，于10月10日凌晨慷慨就义。

湖广总督瑞澂并未就此罢休。他下令戒严，封锁城门，按照名册大肆搜捕，企图将革命党人一网打尽，形势万分危急。当此之时，起义总指挥蒋翊武在逃未返，参谋长孙武因伤就医，刘公隔绝在汉口，而革命党人在新军中运动的大都是下级军官与普通士兵，指挥部不健全，主要领导不在现场，起义日期又多次改变，各路新军一时难以统一行动。不是鱼死，就是网破。被逼上了绝路的革命党人自然不甘束手就擒，他们决定破釜沉舟，奋起反抗，死里求生。于是，起义的关键变成了千百士兵的自觉行动，他们迅速传递消息，相约发动起义。

10月10日晚，工程第八营首先发难，打响了起义的第一枪，并按原定计划迅速占领了楚望台军械库，掌握了起义的主动权。驻扎武昌的新军各兵种标营及各军校学生主动响应，齐集楚望台，总数三千多名。这时，起义临时指挥部又不失时机地做出了攻打督署的正确战略决策。

湖广总督瑞澂与清军第八镇统制张彪凭借仍紧紧控制着的军队、警察共计五千的优势兵力，企图固守督署待援。起义部队进攻多次受挫，直到炮八标由南湖开入城内，战斗才出现转机。炮队在中和门、蛇山建立阵地，发炮轰击督署，署中官役惊恐万状，大多越墙逃走。起义士兵又以木柴、煤油在督署附近纵火，火势烧至署厅大堂，残敌顿作鸟兽散。瑞澂仓皇失措，赶紧命人凿开督署后面围墙，携带家小心腹，在一排卫兵的簇拥下逃往楚豫号兵舰。

攻下湖北政治最高统治机关湖广总督督署，下一个目标即为经济中心藩署，计划占据银库，为革命的顺利成功奠定经济基础。

10月11日拂晓，工程营发难还不到十二小时，起义新兵就占领了武昌全城；10月11日晚，汉阳驻军反正，民军抢在清军之前占领兵工厂，保证了武汉战守及邻近各省起义的军火供应；10月12日，汉口驻军起义。至此，被长江与汉水分隔开来的武汉三镇全部光复。

武昌首义虽事起仓促，群龙无首，但来势之猛，胜利之速为历史所罕见。那些名不见经传的普通革命党人在关键时刻勇敢地站了出来，充分发挥他们的首创精神，很好地完成了历史赋予他们的神圣使命。

中华民族源远流长、绵绵不绝的文化传统使得每位国民的骨髓里头都潜伏、沉睡着一种独有的成就伟业的卓越智慧与优良素质。我认为这就是西方世界将中国视为"东方睡狮"的真正原因。这种卓越的智慧与优良的素质一旦被激发、被唤醒，必如日月横贯长空，如雷霆震撼寰宇，中华民族还有什么事情不能办成、什么目的不能达到呢?!

三

武昌起义突然爆发，革命领导或伤（如孙武）、或病（如刘公）、或避（如蒋翊武）、或牺牲（如刘复基），而孙中山、黄兴等具有全国性影响的革命领导则远在海外或香港。起义虽在一群三十岁左右具有舍生取义、视死如归的热血志士的自觉行动下取得了无与伦比的成功，但革命党仍处于群龙无首的窘况。推举合适的军政府都督以统一指挥、稳定民心、号召天下，在当时的特殊情境下显得尤为重要。

鄂军都督府

　　起义第二天，战痕犹存的起义军各路领导人便汇集在湖北谘议局会商大计，成立了中国有史以来第一个具有资产阶级民主共和国性质的政权——中华民国军政府鄂军都督府（即湖北军政府），废宣统年号，定中华民国，以十八星旗为革命军军旗，推举黎元洪为都督，并以他的名义通电全国，呼吁响应。

　　革命党人看中黎元洪，主要在于他具有特殊的身份与地位。黎元洪，湖北黄陂人，在武昌驻军中地位仅次于第八镇统制张彪，曾两度赴日考察军事，多次指挥湖北新军参加朝廷操典，素以"知兵"著称；对士兵态度较好，有"爱兵"之誉，人称"黎菩萨"；他思想也比较开通，与汤化龙等湖北立宪派代表有着一定联系；加之当时革命党人以排满为第一要义，汉官一概被视为争取的对象，革命党人在起义之前就曾议论过是否由黎元洪出任总督的问题……种种因素凑在一起，促成了黎元洪登上湖北军政府都督之位。

　　而在黎元洪一方，要他猛然改变态度，接受并领导革命，自然是一件相当困难的事情。经过三天三夜的紧张思考，在革命党人枪口的逼迫下，面对逐渐明朗、有利的战争局势，他才剪掉长

衅，坚定信念，赞成民主共和，
反对清廷专制。

　　为了提高黎元洪的威望，首
义成功后第一个来到武昌的同盟
会主要领导谭人凤还特地为他举
行了一个授旗授剑、慷慨誓师的
仪式。

　　黎元洪出任都督之初，实
权虽仍掌握在革命党人手中，他
不过做了一个名副其实的"泥菩
萨"，但却起到了他人无法替代

黎元洪

的客观影响作用。军队中的封建等级观念十分严重，尽管是接受
了西方军事训练的湖北新兵，也唯长官马首是瞻。黎元洪的名望
在军队中号召力很强，他军阶高、有威望，与部属关系密切，其
上台本身就给汉族官绅、军人树立了一个很好的榜样，自然成为
旧人物竞相效仿的对象，"所以全省帖然，内顾无忧，军政府得
专心致力于战事矣"；黎元洪出任都督不仅维系了军心，鼓舞了
士气，振奋了民心，稳定了湖北局势，还为全国官绅、军阀做了
一个楷模，各省纷纷附和响应起义，使得清廷众叛亲离。

　　武昌起义在清王朝统治中部撕开了一个巨大的缺口，清廷
闻讯，满朝文武深感大难临头。于惊恐万状之际，急派陆军大臣
荫昌率领陆军大举南下，又命海军提督萨镇冰率领巡洋舰及长江
水师溯流而上进入武汉江面参战，声称"今日必以急复武昌为第
一义"。

　　革命党人深深地认识到保卫胜利果实的重要，湖北军政府刚
一成立，就做出了"先击攘汉口之敌，渐次向北进攻，以阻止清
军南下"的战略部署，全力以赴与敌作战。

两军相遇，展开了殊死较量。汉口古名夏口，因而这场在汉阳、汉口发生的战役被称作"阳夏战争"。

"阳夏战争"是辛亥革命期间爆发的一次规模最大的战争，也是带有决定意义、涉及革命成败的关键一战。如果革命党人领导的民军一击即溃，武昌首义则如一颗虽然光华耀眼、但一闪即逝的流星，中国仍将陷入几千年封建专制的茫茫黑夜之中。难能可贵的是，面对优势强大的北洋军队，民军不仅坚持了一个半月，还曾多次打退清军的进攻。支持半月，盼来了湖南军队的驰援，支持一月，方有四川、广西、云南、贵州、江西的光复，支持一个半月，才有长江下游一带的响应，从而迎来了中华民国。

围绕"阳夏战争"，中国20世纪初叶活跃着的各种政治势力及其代表人物纷纷登场，充分展示了各自的力量与性格特点。这次战争的发展过程、最后结果、积极与消极的多重因素，都对辛亥革命以后的中国政治格局造成了深远的历史影响。

孙中山远在海外一时难以回国，同盟会的其他领袖人物黄兴、宋教仁、谭人凤日夜兼程赶至战火纷飞的武汉前线，黄兴登台拜将，被授为中华民国军政府战时总司令指挥作战。

湖南、广西、江西等省起义者先后派遣援军赶赴武汉与湖北新军一同抗击清军。

清廷更是视"阳夏之战"为存亡之关键，几乎将军事上的最后血本全数投入。

英、美、德、日、俄、奥匈帝国等西方列强增派军舰前往武汉江面，最多时达到二十艘，时刻准备武装干涉。清朝湖广总督瑞澂逃至汉口租界，请领事如约开炮攻击，但庚子条约规定，一国不能自由行动，遂召开领事团会议。法国领事罗氏与孙中山为旧交，深悉革命内容，在会上力言革命党以改良为政治目的，并非军队闹事哗变之类无意识的暴行，不能以义和团一例看待。这才达成统一态度，决定不加干涉，出示布告宣布中立。如果西方列强参战，武昌首义势将很快被扼杀于摇篮之中。虽然如此，但他们仍通过幕后活动等多种手段，力图将这场战争引向符合他们利益的轨道。湖北军政府也不得不采取相应的妥协政策，承认列强在中国所获得的一系列特权。

武昌首义，最为得利的当数袁世凯。百日维新时，他因向慈禧告密而导致光绪帝被囚禁。光绪帝死前留下遗诏，继位者必遵嘱处决袁氏。后袁世凯虽经多方活动幸免一死，但所有要职被一概"开缺"，着令他回乡"养疴"。袁世凯退居家乡洹上，表面上似野云闲鹤，但暗地里却紧张活动，以寻东山再起之机。

袁世凯所持重的，是他一手经营起来的"北洋六镇"。北洋军队与湖北新军是清末训练和装备最好的两支部队，清廷让这两强并存，原想让他们互相制约。武昌起义爆发，平衡的局势被打破，"北洋六镇"成为清朝唯一可用的新式军队。

北洋军队与湖北新军虽同为新式部队，但它们的性质却迥然有别。袁世凯一直实行着将北军造成一支带有浓厚封建色彩的私家武装的努力，北洋军士"只知有袁宫保而不知有大清朝"。而张之洞毕竟不是军阀型人物，他对湖北新军的控制比较松弛，民主意识这才得以乘虚而入。就两军的实力而言，"北洋六镇"将士共约七万五千，湖北新军总数约一万六千，而武昌首义后投身革命的总共不过七千官兵，后虽扩充为两万多人，但大多为临时招来，组织性与战斗力相当之差。北洋军在武器装备上也占有明显的优势，配有民军所缺少的野炮、新式管退炮、玛克沁机关枪。另外，战役前期，清军还有海军在武汉江面配合作战。

袁世凯在他退居洹上的三年时间里，北洋六镇虽由陆军部管辖，但他仍遥遥地控制着旧部。陆军大臣荫昌率军南下，袁世凯暗中授意北洋将领按兵不进。清朝贵族青年荫昌无法指挥、调遣军队，清廷无奈，只得请出袁世凯重返政坛。而袁世凯却以"足疾未痊"为借口推脱，并不立即赴任。清廷急不可耐，只得层层加码。当袁世凯将清朝的军政大权完全把控后，这才由彰德洹上出山，南下督师。

"阳夏之战"打得相当残酷，民军在实力强大的北洋军队面前，以民房做依托，坚守着汉口的每一寸土地。清军纵火，燃烧三天三夜，民军只得乘船撤至汉阳。后湖南援军赶到，黄兴乘势反攻汉口，也遭失败。

而这时，民军除武器装备占据一定劣势外，内部的弊端也逐渐抬头，如指挥不统一、内部不团结、部分旧军官不能任命、士兵军纪涣散等，导致汉阳再次失守。

老谋深算的袁世凯在占领汉口、汉阳后，并未急急进攻武昌。功高震主，加之清王朝对汉臣一直怀有猜忌之心，他可不想做一个殉葬的忠臣，扮演年羹尧与曾国藩那样的屈辱角色。特别是遭受贬谪的隐恨一直在咬噬着他的心灵，报仇雪恨的时机就在眼前，岂肯就此放过？此时的袁世凯，已形成了独立于清廷与革命军之间的第三种力量，并占有明显优势。清廷将他视为挽救颓局的"救星"自不待言；而对革命军的征剿，他也赢得了饮马长江、炮轰武昌、虎视南京的相对优势，革命党人也在尽力争取他"掉转枪口"。一番审时度势之后，袁世凯心中的权欲越来越盛，决定抓住千载难逢的良机，纵横捭阖于清廷与革命党之间，步向权力的峰巅。

于是，此后的中国历史演义，就有了我们所熟知的南北议和、袁世凯弄权逼宫、清宣统下诏退位、孙中山辞去临时大总统、袁世凯窃取胜利果实在北京就职中华民国第二任临时大总统……

袁世凯以满足一己私欲为前提，但在客观上却起到了充当清王朝掘墓人的作用。对此，孙中山曾经说过："此次清帝逊位，南北统一，袁君之力实多。"

武昌首义促成了袁世凯的复出，而袁世凯的介入及不断膨胀的权欲很快就使得辛亥革命中断了它的使命，改变了它的性质，延宕了中国社会的发展进程。

历史，总是刚刚挣脱一个旧的怪圈，很快就难以控制地滑入另一个新的怪圈之中。中华民族好不容易感受到了一点民主光明的温暖与灿烂，却又进入另一场新的战争与黑暗。

四

昔日的湖北省谘议局、武昌起义军政府旧址，如今已是辛亥革命武昌起义纪念馆。它坐落在蛇山南麓，掩映在阅马场北端的绿荫丛中，因楼房外表呈红色主调，武汉人称之为红楼。

红楼是一座砖木结构的两层楼房，仿照了西方国家行政大厦的建筑形式。在我眼里，它已不再是一座普通的西式楼房，而是记录中国历史变迁的一个符号，是近代化艰难历程的一个象征，是辛亥革命的一座纪念碑，是古老帝国融入世界文明潮流的一个见证。

湖北谘议局诞生于清廷的立宪声中。1906年，清政府宣布预备仿行立宪，在北京设资政院、各省设谘议局，以分别作为中央和地方的谘询议事机构。红楼于1908年筹建，1910年建成，是当时武昌城内首屈一指的著名建筑。

其实，清廷的立宪不过是一块装饰专制统治的屏风，并未达到真正的改革政治、富国强兵的目的。但立宪派仍希望以此为契机，使中国走向类似日本明治维新那样的道路。以汤化龙为首的湖北立宪派在清廷所允许的范围内，进行了一些有益的政治活动，提出了《禁种洋烟案》《禁止缠足案》《整顿湖北吏治案》等反映民意的议案，来往京师发动请愿要求速开国会成立责任内阁，在保路运动中抨击盛宣怀出卖路权媚外肥私……

然而，清廷却无意于真正的改革，总是一而再、再而三地以假立宪的手段欺骗、迷惑广大民众。他们所想的不是国家与人民的利益，首先考虑的就是自己的专制统治。种族矛盾，是横亘在改革面前的一道无法跨越的障碍。改革一旦深入，自然会触及清王朝的皇权统治，慈禧曾赤裸裸地说过："宁与外人，不与家奴。"他们宁愿做洋人的工具，丧权辱国，也不肯放手让民众富国强兵。

原本忠于清廷的立宪派人物想求得一点有限的权力而不可得，他们逐渐认清了清廷的专制与假立宪面目，由失望而愤怒，不得不同情、附和、响应革命，走向了清朝的对立面。以汤化龙为首的湖北立宪派领袖在武昌首义后很快就与革命党联手，共商大计，担任要职，一变而成为清王朝的掘墓人。

立宪行不通，才有革命党兴。压制愈甚，反抗也就愈烈。清政府自己一步步将自己逼上了绝路，从而结束了对中国二百六十多年的统治。

我常想，如果没有1644年的满族入主中原，统治者仍是千百年来一以贯之的汉族，或许不会如此神经质地害怕国内的民族矛盾，恐怕早就顺应历史潮流，赞成立宪，开放党禁，拥护民主，走上了类似英国的女皇制、日本的天皇制那样的君主立宪道路。中国的近代历史，或许也就不会出现令人压抑得喘不过气来的屈辱、黑暗与无序状态吧？

其实，只要清王朝真正推行立宪，民族矛盾也会得到一定程度的缓和。统治者维护统治的长久之计，应是启发民智、开放党禁、推行民主、实施法制，只有这样，政治才会清明，社会才能有序，经济才会发展，国家才会富强。这也是整个世界不可逆转的文明潮流。一味采取专制、高压与愚民政策，只会将人民推向它的对立面。而这样的政府，必定是一个短视、反动而短命的政府。历史无法假设，清王朝的性质决定了它的反动。

清王朝的落幕与消失还只有一百余年。百年时光，在漫长的中华历史长卷中，实在是太短暂了。稍不留神，我的思绪就回到了风雨如磐的清朝末年。于是就想，设若我碰巧置身其中，做了清王朝的一个臣民，那该是怎样的情景呢？如果我是一个男人，前额一定剃得光光，后面必定拖着一条长长的"尾巴"，走起路来，总是滑稽地左甩右摆；如果我是一个女人，我的嫩脚从小就会束上一根又长又臭的白布，裹成一双变异的纤纤小脚限制着我的行动，在"三从四德"的束缚中了此一生；如果我是一名太监，我从小就得遭受阉割，一辈子做一个畸形人；如果我是一个大臣，晋见皇上我将三跪九叩诚惶诚恐，面对下属我将厉言疾色狐假虎威……想来想去，不管我做一个什么样的人，都是一个变异的可怜角色，得不到半点幸福，见不到半点希望。这时，一种恐惧的战栗，总是无法抑制地掠过我的全身，深入我的骨髓。

于是，我就更加仰慕辛亥革命的伟大，仰慕那些不惜抛却头颅、舍弃身躯的仁人志士，如果没有他们献身革命，封建皇权是决然不会自动退出中国历史舞台的。

步入红楼，面对恢复原貌陈列的军政府礼堂、谋略处、秘书处、黄兴召开军事会议的地方以及当时使用过的步枪、大炮及信函、照片等革命信物，辛亥革命的硝烟，便不知不觉地在我的眼前袅绕弥漫……工程营发难打响第一枪，各路义军汇集楚望台，民军奋勇攻打督署，汉口、汉阳新军起义反正，民军以民房为掩护坚守阵地打退清军的一次又一次进攻，广大民众踊跃支援革命，湖南援军赶赴汉阳，民军渡江反攻汉口……

一幕幕，生动而鲜活，仿佛一切发生在昨天。其中最让我感佩的便是彭楚藩、刘复基、扬洪胜三烈士的牺牲场景。彭楚藩的公开身份是一名宪兵小头目，抓获审问时，参议官铁忠有意为他开脱递话："你是宪兵，何得在此？是去捉革命党的吧？"如果彭楚藩顺水推舟，即可逃出魔掌，可他却大声叫道："我就是革命党，我就是要为祖宗报仇的！除了满奴汉奸，所有的都是革命党，你们杀也杀不完！"杨洪胜临刑前怒吼道："好，只管杀，你们的末日就要到了！"而刘复基就义时则疾声高呼："同胞们，大家起来革命！"

对此，后人有诗赞曰："龟山苍苍，江水泱泱，烈士一死满清亡，掷好头颅报轩皇，精神栩栩下大荒，功名赫赫披武昌。呜呼三烈士兮汉族之光！永享俎豆于千秋兮，与江山而俱长。貌清而洁，骨侠而烈，促革命之动机，贡牺牲于祖国。湖湘钟灵兮，孕滋三杰！共和成立兮，千秋万岁永纪念夫鄂州血。"

为了缅怀辛亥先烈志士，除军政府旧址被辟为辛亥革命武昌起义纪念馆外，武汉三镇还有三烈士亭、黄兴拜将台旧址纪念碑、辛亥革命首义纪念碑、伏虎山辛亥革命烈士陵园、辛亥首义烈士墓、起义门、武昌起义指挥机关、打响第一枪的工程营、楚望台军械库等多处纪念旧址及建筑。

五

透过一连串偶然因素的表象，我们看到了辛亥革命爆发的深层必然，它的发展、结局及影响也是必然链条中的有机一环。

推翻清朝与推翻帝制这两项任务，辛亥革命采取了同步进行的策略。其实，它只完成了推翻清王朝的任务，而后一项任务却远未完成。种族矛盾上升到前所未有的高度，只要同属汉族，不论官商百姓，都可团结、凝聚在一起，而一旦清朝覆亡，新的矛盾、斗争就出现了。个人、党派势力间的欲望膨胀与利益争夺又会将一个相对清明安稳的局面搅得天昏地暗、翻江倒海。

"辛亥首义"成功，在湖北军政府内部，以首义革命党人代表的革命势力与黎元洪为代表归附革命的旧军官及与汤化龙所代表的立宪派团结联手，共同构成了一副"三驾马车"的政治格局。而清廷一旦宣布退位，三种势力间错综复杂的争斗就出现了。黎元洪由对革命的同情态度而为革命党人所看重利用，在局势渐渐明朗的情况下，才不再等待观望，就任都督之位。革命胜利后，结果发展到利欲熏心的地步。黎元洪凭借手中的实力及日渐上升的声誉，不惜排除异己，镇压革命党人，由"泥菩萨"一跃变为操纵、独揽湖北军政大权的风云人物。

在对推翻清廷的大计上，作为汉族的袁世凯与革命党也能达成一致的共识。只要能够达到覆亡清朝的目的，以孙中山为首的革命党也就做出了一定的让步与妥协。而袁世凯一旦登上第二届民国临时大总统的宝座，就被更加膨胀的权欲熏得晕头转向、不明东西，急不可待地违背诺言，反对革命，做起了"黄袍加身"的美梦，结果在全国人民的一片唾骂声中一头栽下权利的峰巅，跌进历史的深渊并背上遗臭万年的骂名。

辛亥革命彻底推翻了清王朝，20世纪30年代在日本军国主义扶植下复活的傀儡满州国，不过是人们茶余饭后的笑料而已。然而，与推翻清廷同时并举的推翻中国几千年封建统治的任务，却远未完成。它只不过在形式上推倒了高高凌驾于中国民众头上的皇帝，而封建毒素仍顽固地笼罩着中华大地，民众心中的皇帝依然存在，封建残余势力常以各种改头换面的方式走马灯似的卷土重来。

几千年的皇帝于一夜之间突然消失，人们心头的依托变成了空落，种种欲望很快就填补了这一缺失的空间。于是，便有人想当新的皇帝，袁世凯就是一个典型的代表。他的下场虽然使得那些权欲熏心的各色人物改变了策略，不再做形式上的皇帝，却对实质上的皇帝——至高无上的权力梦寐以求。诚如高一涵在《非君师主义》一文中所言："中国革命是以种族思想争来的，不是以共和思想争来的，所以皇帝虽退位，而人人脑中的皇帝尚未退位。"于是，统治不断更迭，社会陷入失控与无序状态，结果产生了中国现代史上最为黑暗的军阀混战及国民党的专制独裁。

武昌首义后各省的响应，也是当地颇有名望的旧官僚、旧军人在翻手为云，覆手为雨。他们仅以推翻清廷为宗旨，并未触及封建政权内部的基本结构，只是走走改头换面的过场而已。而"阳夏之战"以袁世凯的胜利而告终，更加意味着北方作为君临万邦、四夷宾服的天朝中心依然没有改变。

"阳夏之战"中，如果没有宋锡全率领的鄂军第一协官兵私自离汉，没有湘军的撤回，没有军政府的内部矛盾，其结果恐怕要好得多。那么，也就没有袁世凯的挟威和议。汉口虽失，只要能够保住汉阳，辛亥革命的发展历史也会重新改写。武昌首义成功，湖北军政府成立，在民主人士的心目之中，武汉俨然已成民国首都。只要阳夏战争取得胜利，当时民国建都，作为仅次于上海的全国第二大城市武汉，又具国之中心及九省通衢的交通便利，必当首选。

而实际情况却是拟定南京为都城，袁世凯又凭借手中的政治、军事优势不肯南下就位。于是，北京仍为中国首都。那是一块被皇权浸润透了的土地，即使生活在皇城脚下的臣民，在日积月累的潜移默化中，也打上了"君临天下"的皇权烙印，有着一种莫名的自大心理，甚至将发生在北京的皇上登基、出巡、祭祀等封建仪式，视为提高自己身份的荣幸。而南京，也曾是六朝古都，皇权意识相当浓厚。只有武汉，从未被哪朝哪代定都，它崛起于近代，其经济发展与文化氛围又代表了一种融入世界文明的趋势，当为最佳的国都之选。可是，它却错过了这一千载难逢的机会。此后的湖北，辛亥革命所形成的中心地位与优势也就永远地消失了。新政中断、新军解体，湖北再次变为一个落后的内陆省份。而随着后工业现代化的到来，人类交往联系渠道的多样化、立体化，武汉原先所具有的航运、铁路等重要交通地位日渐丧失，区位优势也不复存在。如何抓住新的机遇，实施国际城市发展战略，重现昔日的"东方芝加哥"风采，已成为今日武汉人所面临的一项严峻任务。

然而，即使阳夏战争中革命党人取得了胜利，也并不等于辛亥革命完成了民主革命的历史任务，中国几千年的封建残余一时根本无法彻底清除。

辛亥革命在全国各省会及大中城市闹得沸沸扬扬、轰轰烈烈，但是，占百分之九十以上的中国农民却仍平静如水，压根儿就没有半点改变。而幅员广阔、生活贫困、文化落后的农村正是封建统治、封建专制、封建残余得以生存、盛行的温床，这块广袤的土地没有翻耕，仍是板结着的封建土壤，民主也就无从谈起。

于立宪派而言，他们本身所倡导的就是"以君主之法，行民权之意"。梁启超主张民权学说，但"以为中国数千年之积习，且民智未开骤然予权，固自不易"，只能实行英、日等有君主的民权国家，不能实行美、法等取消君主的民主国家。他们所立所行，仍想保有一个权力无边的皇帝。

而以黎元洪为代表的旧军人、旧士绅则更不懂得民主所为何物。1912年4月，孙中山卸任后应邀来到辛亥革命的首义之地武汉巡视，在与黎元洪会面时，他曾问道："你对三民主义有何看法？"

黎元洪闻言，不禁惊讶地反问道："三民主义？什么三民主义？"

"你知道我们为什么要推翻清王朝吗？"孙中山又问。

黎元洪笑了："这个我自然知道啦，因为清廷不是我们汉人的，所以要推翻它。"

当孙中山告诉他光推翻清廷还不够，这只不过是实行了民族主义，下一步还要进行五族共和的民主政治时，黎元洪道："推翻清廷，赶跑皇帝，选了总统，不就是实行民主政治了吗？"

孙中山继续开导说："选总统不过是一种形式，如果表面挂着总统招牌，换汤不换药，骨子里还做着皇帝，就不能说是民主。"

黎元洪不高兴地说道："孙先生，就是换块招牌，换碗汤水，依我看这就很不错的了。连我都不知道民主是啥玩意，老百姓就更不用说了。"

不仅黎元洪，就是革命党人、军人也少有懂得民主含义的。

即使在海外生活过三十多年的革命党领袖孙中山，对西方的民权与自由学说也缺乏基本的理解。

孙中山一生都与革命、战争相连，他最关心的是国家的统一、民族的团结与国家的富强。他曾说过："我们是因为自由太多，没有团体，没有抵抗力，成一片散沙……要将来能够抵抗外国的压迫，就要打破个人的自由，结成很坚固的团体……"孙中山把民权与个人自由分开，又把分散疏离的个体农户解释成享有过多的自由，并以此推导出中国革命的目的不是争自由，而是争取民族的独立与富强。同时，他还强调忠孝治国，在《三民主义·民族主义》中认为"国民在民国之内，要能够把忠孝二字讲到极点，国家才自然可以强盛"。以我们今日的眼光来看，当然会认为他所强调的忠孝没有摆脱旧道德、旧文化的范畴。只有当公民充分享有自由权利，具备完全的独立人格，以主人翁的姿态参与国家的社会政治生活，真正的民主与法制才有可能出现。

孙中山在国内的组织运动，起先主要依靠的就是秘密帮会，他最为注重革命所需要的组织与纪律，强调政党和政府的宣誓手续。在南京临时政府组阁时，他极力反对宋教仁的内阁制，而取独揽大权的总统制。这也为日后袁世凯的独裁奠定了一定的基础。

辛亥革命的过程，更是带着浓厚的封建色彩。士兵对官长的效忠，黎元洪的登坛誓师，黄兴的登台拜将，都是中国封建专制文化改头换面的展演。

辛亥革命消灭了外在的皇帝，却一时难以革除中国民众心头的皇帝；它推翻了清王朝与几千年的封建统治结构，却一时难以建构新的适合中国传统文化的政治结构。这不仅是武昌首义中一群三十岁左右的新军义士无法解决的难题，对那些资历深厚、赫赫有名的革命党领袖而言，无疑也感到棘手与困惑。

武昌首义爆发，黄兴从香港回国，突然与张謇等具有浓厚传统文化素养的立宪派头面人物相遇，两相交谈、了解，黄兴"即歉然自以为不如，还视同党，尤觉暴烈者之只堪破坏，难与建设"。

只破不立，没有美好而完整的建设，没有真正的民主政权，引发的只有危机与混乱。

而中国的封建土壤又过于深厚，封建意识与残余势力一有机会，就会死灰复燃。辛亥革命提出的民主课题经了五四新文化运动的弘扬，后被民族救亡运动覆盖。

噩梦醒来是早晨，改革开放后，人们才意识到那是一场民族的悲剧与灾难，才陷入了痛苦的反思，才重拾辛亥革命的话题。

灾难与悲剧为什么总是接连不断地出现在中华民族头上？我们何时才能变得更加智慧理性？何日才能真正步入世界民族强林？

反思历史，我们付出的代价实在太大，交出的学费实在太多了！

辛亥革命蕴藏着丰富的社会、政治、历史、文化内涵，它所产生的影响之巨，覆盖的内容之广，包容的课题之深，有着永恒的历史价值与现实意义，构成了一座我们无法绕开的高山。

今天，当我们站在历史的制高点审视辛亥革命，尽管它差点沦入"改朝换代"的模式之中，但它毕竟不同于中国历史上历次暴风骤雨般的农民起义，它是一次国家的暴力机器军队与具有西方先进民主意识的知识分子相互结合的产物，将中国革命推向了一个崭新的高度。

尽管辛亥革命没有带来真正的民主，但它推翻了清廷，消灭了皇帝，使中国人民的思想得到了一次大的解放，懂得了怎样行使自己手中的权力并争取真正意义上的民主与自由。

尽管辛亥革命未能完成民主的革命任务，但它所提出的问题在经历了一段历史的怪圈后又重浮水面，凸显在我们眼前，促使有志之士不遗余力地献身于未来的现代化民主建设……

萧红的漂泊与根脉

三十一岁的年纪，于今天的作者而言，大多也就是一位文学青年。而萧红却以如此年轻的生命，创造了文学史上的奇迹：留下近百万字的作品，被誉为"民国四大才女"之一，20世纪30年代的"文学洛神"。其作品《生死场》《呼兰河传》等受到不同年龄、不同层次读者的喜爱，影响力经久不衰，堪称现代文学的经典。

当然，创作需要天赋与勤奋，作家的成就与影响不是比谁活得更长，可年龄也是其中一个重要的考量因素。年纪越大，活得越久，阅历会更丰富，认识会更深刻，表现手法会更加娴熟灵活、游刃有余，况且创作长篇作品也需要大量的时间。因此，无论是作品的数量，还是质量，年迈的作家肯定会占据一定的优势。

萧红有如现代文学史上的一颗流星，其耀眼夺目，不外乎以下几点：天才般的禀赋，苦难的经历，曲折的情感，不懈的努力……

二十岁那年，萧红因抗婚从故乡呼兰县逃到省城哈尔滨；三年后离开哈尔滨，前往青岛、上海；又从上海东渡日本，不到一年返回；然后辗转漂泊于武汉、临汾、潼关、西安、重庆等地；1940年初不堪日机的轰炸与惊扰，前往香港避居，1942年1月22日因病早逝。

萧红二十一岁开始文学创作，二十三岁便完成了代表作之一《生死场》。她的所有作品，都完成于漂泊之时。身寄旅途，居无定所，直到去世之前仍笔耕不辍。萧红笔下流淌的文字，几乎全部涉及故乡。她逃离家乡后再也没有机会回去，而心灵深处，却在不断深情地呼唤、回望与归返。故乡呼兰，是她一生的寄托与依恋，是她永难舍弃的魂牵梦萦之所，也是她创作的根基、动力与源泉。

作者曾纪鑫在萧红故居

　　提及故乡，我们总会想到那儿的人——亲人、邻居、乡人；然后是物——山川河流、庄稼树木，乃至一茎小草、一朵野花，都会拨动我们的心弦。对外界的认识，也是由家庭外延至村庄或城镇，然后通向广袤的世界。

　　萧红对故乡充满复杂的情感，童年生活不仅涂抹了她人生的底色，也决定了她创作的内容与基调。

　　我读萧红，最早是她的长篇小说《生死场》，感觉不长的大概是1985年吧，那时的我，正在故乡一所县城小学当老师。篇幅，有着广阔的空间与巨大的张力。而真正给我留下深刻印象的则是《呼兰河传》，虽为小说，却以一种散文式的叙事方式徐徐展开。这种有别于传统文学的创作手法在《生死场》中已现端倪，但《呼兰河传》走得更远，显得更成熟。我怎么也忘不了书中叙述的那些与我故乡多少有些相似的内容，特别是关于"火烧云"的描写——那些七彩缤纷的云霞，变化出各种奇幻异景，在

萧红纪念馆

我内心产生了强烈的共鸣：儿时的我，也曾独自一人，常常呆呆地仰望天空中的各种云朵浮想联翩，除了喷薄的朝霞、翻卷的晚霞，哪怕平日晴空的白云，虽然没有绚丽的色彩，但在蓝天背景下所展现的浓淡不一的丰富层次，就能幻化出马、狗、牛、驴、鹰等各种动物。随着云朵的飘移，这些动物也是活的，当然，要比真实的马儿、耕牛更加高大，姿态与幅度更加夸张，使你不得不展开想象的翅膀，在天空自由翱翔，奔向理想的天堂——当你想象天堂之时，云朵仿佛知道你的心事，瞬间变幻出一座座缥缈的亭台楼阁……

因为这种契合，尽管东北离我的家乡湖北十分遥远，也想着有机会一定要去萧红的故乡看看，特别是那些美丽的云朵。直到2009年8月，已从故乡辗转至厦门工作的我，才利用前往哈尔滨出差之机，在当地友人的安排及陪同下，了却一桩心愿。

东北的天空无边无际地铺展开来，非亲眼所见，你实在无法想象它的辽阔与湛蓝，那些缤纷的白云，便在湛蓝而透明的天幕下，变化出各种形态，或悠闲地移动，或迅疾地奔走，或孤独地飘逸，或成群地奔涌，或拉扯成丝丝缕缕，或叠加累积成重重城堡……真是令我眼界大开，见识了一个斑斓丰富的云朵大世界。

而在萧红故居所见到的情景，几乎就是《呼兰河传》中那些描写的再现与"翻版"。当我一脚踏入后

萧红故居内的萧红雕像

花园，才算真正读懂了萧红，颠沛流离中的她，何来如此定力写下近百万字的作品？原来辗转的背后，她心灵的深处，藏着故乡呼兰，隐着一座故园，这儿是她的根脉——植根于大地的不可撼动的深厚根基！萧红一如天空中的云朵，所不同的是，云朵飘在天空，萧红飘于大地，变幻出各种形状，展示着生命的丰富与美丽，一旦风雨袭来，云朵就飘散了、虚化了、消失了，但其美好的形象，已印在天空，留在大地，成为观者、读者心中的永恒。

没想到十年之后，2019年10月，我又一次来到东北，参加在哈尔滨举办的第十七届全国民间读书年会，再次来到萧红的故乡呼兰，参观了她的故居、纪念馆，并来到位于西岗公园的萧红青丝墓祭拜。

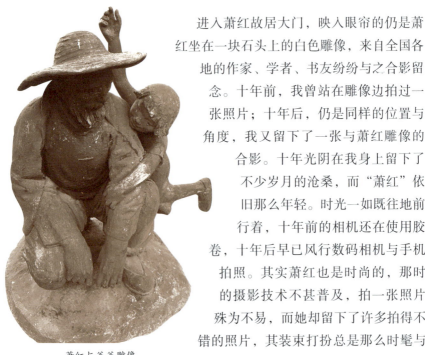

萧红与爷爷雕像

进入萧红故居大门，映入眼帘的仍是萧红坐在一块石头上的白色雕像，来自全国各地的作家、学者、书友纷纷与之合影留念。十年前，我曾站在雕像边拍过一张照片；十年后，仍是同样的位置与角度，我又留下了一张与萧红雕像的合影。十年光阴在我身上留下了不少岁月的沧桑，而"萧红"依旧那么年轻。时光一如既往地前行着，十年前的相机还在使用胶卷，十年后早已风行数码相机与手机拍照。其实萧红也是时尚的，那时的摄影技术不甚普及，拍一张照片殊为不易，而她却留下了许多拍得不错的照片，其装束打扮总是那么时髦与靓丽。

萧红故居除了住房，最吸引人的就是后花园。这一与农家菜园相似的地盘，绿意盎然，花朵盛开，虫鸣鸟叫，是萧红儿时的乐园。这不禁使我想到了鲁迅的百草园。萧红深得鲁迅的赏识与扶持，内里肯定有许多契合、相通之处，后花园与百花园，点燃了他们童年的欢乐、纯真与浪漫，这道底色，浸染、贯穿着他们整个人生。

后花园中，萧红与祖父的塑像特别引人注目：留着胡须、头戴草帽的爷爷蹲在地上，幼小的萧红，调皮地依偎在祖父身旁，那种无忧无虑的神情，与日后的悲苦形成明显的反差。她曾写道："祖父一天都在后园里边，我也跟着祖父在后园里。祖父戴一个大草帽，我戴一个小草帽，祖父栽花，我就栽花；祖父拔草，我就拔草。当祖父下种，种小白菜的时候，我就跟在后边，把那下了种的土窝，用脚一个一个地溜平。"

萧红父亲并非爷爷亲生，而是过继来的堂兄儿子，长年在外对她不管不问；母亲早逝，在世时对她经常打骂；家中亲人，唯一喜欢、疼爱她的就是爷爷。后花园与爷爷，就是萧红童年的太阳。十八岁那年，爷爷因病辞世，她与家庭的温情就此斩断。一年后，萧红不堪父亲的冷酷无情与继母的辱骂冷漠，积压的怒火终于以抗拒包办婚姻的形式爆发了。她毅然决然地逃至哈尔滨，开始了余生的漂泊与流浪。

读书年会的组织者、萧红文学馆馆长章海宁先生是研究萧红的著名专家、学者，成果颇丰，著有厚厚的《萧红画传》，主编了一套丰富而全面的六册的《萧红印象》丛书。他给大家声情并茂地讲述着萧红的童年、故居的变迁，往事历历在目。来呼兰之前，海宁兄还带我们游览了萧红在哈尔滨的相关景点，她避难时与萧军住过的欧罗巴旅馆。现在，旅馆经过改建，颇具现代气息；商市街（今红霞街）他们两人住过的地下室，地面小屋早已不存，唯剩一堵藤蔓攀爬的残墙；还参观了萧红文学馆内诸多珍贵的展品……在游览、参观与海宁兄生动引人的解说中，萧红的人生就此复活，串成一道别致的风景，令人遐想深思。

萧红缺少亲情，便以友情、恋情加以弥补。她结识了不少真诚的友人，但对其人生产生重要影响的还是恋人。萧红的恋情十分复杂，她和表哥有过初恋，而与包办婚姻的对象汪恩甲之间的感情，也并非我们想象得那么简单。逃婚至哈尔滨后，萧红仍与他交往，两人在道外东兴顺旅馆同居，并怀上了他的孩子，只因欠下四百多元食宿费未能偿还，萧红被扣为人质，陷入卖至低等妓院的绝境，萧军出现，未婚夫汪恩甲才彻底淡出萧红的视线。

萧红与萧军的爱情，称得上轰轰烈烈，但两人的差异太大。萧军身体强壮，萧红羸弱多病，不仅外表，内在性格也迥然有别。萧军曾在日记中写道："我不适于做一个丈夫，却应该永久做个情人。"萧红需要的是温情、呵护与补偿，而两人却矛盾重重、争吵不断，最后受伤害的总是萧红。由热恋到失望乃至绝望，分手只是时间早晚而已。两人离婚后，萧红选择了端木蕻良，端木属于另一类型的男人，虽然没有大男子主义倾向，但在关键时刻却显得较为柔弱、怯懦，缺少勇气与担当。于是，在他们的婚姻里，又出现了一位与萧红有着微妙而缠绵情感的骆宾基……

萧红如浮萍般漂泊不定，仿佛有双神秘的大手，拨弄着一些偶然的因素，引导着萧红一步步走向生命的终点：如果鲁迅没有早逝，他会一如既往地施以援手，给萧红无私的帮助与温暖；如果萧红去了日本没有急于回国，其实她已开始学习日语并做了长期居留的打算；如果她没与萧军分手，两人即使离婚，萧红仍可像丁玲那样去延安；如果萧红与端木蕻良没有匆匆离开重庆，飞往香港避居；如果她在香港没有发病，没有误诊，病重期间没有日军入侵……这许许多多的偶然，只要没有其中一个，萧红的人生多少就会有所不同。但是，就当时的局势与情形而言，渺小的个体在时代潮流的裹挟中实难自处，且性格决定命运，以萧红羸弱不堪的病体、桀骜不驯的个性，以及洞悉表象、透达世事的直觉与天分，其走向与结局也难以改变。偶然之中透着必然，许多偶然凑在一起，就成了无可更易的必然。

想当初，萧军认为自己的《八月的乡村》要超过萧红的《生死场》，虽然两部长篇几乎同时完稿，但《八月的乡村》出版要早，问世后好评如潮，萧军就更是瞧不起萧红了。《生死场》原名《麦场》，有人误传书名是萧军改的，实为胡风所取。《生死

萧红、萧军住过的商市街（今红霞街）地下室处，仅剩一堵残墙

场》出版时间稍后，但产生了异乎寻常的反响，萧红的名声很快
盖过了萧军，就连鲁迅也认为《生死场》比《八月的乡村》"更
觉得成熟些"。于是，萧军的心理多少有点失衡，大男子主义倾
向更是有所抬头，萧红耀眼的文学成就，反而堵塞了两人之间的
爱情通道。

　　当时就有不少作家认为，萧红的作品，不是靠用功和刻苦，
而是凭天然的禀赋、独特的感受和神奇的灵感，这与她的独特个
性、生活习惯是密不可分的。萧红小时候，就倔强任性，不是那
种"听话"的孩子，爱惹事，瞎折腾；她喜欢抽烟、喝酒，善于
谈天、唱歌，但不喜应酬，不得不去的场合，常常一言不发；她
是一位非常独立的女性，萧军说她是"没有'妻性'的人"；她
命运多舛，常将自己逼入绝境，大有"置之死地而后生"的味
道，显得孤独而寂寞；她患有肺病，身体衰弱，多愁善感却又心
高气傲，追求心灵的自由与精神的解放；萧红有不受他人左右的

思想与价值观，在一次座谈会上说道："作家不是属于某个阶级的，作家是属于人类的。现在或是过去，作家们写作的出发点是对着人类的愚昧！"……在残酷的现实面前，她的疾病与漂泊、坎坷与苦难，都是创作的宝贵财富。在异乡的辗转漂泊中，居无定所，没有固定的收入，就连爱情、友情也处于动荡之中，山河残破，爱情幻灭，对安稳、静谧的生活更加向往，自然而然地寻找稳固的根脉。世间万物，变动不居，唯有故乡永恒，在深情的回望中，萧红切入故乡的肌理与精髓。写作，既是灵魂的净化与精神的需要，也是换取稿费、维持生活的一种生存方式。于是，萧红不停地写啊写，笔下流淌的那些个性鲜明的文字，不仅描摹出呼兰的外在形象，更刻画出故乡的内在灵魂。

故乡对萧红而言，其实有着两个不同的概念、范畴与意象。一是狭义的故乡，仅指家庭而言，它们是爷爷、父亲、母亲、继母、弟弟等亲人，是家中大大小小的各式房子及房中的各种用品，当然，还有充满乐趣的后花园；二是广义的故乡，家庭的外部环境，高耸的天主教堂，念过书的龙王庙小学，整个呼兰县城以及城外广袤的土地，各种树木、庄稼，绕城而过的呼兰河……每当忆及家庭，暖色调唯有爷爷和后花园，更多的则是冰冷与屈辱。对此，萧红有着一股本能的拒斥。而家庭外的一切，那些在心灵生根的东北风情、风俗、风物，那些蓝天、云朵、月亮、旷野、道路、寒风、冰雪，那些热情而善良的亲戚、邻居、友人、乡亲，有如冬日暖阳，伴随她生命成长的每一时刻。离故乡越远，漂泊越久，便愈加思念、回味，经过一番酿造，从《生死场》到《商市街》《小城三月》《呼兰河传》等，无不成为一坛坛飘香的"美酒"。萧红流星般短暂的生命，她那无尽的漂泊与煎熬，仿佛就是为了文学与故乡。

萧红南下、东渡、西进，每一次新的漂泊，其实都在逃避——逃婚、逃难、避开情感的挫折。而逃难，总与日军相关。因与萧军合作的《跋涉》有反清抗日倾向遭到查禁，两人不得不离开日军占领的哈尔滨；日军占领武汉后，又不得不逃到陪都重庆；而后日机对重庆狂轰滥炸，体弱多病的萧红禁不起每天跑警报躲防空洞，不得不逃往香港；日军逼近香港，美国记者史沫特莱建议萧红与端木逃往新加坡，萧红心有所动，终未成行。她在香港待了两年，因病

拜谒萧兰青丝墓

拜谒萧兰青丝墓

及避难搬移的住所就有十多处；就在萧红住院期间，日军从深圳进攻香港，战火耽搁了她的治疗，加之医生误诊，1941年1月22日上午10时，萧红永远离开了人间。去世前三天，即1月19日深夜，病危中的萧红向陪护的骆宾基要过纸墨写道："半生遭尽白眼冷遇……身先死，不甘，不甘。"连写两个"不甘"，内心的悲苦、依恋与遗憾可想而知！"自古红颜多薄命，恹恹无语对东风。"是的，我们除了扼腕，复何言哉！可令人不平的是，萧红不仅生前漂泊，死后也没能逃避漂泊的困扰。

萧红生前给端木留下遗嘱："我活不长了，我死后要葬在鲁迅先生墓旁。现在办不到，将来要为我办。现在我死了，你要把我埋在大海边，我要面向大海，要用白毯子包着我……"无关财产等遗物，生前累于漂泊，冀望身后能有一个理想的安居之所。于是，端木遵遗嘱将她的骨灰埋在了香港浅水湾，这儿上面是丽

呼兰天主教堂

都饭店，下边是游泳池，面向大海，风光旖旎。他将装有萧红骨灰的一只花瓶深埋，封土后搬来石块，垒成一个坟包，然后将一块木牌立于坟前，上有他亲笔题写的"萧红之墓"四个大字。

浅水湾毕竟不是坟场，又近海滩，端木担心遭到日军破坏，便将萧红的骨灰分成两半，装入两个一模一样约一尺高的花瓶。萧红病逝于日军控制的临时医疗站——柏道医院，这家法国医院设在圣士提反女校，端木理所当然地将她的另一半骨灰埋在了这所教会学校后山的一棵树下。

葬于浅水湾的一半骨灰，因丽都饭店地带兴建工程，萧红墓在施工中有可能毁于一旦，在各方人士的呼吁、倡议下，于1956年迁至广州东区银河公墓。而为保护起见埋在圣士提反女校的另一半骨灰，后来却怎么也找不到了，就这样永远地留在了香港。

2016年10月下旬，我前往香港参加女儿的硕士毕业典礼，借机去了蔡元培、许地山墓地凭吊，明知无法找到萧红墓葬，但我还是去了圣士提反女校。正值周日，门卫不让进，便在校园围墙外默默感受、凭吊了一番。

在萧红的老家呼兰，也有她的一座墓园——位于西岗公园的青丝墓。20世纪70年代，海内外掀起了一股"萧红热"，故乡人希望能将广州的萧红墓继续北迁，回归呼兰。南方湿热，萧红不太习惯，在香港病重期间，她就明确表达过回老家治病的愿望。如能回到气候干燥的东北，施以精心的治疗与适当的调养，萧红的病也许真的就痊愈了。萧红墓如能迁成，落叶归根，对她及故乡、读者而言，又何尝不是一件好事？然而最终没能成功。

我们常说分身无术，而死后的萧红，两半骨灰，三处墓葬，这种"分身有术"显然非其所愿，但如今只能是这个样子了。或许有朝一日萧红显灵，圣士提反女校的另一半骨灰得以找到，两半骨灰就能合于一处了。

在读书年会举办方的安排下，我们拜谒了萧红的青丝墓。大家排成长队，每人手拿一束白色菊花鱼贯前行，神情肃穆地站在萧红墓前，深深鞠躬，行礼如仪。墓内所葬，虽然只是萧红的一缕青丝，只要灵魂附着其上回到故乡，就有了安稳、踏实与依托。这，也可慰藉那些研究萧红的学人、她的忠实读者及铁杆"粉丝"。

呼兰自清雍正十二年（1734年）设城后近三百年，历史名人没有谁比萧红更具影响。呼兰县离省会哈尔滨二十多公里，如果不是萧红，谁会知道遥远的东北有这样一块土地？故乡需要萧红，以萧红为荣尽力打造"萧红品牌"，就连她幼年就读的母校龙王庙小学，也更名为萧红小学。这在当年，任是谁也无法想象！生前寂寞，死后热闹，名满天下，不禁觉得颇有几分"魔幻主义"的色彩与味道。

2009年第一次前来，正值萧红纪念馆闭馆，此次终于弥补了上回的遗憾。馆内空间之大，陈列的图片、展品之丰富，超出我的想象。

出了萧红纪念馆，我拎着相机四处游逛拍照。高耸的呼兰天主教堂，除了礼拜的祈祷与清脆的钟声吸引萧红外，她还牵挂着在这儿出家做了修女的高小同学田慎如。我围着教堂转了一大圈，马路边有贩卖黄瓜、南瓜、辣椒、萝卜、大白菜等蔬菜及苹果、石榴、柑橘等水果的摊点。我最感兴趣的是挤着摞着堆在一块的红萝卜，一个个像冬天里小孩红扑扑的脸蛋，煞是可爱。呼兰虽然偏远，但离俄罗斯近，不经意间就透出一股欧洲风情，俄苏文化的影响十分明显。当年，五四新文化运动也以其强劲之势，吹拂着这块冰冻的土地。一旁的广场上，那些退休的老人正自娱自乐着呢：他们拉着乐器，亮着嗓门，唱着"二人转"，东北风情无处不在……

一方水土养一方人，萧红就是喝着呼兰河的水，吃着这些大白菜、红萝卜，在东北风情、异国建筑、五四新文化运动的渗透影响等氛围中长大的。这儿是萧红的"大本营"，依托如此深植坚固的根脉与牢不可破的"后方"，萧红无论怎样漂泊，无论漂至何处，又何惧哉！

路易·艾黎的中国情结

一

最早知道路易·艾黎，是他对两座小城的赞誉，他说："中国有两个最美丽的小城，一个是湖南的凤凰，一个是福建的长汀。"不知怎么回事，此前见过的资料，说路易·艾黎是一名新西兰女记者，是否译名"艾黎"有点女性化的缘故？其实，路易·艾黎是位个子高大的男人，著名作家、教育家、旅行家、社会活动家。1927年他在自己三十岁时从新西兰来华，直至1987年在北京逝世，在中国生活了整整六十年。路易·艾黎被称为"中国人民的战士、老朋友、老战友"，并与白求恩、斯诺、李约瑟、爱泼斯坦、柯棣华等人一同被评为"中国缘·十大国际友人"。

路易·艾黎的足迹几乎遍及中华大地，他的话颇具权威性，凤凰与长汀的确是最美的小城，无意间也给这两座小城打出了最好的"广告"。我与这两座城市也算有缘——我的出生之地湖北省公安县郑公渡位于湘鄂交界之处，离湘西凤凰古城四百多公里；我现今的工作、生活之地离闽西长汀也不远，二三百公里，坐动车也就两个多小时。当然，这两座小城我都去过，长汀更是去过多次，可谓名不虚传，美不胜收。十分巧合的是，当我第三次前往长汀时，竟与路易·艾黎"不期而遇"。

那是2015年8月的事了。我应邀参加在长汀举办的一次采风活动，丁屋岭是安排的行程之一。这座客家山寨颇多神奇之处，海拔七百多米，白天、晚上温差较大，气候凉爽宜人，夏天可不用空调。当地村民幽默地说："要说空调，我们这里只有一个天然的'中央空调'。"最奇妙的还是村子一年四季没有蚊虫，而邻近村庄不仅蚊子、虫子多，且个儿大。这种神秘现象至今没有

夕阳下的丁屋岭

一个令人信服的解释。

丁屋岭离长汀县城二十多公里，不远也不近。车行约一个小时，进入村寨，映入眼帘的，是一座座平房或两层高的小楼房。平房多为土砌；楼房有的全为木板，有的底层或为黄泥墙，或系石块垒砌，但二楼多为木板；所有屋顶，则是清一色的黑灰瓦。寨子建于盆地，房屋依山就势，沿山谷呈丁字形错落有致地排列开来。颇有意味的是，丁屋岭的村民，全都姓丁。元太宗年间（1229—1241年），丁屋岭始祖四郎公为避战乱，从山东济阳老家一路南下，历经千辛万险，好不容易逃到丁屋岭，这才停下脚步住了下来。这里山高路远、偏远闭塞，与外界几乎完全隔绝。四郎公需要的就是这样一个类似桃花源般的环境，远离喧嚣动荡的人世，再也不必担心受惊、仓皇四顾、日夜逃遁。没想到这一住就是七八百年，丁氏在此繁衍生息，已历二十七代。

山岭静静的，村子也是静静的，止步，凝神，静听，终于捕

长汀县丁屋岭的望福楼（路易·艾黎旧居）

捉到了空中的唑唑细响。弥漫在村子上空的，是天人合一的宁静与和谐。在凝固的时光中，外部世界的风暴，也曾席卷这个古老而宁静的村庄。在一座座房屋墙壁，我见到了保留至今的标语："农业学大寨！开山造良田！"还有一条这样写道："毛主席语录：政策和策略，是党的生命，各级领导同志务必充分注意，万万不可粗心大意。"这些遗迹，一晃也有四五十年历史了，既可映照当年运动之深入、猛烈，也可见丁屋岭对人间风云的从容与淡定，正所谓"柴扉半掩窗半开，岭上白云自徘徊"。

　　我在村间漫无目的地逛着，走着走着，有时会折转身来，重寻难忘的细节；有时会趄进两旁的窄巷，一直走到底，探个究竟；有时会进入某间别致的房舍，屋子大多是空的，不便久留，张望一番后匆匆退出……突然间，我看到一块木牌，上刻"望福楼（路易·艾黎旧居）"，还有一个向左的箭头标识。一见之下，精神倍增。此次来长汀，当地人对路易·艾黎的"广告语"

多次引用，对他抱有一种深深的感恩之情。在赠给我们的相关资料中，当地管委会主办的《古韵汀州》杂志，其中两期的主打内容就是怀念路易·艾黎的，一期是特刊《路易·艾黎与长汀》；一期属特别策划。2014年11月28日，当地隆重举办了中国长汀国家历史文化名城保护日暨缅怀路易·艾黎先生活动，邀请艾黎家乡新西兰首任女总理珍妮·玛丽·希普利、中国工合国际委员会主席柯马凯出席，追授路易·艾黎为长汀县荣誉市民，授予珍妮·玛丽·希普利荣誉市民并赠送名城金钥匙……

路易·艾黎写出长汀是中国两个最美小城之一。我想他对长汀肯定十分了解，且有着一定的渊源。令我不解的是，他怎会跑到这个偏远的山寨，还留有一座"旧居"？在没有公路、汽车的当年，寨里的村民到县城赶一趟集市，都要翻山越岭、肩挑手提，殊为不易。那么路易·艾黎来一趟也不容易啊，他是哪一年来的，有什么重大事情或负有什么使命？

带着疑问，顺着箭头标识，我一口气登上这座建在山坡上的两层木楼。人去楼空，木门紧闭，我呆呆地站了一会儿，遥想当年艾黎登楼进屋、躺卧其间的情景……

1938年初，为支援抗日战争，路易·艾黎与美国著名作家、记者埃德加·斯诺等中外友人发起工业合作社运动，简称"工合"；1938年8月，中国工业合作协会在汉口正式成立，路易·艾黎被国民政府聘为行政院咨询"工合"工作技术顾问；1939年1月，中国工业合作社国际促进委员会在香港成立。这一国际性的民间组织，主要从事促进合作社发展、扶贫、妇女培训等社会公益活动，路易·艾黎任委员及实地工作秘书；1939年4月，他带着几名技术人员前来长汀，创办"工合"组织东南区长汀事务所，并兼首任主任，这里成为福建"工合"运动的中心。

据有关资料记载，路易·艾黎曾三来长汀，分别为1939年

4月、1940年秋、1974年11月，每次都来去匆匆。我没有找到路易·艾黎前来丁屋岭的准确时间，但根据当时的情形推测，很有可能是第二次来长汀之时，也就是1940年秋天。他于1939年4月第一次前来筹建"工合"组织东南区长汀事务所，工作刚一就绪，就到江西赣州去了。其时，丁屋岭的生产活动尚未展开呢。而1974年11月正值"文化大革命"期间，艾黎想与当年"工合"组织的老工友们见上一面都没能如愿，更不可能前往丁屋岭闲逛就宿了。1940年秋，艾黎前来长汀视察"工合"工作，他欣喜地看到，仅一年多时间，长汀县的工合社遍及城乡，已发展到三十四个，有机器社、印刷社、雨伞社、染织社等，主要生产布匹、斗笠、雨具、皮件、铁锅、熨斗、瓷器、文具、纸张、切面机等日用品，其中以斗笠最为著名。长汀斗笠与江西瑞金生产的麻鞋、陕西宝鸡生产的军毯，被誉为抗日将士"三宝"。此次到来，艾黎受到了长汀"工合"成员的热烈欢迎，特地为他举办了欢迎酒会。丁屋岭作为"工合"组织的生产基地之一，主要生产斗笠和铁器，也是路易·艾黎的视察范围。于是，他不顾艰辛，在当地工友的陪同下，抄小路、走捷径，攀山越岭而来，鼓励村民努力生产，并就相关技艺予以培训、指导。稍做停留，天色渐晚，当天难以赶回县城，便留宿丁屋岭，住在望福楼。如果任务未能完成，也就再待一两天，那么，他在望福楼最多也就住了两三个晚上吧。

望福楼大门紧锁，我便折向左边几间大门敞开的木楼。凭栏远眺，丁屋岭就在脚下，眼前浮现出连成一片的黑灰瓦屋顶。这种明清时期大量用于民居的小瓦已不多见，它们一块块有序地叠置在屋檐上。一座座房屋鳞次栉比，纵横交错的屋顶随地势高低起伏，在狭长的山坳上空，构成了一种既单调又繁复、既淡妆又浓艳的别致景观，给人以强烈的视觉冲击。于是就想，当年的路易·艾黎虽然肩头责任重大，手头忙忙碌碌，当他面对如此迥异于西方建筑的美景时，肯定会情不自禁地惊叹不已……

正是这次有缘相遇，使我对路易·艾黎产生了浓厚的兴趣，回到厦门后做的第一件事情，就是在孔夫子旧书网下单，购买了《艾黎自传》《路易·艾黎在中国》等书籍。一番阅读，对其生平事迹有了一定了解。

一次与长汀县文联原主席庐弓先生聊天，我说两名外地人撑起了你们长汀的天空，一位是曾任中共中央总书记的瞿秋白，另一位便是"十大国际友人"之一的艾黎。瞿秋白当年被国民党士兵押解着从长汀一中走到罗汉岭刑场，他用纯熟的俄语唱着《国际歌》，视死如归，无疑为长汀这座历史文化名城增添了一层新的人文色彩与厚重气息。庐弓以小说和戏曲的形式写过《秋白之死》，反响不错。因此，我建议他写写另一位影响长汀的外地人——国际友人路易·艾黎。

二

中国工业合作社兴办之初，艾黎就认识到技术人才的重要性。因此，"工合"组织一直重视技术方面的培训工作，试办过多种形式的职员培训班。两年后开始在东南、西北、西南等地为合作社徒工或逃难的工农子弟开办培训学校，统一命名为"培黎学校"。对此，路易·艾黎在《艾黎自传》一书中写道："我选用'培黎'这个名称，是为了纪念约瑟夫·贝利，一个从1891年起一直在中国的美国人。他主张我们这种培训方法，而且在美国很出名；我们曾从美国筹集到大量资助。再者，'培黎'在中文里是'为黎明而培训'的意思，我们认为这样命名很合适。"

第一所培黎学校于1940年创办于江西赣县（今赣县区），

甘肃省山丹培黎学校

当年秋天在宝鸡西北办事处开了一个短训班，广西桂林、湖北老河口也办过培黎学校，不久即遭解散。随后又在陕西秦岭山区的双石铺、河南洛阳、甘肃兰州三地各开设了一所培黎学校。"工合"组织在双石铺建立了一个合作社中心，根据当时的客观条件与实际情况，此地极有可能成为一座工业基地。于是，艾黎决心大力发展双石铺培黎学校，他将自己的住所也放在了这里。刚开始，设在山坡上的学校十分简陋，只有三间房子，左右两间是教室兼宿舍，中间是纺织车间，学生只有十几名，教师待不下去相继离去。经费缺乏，管理混乱，可谓奄奄一息。直到英国人乔治·何克出现，学校才大为改观，焕发出新的生机。

乔治·何克毕业于牛津大学，1938年来到中国，以美国一家新闻通讯社临时记者的身份，采访过延安及华北解放区。就在这一年，经史沫特莱介绍，路易·艾黎与乔治·何克在武汉相识了。乔治·何克身上具有一种献身的理想主义精神，他想在中国待上一段时间，先找个工作忙而无报酬的差事干干。艾黎·路黎对他说："那就到宝鸡我们西北'工合'办事处去，我们会给你很多事干的。"当时也就说说而已，一年后，当路易·艾黎来到宝鸡时，没想到还真在这儿见到了他。一番倾心交谈，两人对"工合"组织的发展及培黎学校的建设达成共识，于是，乔治·何克被派往双石铺培黎学校担任校长。学校开办时间不长，校长却换过好几次，何克已是第九任了。此后，乔治·何克不仅成为路易·艾黎的得力助手，两人也开启了一段真挚而感人的友谊。

约一年时间，双石铺成为"工合"组织的主要培训中心。乔治·何克到任后，没有一名教员，只有十多名营养不足、无精打采，身上满是虱子和疥疮的学生，而校产仅为三间校舍、荒山坡上的一块空地、一台织布机和一台绕线机。何克既当校长，又当教员，不断扩大队伍，改善环境。他从双石铺镇上的合作社找来教中文的教员，扩招学生，在后山坡开了一孔窑洞作为宿舍，修建围墙，又在校园内建造花园和篮球场。一年后，学校添置了一台机床、一架小型汽油发动机，学生增加到六十多人。乔治·何克不仅负责校务与教学，还筹措经费，解决粮食不足等困难。一次，何克骑着一辆自行车，翻山越岭经过秦岭山口，走了一百多公里前往宝鸡，好不容易求得一点现金。当夜返回，路遇土匪打劫，他侥幸脱身，冒着生命危险将经费带回。好在后来，学校建立了生产组，开办毛纺厂、织布厂和机械车间，生产的产品质量过硬，工艺出色，十分畅销，这才解决了经费短缺的燃眉之急。

经过两年努力，双石铺培黎学校无论是硬件设施还是软件教学，都有了质的飞跃，一片生机勃勃的景象。在总结办学经验时，艾黎与何克认为，今后新中国的建设将需要一大批工业技术力量，而他们培养的正是这样的技术人才。因此，艾黎决定不再为工业合作运动四处奔波，而将全部精力用于办好培黎学校。

而此时，学校的生存与发展面临着巨大的压力与严峻的挑战：随着战局的发展，日军有可能侵犯宝鸡，双石铺培黎学校还能坚持多久，不得不令人担忧；"工合"虽属国际民间组织，但迫于国民党当局的管控，宝鸡工合办事处给学校下达指令，年满十六岁的学生统统加入三民主义青年团（国民党下属组织，简称"三青团"，1947年并入国民党）；此外，办学经费也是制约学校发展的瓶颈，不得不向海外募捐，但数量有限，难以持续……

是继续待在双石铺艰难生存，还是向外寻求新的发展？这种抉择，不仅影响六十多名学生的未来，关系培黎学校的命运，也事关中国职业培训教育的发展啊！

艾黎明白，继续留在双石铺已不可能。最舍不得离开的自然是校长乔治·何克，为了学校的发展，他几乎付出了所有的精力与心血，对这里的一草一木充满了感情。他说："刚站稳脚跟，又要离开这里，多遗憾呵！"

那么，培黎学校迁到哪儿才是出路呢？他们一时找不到最为合适的地方，只想着到一个远离宝鸡、远离双石铺的地方，摆脱国民党中央的直接干涉、威胁与控制。这时，路易·艾黎想到了甘肃省会兰州有一所培黎分校，那儿还有一位早在抗战初期就支持"工合"运动的友人——甘肃省建设厅长张心一。

可巧的是，英国科学家约瑟夫·尼达姆（李约瑟）博士途经双石铺，他们偶然相遇了。李约瑟时任中英科学合作馆馆长，正在编写一部二十卷的《中国科学技术发展史》，已出版多卷。他应邀前往玉门油矿讲学，并解决一些技术上的问题，经过双石铺时，在培黎学校的车间修理他乘坐的卡车上的一根弹簧。路易·艾黎盛情款待了他，虽然吃的是玉米棒子、馒头夹蜂蜜，住的是窑洞，但他们十分投缘，一直谈到深夜。艾黎当即决定利用这一难得的机会，免费搭乘他的卡车，前往甘肃西部转转。到了兰州，他在分校找了两个学生在路上帮忙，然后，他们沿河西走廊一路向西。

到达张掖山丹县时，艾黎发现这是他在中国各地旅行所见到的最为贫穷的地方。山丹位于祁连山和北山之间，地处河西走廊咽喉地带，历史悠久，汉武帝开辟河西四郡时，山丹便纳入汉朝版图，霍去病大败匈奴之地，便在境内的焉支山。山丹有过极其辉煌的时期，隋炀帝西巡，在焉支山召见西域二十七国王公使臣；唐朝时期，山丹县城发展为一个十分兴旺的贸易中心，拥有五十八条街道，以致阿拉伯商人误认为这儿是中国的"王都"。然而，历经地震与战乱，山丹全县人口由清乾隆时期的二十四万降至三万，县城也变得破败不堪。但艾黎发现，这里自然资源丰富，有煤炭、石油、皮革、羊毛、驼毛，粮食特别充裕，房子多，租金非常便宜。他当时便想，如果将学校迁至此地，天远路偏，静悄悄地开展合作社人才培训及相应的生产活动，不会招致国民党当局的特别注意，也不会引起他人的疑虑和嫉妒。

在山丹过了一夜，他们就继续西行了。李约瑟在玉门办完事情，他们又游览了敦煌。因为卡车发动机的轴承坏了，他们不得不在敦煌待了一个来月。艾黎利用这一难得的机会，详细考察了开凿在山岩上的四百来个敦煌石窟，观赏窟中美轮美奂的塑像与壁画，对古老、博大、恢宏的中国文明更添敬佩。归返时，艾黎在山丹有意逗留，调查了解相关情况。一回双石铺，艾黎便迫不及待和乔治谈起了将学校西迁山丹的想法——他兴致勃勃地谈自己对山丹的印象，谈县城的住房和空地，谈那儿丰富的自然资源和广阔的发展前景……

乔治不仅被打动了，更成为一名积极的执行者，开始西迁的准备工作。这时，日军正从河南向陕西边界进犯，西安派专人前来通知他们，如果西安疏散转移，那么双石铺的所有住房将被国民党强征占用。事不宜迟，他们不得不赶紧实施搬迁计划。

双石铺离山丹县城约一千一百公里，需要搬迁的有工具、设备、生活用品、车辆马匹，还有随迁的学生。时值隆冬，路途遥远，迁徙并非易事，只要某一环节出现差错，就会出现冻馁、疾病、车祸等意想不到的恶果。

何克负责具体迁移，艾黎前往兰州、宝鸡与相关机构斡旋，然后到山丹租借房子——以废弃的发塔寺作为学校教学、实验基地，并在县城主街租了几栋房子作为临时过渡用房。

马车拖着设备、行李出发了，车上的物资堆得高高的，一群孩子跟在后面，还有二十五辆手推车同行，以补充马车装载、转运之不足。刚开始，他们感到新鲜，不禁欢快地跑步前行。踏着蜿蜒的小路，他们翻过梅岭关向甘肃进发，越往前行，道路越发难走。

1944年12月，首批三十三个学生陆续抵达兰州，他们是各自长途跋涉集中到一起的。艾黎在山丹的前期准备工作告一段落，便回兰州接应他们。他租了一辆抗战初期苏联支援中国的旧卡车，将孩子们的铺盖卷和在兰州采购的四大缸咸豆、辣椒等物品一起装到车上，于12月21日从兰州出发。刚开始，艾黎和学生一起挤在卡车后面的车厢，后来，司机见他年纪大，又是"老外"，便让他坐进驾驶室。天寒地冻，空气凛冽，但艾黎为孩子们准备了棉衣，每人还发了一件老羊皮袄，尚能抵御扑面而来的风沙。路上车子老出麻烦，一次过冰河时轮胎打滑陷入冰中，大家费了好大的力气才将车子拉出。车行四天，傍晚抵达山丹。卡车下坡时速度加快，而挡风玻璃已破，司机眼里吹进杂物，加之天色昏暗，司机一不留神偏离道路，前车轮胎碰到一堆石头，猛然间将几个孩子从车厢甩了出来，倒在公路上，差点酿成一场事故。所幸他们穿着厚厚的棉衣皮袄，仅擦伤、扭伤而已，并无大碍。面对这一有惊无险的插曲，艾黎暗自庆幸不已。

第二天上午，他们没有休息，就在租用的发塔寺二楼一间四壁透风的房间里开始上课了。下午开始布置、改善环境，修整寺庙。

而乔治·何克带领的另一批学生，直到第二年2月才抵达兰州。沿途，他还采集了一批物资设备，雇了几辆卡车运往山丹。与艾黎相比，乔治·何克的迁徙之旅要艰难得多，从双石铺到兰州六百多公里，遭遇了两次翻车事故。其中一次是车轱辘打滑，车夫张和兴收缰勒马控制不住，马、车和人一起跌进山谷，好在车夫只受了一点伤，费了一番周折，终于将车拉了上来。在天水时，遇上了二十年未遇的刺骨寒风，路上冰雪覆盖，他们翻山越岭，五天时间，走了五十多公里，每天行程不到十二公里。乔治·何克率领的队伍终于在1945年3月底到达目的地山丹县，令他感到欣慰的是，"当地人民当然很高兴我们来，他们的态度和双石铺的人相比较形成了鲜明的对比。其实，总的说来这里生活希望大得多……"他在1945年4月2日的家信中如是写道。

三

2008年3月31日，一部由中国、澳大利亚、德国联合拍摄的电影《黄石的孩子》首映式在湖北省黄石市举行，影片男二号、著名影星周润发出席了首映式。2008年4月3日，《黄石的孩子》在中国内地和中国台湾、香港同时上映，不久，又先后在新加坡、美国、法国、澳大利亚、比利时、英国等地发行、上映，一时间产生了广泛的影响。电影《黄石的孩子》以中国的抗日战争为背景，战火蔓延至华中地区时，英国人乔治·何克带领黄石

山丹培黎学校的艾黎、何克雕像

一家孤儿院的六十个孩子,毅然踏上前往甘肃山丹避难的坎坷旅程。当他们行走在生死边缘,历经千难万险抵达目的地不久,何克便因途中感染破伤风不治身亡。

影片以乔治·何克为原型,以六十名学生西迁山丹为线索,不少情节、细节属于虚构;比如将出发地双石铺改为黄石,笔者曾在湖北黄石市学习、生活、工作了十多年,黄石距陕西宝鸡市凤县双石铺镇约一千一百公里,也就是说,黄石到山丹的距离二千二百公里,实为双石铺到山丹距离的两倍;影片完全忽略了路易·艾黎,一句也没有提及他才是西迁的关键人物;为了增强感染力,影片将乔治·何克感染破伤风放在迁徙途中,刚到山丹不久就逝世了,其实他到山丹后为学校的奠基与发展做了大量工作,除安排好课堂教学外,还组织学生安装锅炉、蒸汽机、发电机、车床、刨床、磨床等,布置机械组、纺织组的工作,生产棉纱、机器织布、开挖水渠、平整足球场等。短短三个多月时间,就使山丹培黎学校在河西走廊站稳了脚跟，受到前来视察的"工合"负责人徐维廉和两名英国合作党议员的高度肯定与赞赏……

乔治·何克生于1915年，1937年在牛津大学获得文学学士学位后，姑姑穆里尔·莱斯特正在筹划一次基督教和解团契工作的周游列国旅行，何克母亲觉得这是一次让她儿子了解远东和美国的好机会，便动用了自何克孩提时代起就为他留存的一笔钱，让他随姑姑同行。他们一行先到美国，再去日本，1938年来到中国。到了该与姑姑一同离开中国前往印度、返回英国的时间，乔治·何克却改变了主意，想在中国多待一些日子，以便实地了解这里的现状及其面临的问题。他说："对不起，姑姑，我不能丢下这些人们。"于是，二十三岁的他就留下来了，没想到这一留就永远留在了中国！

1945年7月的一天，何克在和学生打篮球时发生了一点意外。他的脚大，难以找到合适的麻鞋，大脚趾总是露在外面，一不小心踢到石头上给碰破了，也有人说是他收养的一个孩子老四玩耍时将一块砖头砸在了他的脚趾上。何克身体强壮，以前得过结膜炎、赤痢、疟疾、伤寒、副伤寒、炭疽病等，因早年生活条件好及常做深呼吸运动，并无多大影响，因此也没当回事。不久，脚趾溃烂化脓，他感到踝部酸痛。请来当地卫生站站长诊治，认为不过伤风感冒，休息一下就会好的。但何克感到头晕脑涨，越来越痛苦，连饭也吃不下，并且出现了痉挛抽搐的症状。艾黎见状，方知情况不妙，断定是他们住的旧屋泥土滋生细菌，感染了破伤风，开始紧急抢救。但山丹没有破伤风血清，他们只有一个劲地给各地打电话求助，派出卡车四处打听哪儿可以弄到破伤风血清。他们从武威请来一名姓徐的西医，但没有找到药物和血清，无济于事。

何克的病情越来越沉重，艾黎一面陪伴他，一面想办法找到

艾黎与何克陵园

甘肃省建设厅厅长张心一。张心一正在参加日军投降后的庆祝大会，得知后心急如焚，马上离会，找到需要的药品和第一流的医生，当即安排汽车从兰州送往山丹。何克在与时间和死神赛跑，时而昏睡，时而痉挛，时而平静。当他清醒时，预感到了即将面临的一切，要过纸和笔，吃力地写道："把我的一切献给培黎学校。"艾黎一愣，赶紧安慰他，医生和药品正在赶来，一切会好的。何克平静而微弱地说道："我想我会熬过来的，但人总会有不测，要有个准备……我只有几件衣服，一个照相机，你把它卖了，作为学校的经费吧……"

然而，乔治·何克终于没能战胜死神，他的生命定格在1945年7月22日傍晚，年仅三十岁。第二天上午，张心一安排的医生带着抗毒素药品从兰州赶到时，已经太晚了，送葬的队伍正在缓缓前行。他们按照汉族人的安葬方式，将何克放进棺材，由八名年龄较大的学生抬着，埋在了学校南门外靠近弱水河边的一块空地上。不久，又在他的墓前立了一块碑，上面刻着一位英国诗人的诗句：

> 彩色绚丽的生命啊光辉而又温暖，
> 为了它人们一直奋发向前。
> 他已逝去，从此不再奋战，
> 在战斗中逝去的生命，却更加光辉灿烂。

何克的死对艾黎的打击很大，他虽比何克大十八岁，但他们志同道合，无话不谈，称得上"忘年交"。这些年，何克差不多成了他的左膀右臂，某种程度上也成了他的一种依赖。艾黎主外，于各地奔波、交涉，学校的教学及校务工作几乎全部交给了何克。如今何克走了，艾黎不仅缺少一名助手，更缺少了一位可以交心的挚友。何克的英年早逝，成为他一生最大的痛苦。

乔治·何克前来中国旅行，却义无反顾地留在了这块土地，担负起本可撇开的责任，不计名利地为底层民众服务。乔治·何克写过一首中文歌："我们在山丹获得新生，我们坚持在这里，直到生命的最后一天。"一种类似于宗教般的信仰支撑着他，一直走向生命的终点。

在路易·艾黎身上，同样充溢着一股强大的令人感佩的精神气场。

1897年12月2日生于新西兰的他，兄弟姊妹七人，艾黎排行老三。祖父是爱尔兰移民，父亲是一名执教四十年的教师，当过校长，对教育体制、教育改革有着自己的认识与见解，并写过相关文章。母亲生于英国，移居新西兰后在一家农场主家里当教师，关心社会事务。新西兰于1893年成为世界上第一个妇女拥有普选权的国家，其中就有她为之奋力争取的一份功劳。艾黎酷爱读书,从小受过良好教育,感受着家庭融融泄泄的亲情、关爱与温暖。他说:"一个人的成长在很大程度上取决于父母的教诲和幼年的经历。有这样的双亲,对我来说自然是十分幸运的。"

艾黎从小想当一名职业军人,身上有着一股英雄主义倾向,认为战死疆场,将自己的名字刻在阵亡将士名录是一种无上荣光。因此,当他哥哥埃里克于第一次世界大战中战死法国时,他不仅没有害怕退缩,反而急不可耐地试图用虚报年龄的办法参军。1916年底,十九岁的他终于如愿以偿,被编入新西兰远征军。1918年1月,艾黎被派往法国前线,敌对双方的阵地上,整天都是震耳欲聋的炮声和机枪子弹掠过的声音,许多与他同船到达法国的士兵倒在战壕,冻僵的尸体永远留在了当地。他十分幸运,仅中过两次毒气,得过一次严重的痢疾,并未受伤。1918年8月,他在一次侦察德军情报的行动中表现出色,荣获军功章。但在随后进攻德军阵地的战斗中,被一辆坦克射出的子弹击中大腿,子弹穿过臀部从脊骨旁钻了出来。艾黎被战友七手八脚地拖进马道上的一个马粪坑里,脱下他的裤子正准备包扎时,德军冲过来了,于是不得不丢下他迅速撤离。许多伤兵被德军开枪打死,所幸他未被发现,就在那个坑里待了整整一夜。第二天早上,协约国开始反攻,一发炮弹射来,"轰隆"一声巨响,马粪坑的一侧被轰塌,泥土埋在他的身上,好在脑袋还露在外面。不一会儿,协约国的部队攻上来了,艾黎被从泥土中挖出,一副担架将他抬到一个设在地下掩体的包扎站……不久,他被救护车送到前哨包扎站,当夜又被送上火车送到海边的一所基地医院。做过手术,经过一段时间休养,他的身体慢慢恢复。而这时,第一次世界大战也以1918年11月协约国与同盟国签订停战条约而告结束。

回到新西兰故乡克赖斯特彻奇,路易·艾黎与在埃及当过空军飞行员的老同学杰克·史蒂文斯合伙投资，在一处穷乡僻壤开办牧场，养了上千只羊、上百头牛。经过六年孤寂打拼，遭遇多起事故，简直吃尽苦头，却因战后新西兰出现多年未有的经济萧条与严重失业，收效甚微。因此，当史蒂文斯准备结婚时，艾黎觉得牧场收入不够他们两人花销，便主动退了出来，将那里的一切留给了一起创业的伙伴。

一回到家，艾黎就向家人宣布了一个重大决定——去中国！多年奋斗一无所成，他觉得自己成了家中最无成就感的"多余人"。为何选择去中国？因为那是"一个被革命震撼的国家"。好在母亲一如既往地支持他、鼓励他，说这是他应该去寻找的一条新的生活之路，也是一件他能做的最好的事情。于是，1926年圣诞节前夕，他连在家度假的心情都没有，就乘船前往澳大利亚。在澳洲待了三个月，为了弄到去中国的船费，他进入一家夜校学习，取得一张无线电监听员合格证书。每艘澳大利亚船上，都要配备一名专职无线电报务员、两名能检出摩尔斯电码呼救信号和海难信号的监听员。于是，他被一艘名为"卡卢鲁"号航船颇为无线电监听员，先到香港，然后与轮船公司解除契约，买了一张香港到上海的船票。经过近四个月的辗转航行，1927年4月21日，艾黎终于来到中国。

抵达上海第二天，他就通过关系，在上海工部局消防处找到了一份工作。第三天早上开始上班，艾黎就成了虹口救火会消防处的一名小队长。第一次世界大战期间，艾黎在法国前线与中国劳工队有过接触，在各周刊上了解到中国大革命的报道，正是这类消息，引起了他的兴趣与注意。刚到上海，也不知到底能待多久，如不适应，就准备回新西兰重新务农。随着了解的日益加深，他对中国和中国人产生了感情，还学会了普通话和上海话。一年半后，艾黎彻底打消了回国的念头。

1932年，上海公共租界工部局成立了工业科，路易·艾黎担任工厂督察长。从事工厂督查工作时，目睹童工在恶劣环境下遭受的令人难以置信的折磨，女工的包身工制及安全措施很差的工作、住宿条件等，又因无力改变这种现状，感到十分痛苦。

休假期间，他到上海郊外的广阔农村，有时也去周边的宁波、杭州、苏州、无锡等地。然后深入内地，去更远的地方——北京、内蒙古、山西以及泰山、华山、五台山等地。听说长江发生水灾，他还前往武汉，溯江而上，深入洪湖地区了解灾情，力促当地政府运送小麦赈济灾民，直接参与武汉难民收容所的搬迁工作。

在上海，艾黎与共产党取得了联系。他读过不少马克思的书籍，特别是《共产党宣言》《工资劳动与资本》，还有其他关于剩余价值学说、土地所有制问题、社会发展历史、亚细亚社会革命道路等方面的论述。他理解共产党，1932年在洪湖救灾时，第一次看到在贺龙领导下的洪湖革命根据地，感受到一股新生而强大的力量。他通过美国记者史沫特莱认识了宋庆龄，正是宋庆龄的介绍，他与共产党的地下组织取得了联系。共产国际中国组为与一些地方的红军长征保持通讯联系，一段时间，他们将地下电台秘密设置在艾黎家顶楼的房间。为免引起注意，艾黎的室友——电气工程师甘普霖绕过电表，直接将电台的电源接在主线上，即使有人发现异常，也只当作电器"漏电"。一个星期天，艾黎与甘普霖在走廊上喝茶，突然发现一个由巡捕、包探和电力公司的一名工程师组成的检查组，正挨家挨户地查找电线的漏电情况。此时想拔掉发报机上的电线已经来不及了，只好听由他们从底下逐层往上查。好在那位查电的工程师也是他们的朋友，在底层房间还真的发现了漏电，他说："冰箱漏电，冰箱漏电！"于是，艾黎将检查小组请到餐室，给他们每人斟上一杯酒，又在热烈而友好的气氛中将他们送走。虽然有惊无险，为稳妥起见，当夜便将无线电台转移到了法租界的一套高层房间。

宋庆龄对艾黎这位国际友人十分信任。一次，一箱手枪和子弹需要交给红军，她亲自前往沪东转移。叫了一辆人力车，将箱子放在车上自己脚前，遇到巡捕检查，她停下车，扬了扬手中自己的名片，就顺利通过了。宋庆龄将这一皮箱武器送到艾黎住处，放在一小屋里，再由艾黎送到另一个她指定的地方。

这期间，路易·艾黎还结识了鲁迅与冯雪峰，读过鲁迅许多作品，听冯雪峰介绍红四方面军与红一方面军会师的情景。

1937年7月7日，卢沟桥事变爆发，日本开始全面侵略中国。不久，日军进攻上海时，艾黎收藏的文件资料被洗劫一空，十年来的工作、研究成果化为乌有。

此时，著有《西行漫记》一书的美国著名记者埃德加·斯诺从北京来到上海，为英国《每日先驱报》采访报道上海战况，多次前往遭受破坏的市区。无数失业工人、残废士兵和逃避战火的难民令艾黎同情与担忧，决定利用自己在工厂督察中获得的实际经验为他们提供服务，为中国的抗日战争尽自己的努力。

艾黎刚来中国时，并没有鲜明的政治思想或社会意识形态，这给了他自由发展自己信仰的机会与可能，而不是被某一党派或某种外部强加的力量、责任所左右。

一次，他与斯诺谈论爱国的中国人与支持中国的外国人如何促进后方的工业生产以支援抗日战争这一问题时，斯诺夫人海伦突然建议艾黎丢下手头的工作，搞一个工业运动，广泛发展工业。斯诺也深以为然，并谈了这一建议的可能性。艾黎觉得不仅可行，也很有必要。此前，他写过许多有关中国内地发展工业的材料，当天晚上，按照在中国非敌占区建立一系列小工业合作社的思路与构想，他写了一篇长文。在广泛听取意见的基础上经过修改，印成小册子，送到上海各界人士手中，引起了人们的极大兴趣。由此，中国第一个工业合作社促进委员会在上海应运而生。定做徽章时，艾黎想了一个简单的名字——"工合"，即"一起工作"之意。组建工作得到了宋庆龄和她弟弟宋子文、妹妹宋美龄的大力支持。1938年8月5日，中国工业合作社协会在武汉正式成立，路易·艾黎担任代理总干事。不久，便在陕西宝鸡、江西赣州、湖南邵阳、广西、云贵地区、浙皖地区、川康地区等成立"工合"办事处，并得到了菲律宾、加拿大、澳大利亚、印度尼西亚及东南亚其他许多国家、地区和爱国华侨的支持，在香港成立了中国工业合作社国际促进委员会。

尽管充满了挫折与坎坷，但"工合"运动深得民心，开展得蓬蓬勃勃。它虽然是一个民间组织，但其深厚的国际性背景，使得这一发展小型合作社工业生产的运动得到迅速发展。中国的抗日战争需要国际支持与声援，也需要广大民众的参与，合作社生产的各种军需品、消费品为抗战提供了一定的物资援助。

路易·艾黎被誉为"工合之父"，可谓实至名归。作为"工合"委员与实地工作秘书，他是这一组织的实际领导人，具体工作大多由他负责。1939年至1942年间，艾黎几乎跑遍了中国十六个省的城市与乡村。"工合"组织原计划建立三万个合作社，以承担中国百分之三十的抗战生产需要，最初一年半建了一千四百多个，人数不等，多的如湖南一家火柴厂有五百人，少的不到十人。1941年，合作社达到一千八百多个，后发展至三千多个，安置、援助失业工人、难民二十多万，生产五十多个门类的五百多种工业产品，如铁器、煤炭、机床、玻璃、面粉、毯子、帆布、帐篷、陶瓷、化工、电机、药品、军服、军鞋、手榴弹等，军用物资更是直接运往抗日前线。

设立培黎学校，是"工合"运动不可或缺的组成部分。当初的设想，是培养大量优秀技术人才，将新的更好的"工合"工作发展到广袤的农村，以提高农民的科技水平，促使他们与即将到来的工业化融为一体。发展到后来，培黎学校已成为艾黎人生的主要追求与奋斗目标之一，成为中国职业培训教育的发展先驱与未来方向。

四

乔治·何克去世后，艾黎决定留下来，实现何克未竟的美好愿望——将山丹培黎学校建设成一所为普通人开办的大学。

学校西迁途中，除一个孩子因心脏病死于兰州外，其他全部抵达山丹，整整六十人。这些孩子，年龄大多在十二岁至二十岁。此前，他们分别上过洛阳、宝鸡、成都、重庆、兰州等地的培黎学校，有着一定的文化基础和技术特长。

学校最初名为"中国工业合作协会山丹培黎工艺学校"，木制校牌挂在校门一侧，学校性质属于"半工半读"，校训为"创造分析"，目标是用理论联系实际的教学方法培养具有包括现代工业、农业、牧业和医学方面知识的科学技术人才。为此，乔治·何克创作了一首校歌：

> 我们生活，我们学习，
> 我们生活学习在培黎。
> 纺织织布，钢铁机器，
> 工业技术都具备，
> 求知生产不相离。
> 毋自暴，毋自弃，
> 亲爱精诚，齐心合力，

发扬合作精神，

为新中国奠定工业建设的基础。

校歌在幽静的山丹古城上空回荡，巍峨高耸的发塔寺见证了培黎工艺学校的不断发展与壮大。

何克去世，艾黎化悲痛为力量，几乎将所有精力都投入学校的建设、学生的教育之中。

那些名校之所以优秀，人是最重要的因素。艾黎认为，教师是学生灵魂的引导者，师资队伍建设尤为重要。建设新型的学校，首先要选聘一批新型的教师。让教师前来山丹这样的穷乡僻壤工作，无疑是一件十分困难的事情。但艾黎还是聘到了近二十名技师、医师、工程师、畜牧师，他们大多毕业于河南大学、燕京大学，有着不同的社会背景，放弃了以前舒适的工作环境与家庭生活，为了一个共同的教育目标和理念，那就是避开传统教育观念及办学模式，开展新教育的创造性探索，实行半工（农）半读，将教育与社会实践、教学与生产劳动结合在一起。学校还拥有近二十名外国教师、技师，他们来自美国、英国、日本、德国、新西兰、加拿大、奥地利、葡萄牙等国家，由"工合"组织签订合同派来。学校的健康发展，需要良好的经营管理制度，账务审核十分重要，校方决定让一位外国人担任会计工作，他就是新西兰人柯尔特尼·艾启赫。

学校要扩大，亟须招收更多的学生，生源便是当地农民的孩子。

洋人办学堂，这对本来就闭塞的山丹县来说，不啻一条爆炸性新闻。刚开始，当地百姓三三两两地跑来看洋人，他们围在校门口，像看戏一样好奇地等待洋人出来。艾黎与何克走出校门，满面笑容地向他们招手致意，有时还在人群中摸摸那些小娃娃的脑袋，塞几块糖果。艾黎与何克的和蔼可亲拉近了彼此之间的距离。不久，学校组装电机，建立了纺织车间。电灯照明与机械纺纱织布，更是在山丹小城引起轰动，大家奔走相告。学校没有围墙，当地百姓络绎不绝地进入校园参观。时间一长，艾黎便与当地农民建立了珍贵的友谊。学校半工半读，不仅不收费，还有一定的收入补贴。因此，当招生消息传开时，不少农民将自己的孩子送进学校，还有个别穷苦农民带着自己的女孩，前来央求他们买下。直到1946年，学校来了一位名叫张玉珩的女教员，她从宝鸡战时孤独院带来了一批难童，其中便有不少女孩子。山丹培黎学校才正式成立了第一个女生班。张玉珩资历深厚，1928年便在汉口参加过当年的革命运动，她虽然戴了一副近视眼镜，但体格强健、性格爽朗、公正无私。那些女孩子编在纺织组，也是一个赛一个，她们吃苦耐劳，暗自和男生比赛，学习格外努力。培黎学校有了女生的消息传开来，一个最直接的效应便是禁止女子上学的封建陋习被打破，许多当地女孩纷纷要求上学。刚开始，艾黎将她们安排在一个院子里，后来单独建了一个住所，还有一个游泳池。

经过一番努力，学校发展很快，仅两三年工夫，就办起了近二十座小型工厂，开设了纺织、皮革、缝纫、机械、电器、陶瓷、玻璃、造纸、煤矿、运输、建筑、会计、测绘、医院、农牧业、水利工程等二十多个专业。学校在县城郊区建了大片教学实验基地，约占城郊面积的三分之一，还在四坝滩建了两万多亩地的校办农场。1945年，学校已有学生四百多人，教职员工二百多人。不久，在校学生增加到五百多名，他们来自全国十七个省及甘肃省的十九个县。实难想象，山丹培黎学校在短时间内发展到如此大的规模，荒凉而偏远的山丹古城，顿时焕发出盎然生机，引起了外界特别是国际人士的广泛关注。

　　艾黎对学生的要求，主要是"学习、工作、奋斗、创造"八个字，其目的，就是让他们摆脱死啃书本的传统教学模式，开动脑筋，勇于探索，创造出新的成果，成为一名服务于社会的新人。学校的课程安排，主要是文化学习和劳动实习，一般上午学文化课，下午参加劳动。有时是一周之内三天文化学习，三天劳动实习。文化课的编班与生产组的专业编班并不一致。文化课按学生的实际文化水平编班，设有英语、中文、数学、历史、电机、工业常识、经济地理、理化基础等课程，还开设了体育课、文艺课和生理卫生课。学生们根据自己的爱好与特长，从体操、篮球、排球、垒球、乒乓球、游泳、滑冰等项目中选择一项作为主课；文艺课主要是唱歌。他们都喜欢唱歌，嘹亮的歌声在空中回荡，校园弥漫着一股青春的激情与活力，既感染人，也鼓舞人。劳动课，由全校集体分组，学生轮流在工厂、生产组实习。而农场劳动，有春种秋收、挖渠修坝、植树除草等，根据不同季节加以安排。刚入学的孩子，身上都有虱子，生理卫生课的增设，不仅讲人体构造、传染病的防治等，更让学生们养成常洗澡、勤换衣、会理发的良好生活习惯。

　　在艾黎的引导下，学校建立了一套适合学生自我管理、自我服务、自我教育的运行机制，设立学生自治会和监事会。自治会下设自管小组，负责学生自身事务及学校常规管理；监事会由校长主持，学生代表和工厂相关人员参加，决定校政，处理校务。此外，学校的行政机构如总务、财务、仓储、基建、工厂、厂矿等，也让学生参与经办，实践出真知，从而提高学生的组织、管理能力。

　　路易·艾黎不仅管理全校，还亲自给皮革、陶瓷、煤矿、玻璃等培训组上课，没有现成的教材，他就认真准备每一课的讲义。搜集资料颇为不易，不少从外国书籍翻译得来。艾黎对中国

陶瓷情有独钟，进行过深入研究。后来，他根据这些讲义、研究
及实地考察，著有《瓷国游历记》一书，介绍了不少中国古窑址
的历史沿革、产品风格及精湛独特的制作技艺，还有现代陶瓷工
艺的评述。

日子忙忙碌碌，工作困难重重，但其中充满了无限的乐趣。
对此，路易·艾黎在《艾黎自传》第四章《山丹：为未来培育人
才》中写道：

> 我在山丹的日子里还有一番感到陶醉的经历，那就是每
> 天下午骑自行车巡视校内的各生产组。通常第一节课后我就
> 出发，可每到一个作业现场就舍不得离开了。我看到人们在
> 手脑并用地劳动。当他们的手指在制坯轮上捏塑着陶罐时，
> 那边熄灭了火的窑在出窑；玻璃器皿正吹出来，一摞摞瓶子
> 被装进退火炉里。在造纸组，只见在小型蒸汽机的响声中，
> 张世昌和他的伙伴们忙个不停。在纺织组，我们骄傲地看到
> 毛纺成套设备终于安装停当并开机工作了，100多只纱锭转动
> 着，织布机织出了毯子、哔叽或斜纹布：一只水泵正把外面
> 的河水抽到染缸里来。我到缝纫组，看见山丹当地的孩子王
> 延义正在裁剪和缝纫的学生中间忙着。我得先去针织组检查
> 新设计的毛衣和袜子式样，才能到皮革组去看刮皮、抛光、
> 上色以及皮袄的制作。随后，跨过小河到面粉组，再转到它
> 房后用我们自己生产的甜菜制糖的地方。这时，要再向外走
> 去看农场和煤矿，一般就太晚了，需要专门安排一个下午才
> 行。我就在回城的路上经过电机组和运输组，看磨曲轴和装
> 配新活塞。最后才到机械组、印刷组和医院。此时，机械组
> 的锅炉上的汽笛就该鸣响了，该去吃晚饭和准备晚上开会或
> 学习了。

这也许听起来很有田园风味，其实并非如此。但是，我可以坦率地说，我在这里看到的笑脸，比我经历过的任何地方更多，一天中为时也更长。这里的孩子中，青春期的烦恼似乎比我年轻时在学校的烦恼要少。这儿有那么多的事要做。每天都要为学校做出上百个决定，要收进或送出许多信件或报告，同中国国内外的支持者保持联系。我充分利用了每一天。也许只有晚上才是我自己的，有点时间回顾往昔的欢乐和痛苦：孩提时代，带着一本书，爬在高高的鸦茅草丛中，消磨夏天的星期日。在韦斯特科特老家的炉子旁与朋友们悄悄地谈天。在战时的上海，有一名军官怎样打那身为骄横象征的日本人耳光……然后又回到欢乐中来。傍晚，坐在陶瓷组的水车旁，静静的水纹映出冬日的树影。老磨坊和远处的积雪，同杜安芳商量釉料等实际问题，身背后其他的人正拿着筷子、端着碗在吃晚饭。毫无疑问，这一切都是有意义的。下午的风沙吹得我眼睛发涩，我闭上了眼睛。

引文虽长，但生动地描写了艾黎在山丹充实而不乏诗意的生活，道出了他的心声。

随着国民党军队的败退，1949年9月20日，解放军接管了山丹培黎工艺学校。1951年，"工合"国际委员会宣告结束，中国工业合作协会交由中华全国合作社接管。这年6月，艾黎在北京参加"工合"国际委员会的最后一次会议后返回山丹，途经兰州时，又参加了在那儿召开的讨论培黎学校发展方向的会议，决定交给燃料工业部西北石油局管理，成为中国第一所石油技工学校。于是，山丹培黎学校的课程不再开设农村小型工业技术人才培训专业，只保留与石油工业相关的机械工、电机工、焊接工、运输和内燃机技工等，同时增设石油钻探专业。艾黎出任校长，

位于甘肃张掖山丹县博物馆的路易·艾黎塑像

他收养的长子段士谋被任命为第一副校长。

1953年，为了学校的转型与发展，解决校舍破烂、师资配备、教学观摩、学生实习的动力及材料供应等方面的问题与困难，上级决定，山丹培黎工艺学校迁往甘肃省会兰州。当载着迁校物资的最后两辆卡车驶离山丹时，县城突然发生了里氏7.25级的大地震，建筑瞬间倒塌，街上一片瓦砾，满目疮痍。地震之后，县城东北出现了一条长达十五公里的破裂带，可见当时地震破坏力之大。从某种角度而言，迁校行为变相保护了培黎学校经过十多年努力积累下来的资产，而对培黎学校怀有深厚感情的当地百姓则传言，正是学校搬离山丹，惹得城隍老爷的不愿与恼怒，这才招致地震天灾的惩罚。

随着培黎学校的迁移，1953年，正值山丹花儿盛开的时候，艾黎也离开了山丹，定居北京。

艾黎挚爱教育事业，与其家庭影响密不可分：他的父母是教

师，兄弟姐妹七人大多从事与教育相关的事业，并延续到下一代
人身上。

艾黎在山丹待了整整十年，虽然离开了，但他一直怀念那
儿生活、奋斗的美好时光。他说："在山丹与青少年一起度过的
岁月，是我一生中最快乐、生活最充实的年代。我简直就像他们
中的一员，也是一个正在进行学习的人。他们为人十分热情、可
爱，有机敏的幽默感，善于抓住中心问题并采取行动。我高兴地
看到新时代正在给予他们一切机会，做一些需要做的工作，把旧
中国创建成一个现代化的新国家。"

五

艾黎早年视察、指导全国各地的工业合作社，四处奔波，
行色匆匆，大多时间在旅行中度过，曾多次感染伤寒等恶性传染
病，但他凭着健壮的身体、顽强的毅力、不屈的斗志，每次都挣
脱了疾病与死神的魔掌。自从将重心转到开办培黎学校后，他的
生活才慢慢安定下来。

在我眼里，位于陕西宝鸡双石铺的培黎学校已经十分偏僻而
遥远，尔后再度西迁一千一百公里的山丹县，更是一个远得不能
再远的地方了。

尽管偏远，我还是想到那儿走走看看。

2004年7月游历西部途经张掖，参观市区的大佛寺后匆匆离
去，那时我尚不知道山丹就在张掖。2016年7月赴张掖市参加第
十四届全国民间读书年会，方知路易·艾黎的第二故乡就在这
儿，因行程已满而失之交臂。2018年9月，我应邀参加在张掖市
举办的丝绸之路与河西文化研讨会等活动，终于抓住机会，由当

地文友宋进林、蔡静海安排并陪同，前往山丹探寻路易·艾黎的相关遗迹。

大清早便从张掖市区出发。任张掖市甘州区文物局局长的宋进林先生，对当地名胜古迹如数家珍。沿途看过明代遗址东古城城楼、秺侯堡，到达山丹县城时，已近中午时分。

山丹县历史悠久，周朝时属西戎，秦时属月氏，汉初属匈奴。汉武帝元狩二年（前121年），骠骑将军霍去病在焉支山大败匈奴后，此地归属西汉，设立删丹县。据《山丹县志》记载，删丹古城位于焉支山谷地，离钟山寺较近，"以晓日出映，丹碧相间如'删'字，又名删丹山，而县以此得名"。北魏时期改为山丹，缘于一条名为"山丹"的河流（属黑河支流）流经县域，且与"删丹"谐音。

山丹县隶属甘肃省张掖市，位于河西走廊中部，是张掖的东大门，三面环山，祁连山、焉支山、龙首山分别耸立于南方、东面、北部。境内山峦起伏，沟壑纵横，除山区外，还有丘陵地带、冲积平原及沟谷平原。

进入县城，车停县博物馆外，蔡静海请来的向导——山丹县检察院洪院长在那儿等候已久。洪院长是蔡静海姐夫，湖北浠水县人，十岁时随部队转业的父亲来到张掖定居。在陌生而遥远的山丹遇到湖北老乡，自是多了一份难得的亲切。

走进院内，首先映入眼帘的是一尊路易·艾黎半身雕像。艾黎虽已离世三十多年，在我心中，却还活着。可不，他正面带微笑与我打招呼伸出了热情的双手呢，于是，赶紧站在他的雕像旁合影。然后，仿佛在他的引导下，我们缓缓走进雕像后的陈列馆。

这是一座颇具民族风格的两层楼建筑，馆内六个展厅，分为八个单元，既有图片、文字，也有艾黎捐献的珍贵文物，全面而生动地展示了他的生平业绩。

艾黎将山丹视为他的"第二故乡"，定居北京后，仍忘不了这里的一切。自1953年到1987年病逝，他曾七次重回山丹。1979年6月，当艾黎第五次返回时，将自己来华五十多年收藏的近四千件文物全部捐给山丹县。为此，甘肃省政府通过省文化厅拨付专项资金二十万元，于1982年6月修建了"艾黎捐赠文物陈列馆"。1985年，甘肃省政府授予他"荣誉公民"称号。2009年，中国国际广播电台、中国对外友好协会等主办"中国缘·十大国际友人"网上评选活动，设提名奖五十个。全国五千六百多万网民参加，最后评出百年来对中国贡献最大、最受中国人民爱戴或与中国缘分最深的十名国际友人，路易·艾黎最终赢得桂冠。其他九位是白求恩（加拿大）、拉贝（德国）、萨马兰奇（西班牙）、斯诺（美国）、李约瑟（英国）、爱泼斯坦（波兰）、柯棣华（印度）、诗琳通（泰国）、平松守彦（日本）。这是对他在华生活、工作六十年，将自己的一切奉献给了华夏民族的回馈与殊荣！他若地下有知，当舒心地含笑于九泉。

我对展厅的图片、文字一掠而过，最感兴趣的是那些实物。我一件件地观赏着心仪的物件，还用单反相机或手机拍下照片以供日后揣摩、欣赏。艾黎喜爱文物，通过各种渠道、方式搜求，有时不惜重金购买。他的收入，大多花费在了捐赠及收集文物上，因此没有多少存款。他在遗嘱中写道："我收藏的艺术品剩余部分交给山丹文化馆的朋友们，我账上结余的钱也全数交给他们用以支付运输和陈列费用。"一位美国朋友看中了艾黎收藏的一幅古画，想以两万美元购买，被艾黎婉拒了。后来，这些文物分五次从北京艾黎住所运至山丹。

艾黎收藏、捐赠的文物种类繁多，展品丰富，涉及陶器、石器、瓷器、铜器、铁器、经卷、饰物、乐器、砖雕、印章、符

位于山丹培黎学校的艾黎故居

牌、货币、标本、书法、绘画等，从新石器时代的石镞、石斧、石铲、贝币及玉斧、玉琮、玉人，到春秋战国时期的铜饰牌，以及汉代空心画像砖、唐代玉鱼符、宋代三彩观音像、元代巴思巴文铜方印、明代白釉执壶、清代郎窑红长颈瓶等，几乎涵盖了古代各个历史时期的文物，还有不少来自古埃及、古巴比伦、印度、朝鲜、日本、古巴、新西兰等海外各地的文物，堪称稀世珍品。其中一级文物二十多件，二级文物二百多件，有着极高的收藏、研究价值。

展品中瓷器较多，这是艾黎的兴趣与研究所在，也与当地生产瓷器有关。还有一部分是培黎学校在四坝滩引水修渠时发掘的，当年出土了壶、石斧、石刀、陶罐、器盖等诸多珍贵文物。这块地方，当地人称"四溪平原"，艾黎他们称之为"四坝滩"。这一沉睡了几百年、上千年的文化遗址，被学生们开垦农田时发现了，后经考古学家多次考察、研究、论证，属于青铜器

艾黎捐赠文物陈列馆

文化的一种类型，被命名为"四坝文化遗址"。我还见到了一份《山丹县与新西兰克莱斯特彻奇市塞尔温区建立友好县区协议书》。因为艾黎的关系，山丹县跨出国门，走向了世界。

除了捐赠的文物，还有艾黎用过的物品，最引人注目的是一台老式打字机、一辆旧式自行车。对于这辆没有铃铛的自行车，我并不陌生，艾黎在文字中曾多次提及，是他母亲买了赠送他的，为他提供了不少便利。艾黎骑着它，几乎走遍了山丹县。此刻，它出现在我的眼前，锈迹斑斑，显得十分陈旧。然而，它比那些新型自行车乃至豪华跑车，不知珍贵多少倍，其价值是无法用金钱来衡量的！每当艾黎骑着这辆在当时来说十分稀奇的自行车时，他的身后，总是跟着一群嬉闹的孩子们。于是，他停下车来，从口袋里掏出糖果给他们吃，还会跟他们一起打趣逗乐。

1953年深秋，艾黎就要离开山丹了，他满怀深情，依依不舍。临行前一天，他骑着这辆自行车，不停地往前踏呀踏，穿行在山丹县城的大街小巷，来到学校的场矿及各个生产车间。然后，他又骑车来到何克墓前，静静地坐在那儿，与他一生中最为要好的朋友道别……直到天色渐晚，他才默默离开，骑车回到学校，与为他送别的师生共进晚餐……

从文物陈列馆出来，由艾黎提议、甘肃省政府拨专款修建的培黎图书馆就在对面。建馆之初，自然是为了丰富山丹百姓的精神文化生活，同时也为了纪念山丹培黎学校的老校长何克。艾黎发起了一个情系山丹的募捐购书活动，他第一个带头捐款，得到海内外相关人士的积极响应。何克亲属得知这一消息，也从英国汇来两千元，这笔钱，是何克母亲的遗产。馆内阅览室大厅，陈列着一尊乔治·艾温·何克的半身玻璃钢塑像，他面带笑容，透着一股难得的温和、儒雅与亲切。何克这座雕像，也是艾黎赠送的，他请人精心创作，于开馆之前运来。此外，他还多次赠书，里面设有艾黎捐赠图书专柜，摆放着他赠送的两千四百多册图书。

当培黎图书馆于1984年9月2日举办开馆典礼时，八十七岁高龄的艾黎专程从北京赶来参加。他在典礼上满怀激情地说道："我衷心希望山丹培黎图书馆开馆之后，能对山丹县的发展起促进作用，也为进一步发展中国人民同世界各国人民之间的文化交流做出贡献！"

这是艾黎定居北京后第七次，也是最后一次重返山丹。1987年12月27日，刚刚度过九十寿诞的路易·艾黎与世长辞。临终之前，他特别嘱咐义子段士谋将其骨灰带回山丹，一部分用直升机撒在了他曾经

艾黎用过的打字机

艾黎用过的自行车

开垦、耕耘过的县城南郊四坝滩，另一部分埋在了何克墓旁，与中华大地永远地融为一体。

离开培黎图书馆，我们驱车前往艾黎与何克陵园。

艾黎1941年10月来到山丹租借房屋作为临时校舍时，"在县城漫步，街边巷口，行人稀少，生意萧条，只有零星的小贩摆上几个小货摊。有卖大饼的，有卖杏干、冻梨的，这些吃的东西上落满了一层冬天刮起的尘土。三三两两出来晒太阳的儿童，身上穿着破烂的毡袄，流着鼻涕，鞋子裂了嘴，露出几个脚趾头，和他们的小手一样，冻得像姜芽一样通红……"而今的山丹古城，与艾黎笔下的昔日相比，真是焕然一新，形成鲜明对比：洁净宽敞的街道，车辆川流不息，行人脸上充满自信与喜悦，从容而有序地前行，建筑虽不像北上广那样高楼林立，但透着一股边地独有的民族特色与别致韵味……

山丹培黎图书馆

　　艾黎与何克陵园坐落在山丹河北岸，一旁是南关小学。1945年7月22日，何克患破伤风逝世后就埋在这儿。每逢何克忌日，培黎学校的孩子们便来到他的墓前，唱歌，打篮球、排球，还在一旁的山丹河里游泳。他们以这种独特的方式，纪念永远年轻的老校长。1979年，何克墓重建。1986年，当艾黎病情十分严重时，山丹县为了迎接他归葬第二故乡，将墓地扩建新修为仿西式建筑的"艾黎与何克陵园"。

　　两座坟墓，一前一后地坐落在园内所筑平台的中轴线上。艾黎与何克这两位挚友分别四十二年后，终于永远地团聚在了一起。

　　关于他们两人的婚恋，我查阅了所能找到的相关资料后得知：何克在中国谈过一位女朋友，但没有结婚，艾黎的婚恋几乎一片空白，终生未婚，似乎连恋爱也没有谈过；他们没有家庭，没有子女，但收留了不少养子，享受着大家庭的温暖；他们没有留下任何积蓄与私人财物，但其人性的光辉、人道的关怀跨越了国界，超越了时空，将永留人间。

当我面对艾黎墓碑深深地鞠躬致意时，不禁想起了刚刚看过的艾黎捐赠文物陈列馆中他的一段语录："中国给了我生活的目的，给了我一项愿意为之奋斗的事业，这事业一年比一年更加丰富，它使我得以置身于前进中的亿万人民的行列，这一切多么意味深远，谁还能想到什么报酬，会比我得到的这一切更美好？"

六

艾黎在山丹时，最喜欢位于县城北面的合黎山。合黎山名，最早见于古代名著《书·禹贡》："导弱水，至于合黎。"艾黎认为，"合"是"工合"的合，意思是"合作"；那么"黎"就是"黎明"的意思，是培黎学校的"黎"。"工合"组织、培黎学校、合黎山，冥冥之中，是不是有着某种命定与巧合？

山丹培黎学校整体搬迁兰州，经过一年时间的转移，学校设备、器材等刚刚迁移完毕，那些空空如也的教室、宿舍又在1954年一场大地震的袭击与施虐中夷为平地。不久，原来的校址辟为娱乐场所，城隍庙改为县文化馆。搬到兰州的培黎学校后来与兰州师范高等专科学校合并，于2006年升格为兰州城市学院。

然而，令我没有想到的是，三十多年后，一座新的山丹培黎农林牧学校又在昔日的旧址拔地而起，仿佛凭空而立！

随着改革开放，中国社会恢复了正轨。1983年，中国工业合作运动（工合）恢复，在十个省建立了分会，艾黎任名誉顾问。中断了三十多年的合作社又开始在全国各地活动、发展，甘肃、河南、江苏、陕西、福建等地一下子涌现出约一百个合作社。1985年夏，"工合"重组国际委员会，艾黎被推选为主任。正是在这大好形势下，艾黎提议新建山丹培黎农林牧学校，以改善当地农业，促进畜牧业、林业的管理与发展。1987年4月21日，为纪念艾黎来华六十周年，一所全新的山丹培黎农林牧学校正式成立。

离开艾黎与何克陵园，我们又马不停蹄地去了距县城约四十公里的焉支山。返回时，蔡静海说她姐夫为我们联系了培黎学校参观。其时，太阳正在向西沉落，加之修路绕行，在关键点走错，近山丹县城时已经下午五点多钟了。但我不想错过这一难得的机会，与洪院长会合后，他带我们前往位于县城北端的培黎学校。学校的周书记在校门口迎接，他一边带我们参观校园，一边如数家珍地讲解，介绍新校二十多年的发展历程。

山丹培黎农林牧学校坚持路易·艾黎"手脑并用，创造分析"的教育理念，将其作为校训，设有十五个专业，以园林、农艺、养殖为主，建有机电、汽修、模具、钳工等专业实验室十八个，在校学生两千多名。2006年，学校被教育部认定为"国家级重点中等专业学校"。山丹培黎农林牧学校与新西兰达飞中学建立了姊妹学校关系，不仅派遣二十名教师赴新西兰留学，还选送十七名学生分四批前往学习。当然，每年都有新西兰外籍教师前来执教。为此，学校专门建了中新友好厅。

艾黎是第一位将西方工农业先进技术引入大西北农村的拓荒者。当年，他选在偏远的山丹小县城实现中国职业教育的理想，筚路蓝缕，需要多大的胆识与勇气，又该经历多少艰辛与坎坷啊！漫步现代化设施齐全的校园，我的思绪总是固执地回到路易·艾黎七十多年前办学的情景，脑海里浮现出他既坚毅不屈又温文尔雅的形象。

同为"中国缘·十大国际友人"的爱泼斯坦对路易·艾黎有过一番描写："他的外表就给人以牢固持久的感觉——短粗

的双腿犹如立柱，魁梧的躯干坚如堡垒，线条鲜明的脸和突出的高鼻子犹如一条快船昂起的船头。他的性格和信念真实地反映在那双蓝色的眼睛中，那眼睛可以闪耀着仁慈的光芒，特别是在看着孩子们的时候……他的声音很平和，我从没有听到他提高嗓门讲话，但也可以表现出各式各样的感情……艾黎虽不喜欢礼仪客套，但对于讨论具体问题却不厌其烦……艾黎在与人接触中总是平等相待，从不摆架子或向人说教……"

斯诺也留下了一段关于艾黎的文字："有关他的主要事情是，他信赖中国。这成了他的信仰了。他说中国话，喜爱中国的普通人民。他长着一头红得像火焰的头发，大脑瓜，鹰钩鼻子。他的身躯长得像一台压路机一样，双足像两棵劲挺的树木一般拔地而起。他为人豁达大度，不屈不挠，并且富有才智。"

不一会儿，我们来到了一座名为《艾黎、何克与中国孩子》雕塑前，艾黎与何克并排坐着，何克左手揽着一位头戴帽子的小孩。艾黎与何克已凝聚为一个整体，他们的一生，与中国孩子结下了不解之缘，收有不少养子，建立起一种新的师生、父子关系。艾黎在上海时，就收养了一位名叫阿兰的男孩，不久又在武昌一家孤儿院收养了一个在洪湖出生的孩子迈克，并将他们送到学校学习。艾黎1932年3月回故乡新西兰时，还将阿兰带在自己身边。阿兰本名段士谋，在艾黎的抚育、培养下成长为一名堪当重任的优秀人才，担任过培黎学校副校长，是艾黎的得力助手。

不远处，有一个土筑高台，这就是著名的雷台，上面的平房便是路易·艾黎故居。据有关资料记载，雷台始建于明永乐九年（1411年），是祭祀雷神的庙宇，庙里有一口大钟。此后，雷台有过增修与重建。20世纪40年代初，雷台庙毁殿塌，只剩一个摔跤比武的光秃秃长方形黄土台。培黎学校迁来后，在台上修建土木结构的房子六间，艾黎在山丹度过的十年岁月，便一直住在这里。他笔下的文字多次提及雷台与故居，他将"雷台"称为"擂台"，可能与做过摔跤比武的擂台有关。雷台及房屋毁于1954年的大地震，现在的土台与艾黎故居，是1989年8月重建的。进到室内，陈列着艾黎用过的物件，简陋的床铺、陈旧的衣服，还有一条毛毯，这是培黎学校当年自己生产的，弥足珍贵。故居虽为新建，我对里面的布置却十分熟悉，仿佛仍散发着艾黎的气息与体温。来山丹后，他又收养了不少孩子，其中就有何克的养子聂氏四兄弟。1941年，何克收留了四个孩子，老大聂广淳十二岁，老二聂广涵九岁，老三聂广涛六岁，老四聂广沛四岁。他们的父亲是一名"工合"成员，后因遭受迫害而逃亡，丢下他们去了太行山。他们的母亲不久后病逝，于是，这四个孩子便一直跟着何克。何克去世，他们又成了无依无靠的孤儿，于是，艾黎就成了他们的养父。兄弟四人不知道自己的生日是哪一天，就将何克去世的日子7月22日作为他们的生日。

艾黎居住的雷台是有些学生前往操场的必经之路。早晨，学校在那里升旗，学生们每天新的学习与工作就从那儿开始。从雷台后门进来，穿过艾黎故居过厅小道，再由前门出去，是学生常走的捷径。艾黎睡觉的那间办公室兼卧室，大门朝院子敞开着，很少关闭。一天早晨，他还光着身子在睡觉呢，这种舒服、卫生的睡觉方式是从西北农民那里学来的，学生也这样睡，他正做梦呢，突然间被惊醒了。艾黎感到床上的被子被人往上拖，蒙住了他的脑袋，又在他身上组织最软的部位打了两下，发出响亮的声音。他还来不及反应呢，肇事者已经跑得无影无踪。他翻身坐在床上，远处传来一阵憋不住的欢快笑声。从笑声中，他听出了调皮捣蛋的孩子到底是谁，他们从雷台正面的台阶往下跑向操场，不一会儿，笑声、脚步声消失了。于是，他把被子拉回原处，准备补上一小觉，可哪里还有什么睡意！对此，艾黎不无幽默地写

培黎国际职业学院

道："我是否该生气或发火并找出肇事者呢？我的那条狗斯金皮似乎很欣赏这件事，它伸出前爪扒着炕沿，站在那里，像是期待着再发生别的有趣的事。"

从学生"调戏"校长这件事儿，可以看出他与这些孩子之间特殊而亲密的关系，既是严厉的老师，又是仁爱的校长、慈祥的父亲。他认为这些农民的孩子从小就在家里从事各种体力劳动，具有很大的潜在力与可塑性。给他们机会学习书本知识、操作先进机器，跟以前的艰辛相比，根本算不上劳动，简直就是一种舒心的游戏。经过培训，可以"成为出色的技术人员和能干的行政人员，他们在构成一个伟人的各种品质方面不比任何人逊色"。

听说校园旁边有汉代、明代长城遗址。天色渐晚，我赶紧走下雷台。长城遗址显然经过修缮，建了一座小型公园，位于校园上方，约半人高的样子。我翻身往上爬，心头一急，因用力过猛摔了一跤，立马爬起，欣赏拍照。

山丹汉长城以壕沟代墙，明长城筑墙为障，两个不同朝代的长城相距不远，平行延伸，长度大致相同，在山丹境内绵延一百多公里，被誉为"露天长城博物馆"。校园旁的长城是高大的土墙，应该是明长城了。

周书记介绍，随着现代职业教育发展的新形势、新要求，培黎农林牧学校快要完成历史使命，将由中等专业学校升格为高职院校——培黎国际职业学院。学院建在新城区，已于2016年8月动工。趁着暮色尚未四合，我们赶紧前往新校区参观。途经艾黎国际大酒店和山丹县文化艺术中心时，停车拍照。文艺中心正在建设之中，包括文化馆、博物馆、图书馆等八个新馆，规模宏大，堪称"大手笔"。

当我走进新建的培黎国际职业学院时，方知这儿的"手笔"更大！院内空旷的广场上，最引人注目的是一座名为《情系培黎》的雕塑。按照项目设计的总体规划，学院占地面积一千亩，预计投资十五亿元，工程分三期完成。按照"一轴一心八个功能区"布局，学院已完成运动场、学习广场、学院大道、学生食堂、功能综合楼、教学实训楼、室内体育馆、国际文化交流中心等项目。

艾黎、何克及培黎学校的到来，影响了山丹，改变了山丹。这种影响还将持久发酵，功能完善的文化艺术中心和规模宏大的培黎国际职业学院，提高了山丹这座偏远县城的硬件设施与文化档次。随着学院招生范围、数量的不断扩大，学校培养的各种人才走向工作岗位，将给山丹县乃至张掖市、甘肃省注入一股新鲜的血液与能量，带来巨大的社会效应。这些看得见感受得到的表象，其内里与支撑，便是艾黎来华六十年凝聚而成的"路易·艾黎精神"。在凤凰古城、长汀古城，在他晚年定居的北京，在山丹县、张掖市、甘肃省乃至在全中国，路易·艾黎有着崇高的地位，人们都在怀念他。

作为一名作家，艾黎出版了《山丹札记》《越南之春》《外蒙古之行》《京剧》《中国历史故事》《探索创造性教育纪实》《中国的粮食问题》《台湾》《在中国的青山上》《湖北纪行》《路易·艾黎论工合》等著作五十多部，译作《历代和平诗选》《征妇怨》《杜甫诗选》《李白诗歌200首》《白居易诗选》《唐宋诗选》等十多部。他的创作，多为亲身经历有感而发，比如《从牛津到山丹——乔治·何克的故事》《在中国的六个美国人》，在叙述、描写何克及马海德、斯诺、斯特朗、史沫特莱、史迪威、卡尔逊六个美国人生平的同时，也融入了自己与他们的交往与友谊，不仅真实可信，也拉近了读者与他笔下这些人物的距离，亲切感人。

路易·艾黎的遗产主要有三项，除培黎学校外，还有"工合"组织和中新友谊。

毫不夸张地说，艾黎早年主持的"工合"运动，有力地支援、促进了当时的抗日战争，对中国历史也产生了一定的影响。改革开放后，中国工业合作运动的恢复与重建，在西北地区促成了一系列合作社发展项目的实施，帮助几万户家庭增加收入。

艾黎被中国人称为"新西兰的艾黎"，又被新西兰人称为"中国的艾黎"，他则自称"是新西兰人，也是中国人"。正因艾黎这位"新西兰—中国友谊的奠基人"所搭建的桥梁，通过实质性的交流，中国和新西兰的相互认识、了解与友谊与日俱增，从单一的贸易关系发展到多领域、多层次、多形式的合作。在新西兰，艾黎同样受到他们的尊敬与热爱。新西兰中国友好协会发起成立了艾黎基金会，为中国筹集资金捐款；他的故乡斯普林菲尔德镇，有一座路易·艾黎纪念园；在他的母校，位于克赖斯特彻奇市郊的华伦努伊学校教学楼不远处，有一所以路易·艾黎命名的中文学校，也是这座城市最大的中文学校；在新西兰国家博物馆内，专门设有艾黎纪念馆，入口处便是他的半身塑像；他来到中国的日子——4月21日，被定为新西兰全国的"路易·艾黎日"……

艾黎与他那些不远万里来到中国的前辈相比，有着更加不同寻常的意义。

早在唐宋时期，中西文明就有着频繁的交流，明代中叶以后，随着地理大发现及新航路的开辟，西方传教士大批来华，著名的有沙勿略、罗明坚、龙华民、利玛窦、罗如望、庞迪我、艾儒略、汤若望、罗雅各等，他们带来了西方先进的天文学、物理学、化学等科学技术，形成了一次西学东渐的高潮，产生了较大的影响。他们身上，有着学识渊博、精力充沛、精明干练、洞察敏锐、坚韧不拔等诸多优秀品质。但是，他们视中国人为落后民族，多少透着一股唯我独尊、开发改造的意味。

而艾黎则脚踏实地，生活在底层，贴近广大民众，收养了不少中国孩子，视中国人为朋友、亲人。他在《艾黎自传》中写道："尽管旧社会贫穷、痛苦、经济崩溃，我坚决反对许多轻率的西方人把它视为'乞丐的中国'，中国从来不是那样。我在中国工作和生活了许多年，我仍是一个新西兰人，但我也变成了一个中国人。"第三十二任新西兰总理戴维·郎伊说："艾黎的最好品德是对人们一贯谦虚、宽容，这些高尚的品德使他一生献身于新西兰和中国。"路易·艾黎常说："我在中国的一切都来自中国人民，最后也自然应该归还给中国人民。"如果不看外表，真以为他就是一名地道的中国人了。

艾黎是一位"低到尘埃，开出花来"的"寓伟大于平凡的人物"。他的无私奉献、谦逊宽容、朴实坦诚等高尚人格及国际主义、人类和平、世界大同等崇高理想已跨越国界，超越不同的种族，凝聚为一个符号——"路易·艾黎精神"，成为人类宝贵的精神文化遗产。

沙县 不止有小吃

沙县印象

提及沙县，人们首先想到的是小吃，这与全国各地随处可见的"沙县小吃"店面密不可分。小吃各地都有，所用原料大同小异，而沙县却将"小吃"做成品牌，遍及全国，甚至走出国门，这不能不说是一个了不起的奇迹。

人人离不开吃，而与"大餐"相对的"小吃"，更与普通百姓的生活息息相关。我曾多次进入"沙县小吃"店吃早餐，说实话，每次都没觉得沙县小吃与其他地方的小吃有多大区别，风味有多么独特迷人。

当然，我所"光顾"的这些店面，是在厦门、福州、泉州、武汉等地，可能都不正宗。沙县小吃受到那么多人的喜爱长盛不衰，肯定有它超过一般小吃的非凡魅力。而要吃到正宗的沙县小吃，非沙县本地莫属。此外，沙县小吃仿佛一夜间星罗棋布风靡全国，一个山区小县，运用了何种销售手段、传播模式，才能达到如此神奇的效果？难道其他地方就不能仿效、复制吗？这一不大不小的疑问在我心中盘旋，挥之不去。

于是，便有了一趟"蓄意"已久的沙县之旅。

厦门市方志办原副编审李启宇先生陪我前往，他算得上一位"沙县通"。当年，老李作为知识青年下放到沙县劳动，在那儿就业、生活了二十多年，他的夫人也是沙县人。2017年10月，一套七册的"沙县非物质文化遗产"丛书出版，他便是这套书的总编审，其中收有他的不少文章。通过老李了解沙县文化，没有比这更便利的了。而且，他还安排了当地友人、同事相陪，不断介绍、讲述，且有问必答，使我对沙县的了解丰富而全面。

沙县属福建三明市管辖，位于武夷山脉与戴云山脉之间，境

远眺沙县县城

内山脉纵横、丘陵起伏，大大小小的盆地错落其间。一条名为沙溪的河流大体上由西向东横贯沙县全境。福建最大的河流——闽江有三条主要支流，沙溪便是其中之一。古代交通以水运为主，城镇多建于江河之滨，沙县也不例外，县城便坐落在沙溪两岸。城区架有四座公路桥、两座铁路桥，不仅使沙溪两岸成为畅达的通途，还是县城的一道美景——夜幕降临，那彩灯勾勒的跨梁轮廓，优美的弧线挂在夜空，与十里平流的灯火交相辉映，为沙县平添了几分绚丽。

有人见到"沙县"二字，往往望文生义，以为此地到处都是沙子，是一块荒凉的土地、一个贫困之县。其实，沙县土地肥沃、交通方便、物产丰富、商贾云集，有"千家之市"和"金沙县"之称。古时人们将沙县与周边的建瓯、南平、邵武连在一起，便有了"金沙县、银建瓯、铜延平（南平）、铁邵武"之说。

从厦门到沙县，坐动车两个多小时就到了。抵达的站点不叫沙县站，而是三明北站，位于沙县虬江街道洋坊村，属市级二等客运站，离县城不远，约十分钟车程。

上午十一时多，我与老李刚一抵达三明北站，就有他以前的同事杨先生开车来接，带着我们兜风——观赏县城全貌。小车在宽阔的街道行驶，两旁建筑错落有致，显然经过精心的规划与设计。我们逛的是水北新城区，有龙湖公园、小吃城、国家级开发区金沙园、第一中学、人民体育公园、金古经济技术开发区……我一边逛，一边感慨不已，这哪里是一座县城的格局，分明有中等城市的气派。杨先生在县人力资源和社会保障局任职，对沙县情况了如指掌。据他介绍，沙县区面积三十二平方公里，是在旧城区不到五平方公里的基础上发展起来的。沙县区面积一千八百一十五平方公里，总人口二十六万，其中城镇居民十二万，农村人口八万，还有六万多长期在外经营小吃生意。沙县是典型的藏富于民。值得称道的是，市政建设、文化科教等公共事业并未滞后，而是随着民众的不断富裕"水涨船高"地快速发展。

老李也感慨地说自从调离沙县，每次来去匆匆，今天也是第一次游逛新区，没想到发展得这么快！

兜了一大圈，重点区域、建筑停下拍照，近两个小时一晃而过，肚子开始咕咕叫唤了，杨先生寻了一家夏茂小吃店。进到里面，设备简陋，就装修程度而言，还赶不上外地的沙县小吃店。然而，就是这家看似不起眼的店面，却让我着实体会了一把什么才是正宗的沙县小吃。

这是一家夫妻店，没有雇请外人。杨先生一口气点了近十道小吃。夫妻俩分工明确，赶紧忙碌起来，将芋饺、豆腐丸、灌猪肺、灌猪肠、米冻皮、水煮鸭头、米浆猪血等一一端上餐桌。

沙县小吃城

　　在我的印象中，猪肺煮汤味道相当不错，也吃过卤猪肺，而女主人端上来的灌猪肺却是第一次品尝。猪肺一般充满或浓或淡的血色，而眼前的灌猪肺却是白色，吃一口，嫩而脆，一下子便颠覆了我以前对猪肺的认知——一直感觉都是绵绵的，做工稍差，会像棉絮一样难以咀嚼下咽。据介绍，灌猪肺的原材料一是米浆，二是猪肺。用籼米磨成米浆，灌入猪肺，下锅煮熟即可食用。此小吃做工看似简单，但要做得好看、好吃并非易事，原料的品质、火候的把握、调料的选择都十分重要。

　　水煮鸭头自然吃过，不唯沙县小吃专有，其他地方小吃也有的。店主端上来的鸭头显然经过长时间熬煮，放入嘴中，稍一吮吸，鸭骨与鸭肉便分离开来，同时有一股香辣而绵长的味道在舌尖萦绕。

　　其他小吃如米浆猪血、豆腐丸、米冻皮、灌猪肠等，一一品来，味道、品质都要超出外地沙县小吃。

最后端上来的是热气腾腾的夏茂烧卖。以前吃过的烧卖都是咸的，而夏茂烧卖咬了一口，竟是甜的，面粉皮里包的原材料挺多，我吃出的有紫菜、花生、白糖、猪油等。

这种甜烧卖为何冠以"夏茂"二字？原来，夏茂是沙县第一大镇，距城区近四十公里，物产丰富，与将乐、顺昌、明溪等县毗邻，人口流动量大，刺激了当地的饮食业发展。因此，沙县风味小吃中的不少品种，都源自夏茂小吃摊。

与一般烧卖趁热食用不同的是，夏茂烧卖适宜冷吃。沙县城关出售的烧卖也是咸的，晶莹剔透、爽口润滑，只有夏茂地区才流行这种风味独特的甜烧卖，做工比咸烧卖复杂，价格也更高。夏茂烧麦的形成，在当地还伴随着一个有趣的故事呢。

来到沙县地界，吃到了本地的正宗小吃，于是，我的第一个问题迎刃而解。在外经营沙县小吃的既有沙县人，也有不少是外地人，哪怕沙县人，对本地小吃的技艺掌握得也并非那么精致娴熟，经营的品种较为单一，于是，便给顾客造成了沙县小吃"过于普通""不过如此"的误解。而风味餐饮特别讲究原料，沙县小吃遍及全国乃至海外，原料受限，只能就近取材，其加工程序、制作工艺也是因地制宜，久而久之，特色、风味不可避免地受到影响，变得与当地小吃无甚差别。

我向来认为，小吃适于早餐，快捷简便，带有一定的过渡性；而午餐和晚餐则属"正餐"，得正儿八经地上菜吃饭才是，若有兴致，不妨来点小酒。而这顿作为午餐的沙县小吃，却有一种令我比吃正餐更满足、更惬意的感受。

沙县小吃

沙县小吃的崛起，的确称得上一个奇迹，既有地理环境、社会变迁等客观因素，也有沙县人自身的主观努力，还有几分神秘的偶然。

沙县小吃，作为汉族饮食文化的一个分支，源远流长，不少小吃不仅保留着传统饮食文化的特色，其制作仍传承着原始古老的方法。据族谱记载，沙县内各姓居民，无一不是中原各省汉族后裔。衣冠南渡，中原人口南迁，文化随之南移。沙县内多低山丘陵，属典型的"八山一水一分田"，古时交通极为不便。封闭的地理环境，使得不少传统风味小吃如板鸭、米冻皮、腌苦笋、甜烧卖、泥鳅粉干等，至今保持着昔日的"原汁原味"。沙县地处闽中及沙溪下游，古时水路发达，是周边地区的农副产品集散地，汇集了来自江西、江浙及本省福州、汀州、闽南、莆田等地的商贾。于是，沙县的饮食文化，综合了不同地区人们的口味，带有福州、闽南、汀州客家及江浙一带的风格。加之沙县土地肥沃、气候适宜、物产丰富，水稻、小麦、大豆三大农产品，高粱、玉米、小米、豌豆、绿豆、蚕豆、红薯、芝麻等其他农作物，生菜、香菜、空心菜、卷心菜等各种青菜，以及各种时令水果、自然圈养的禽兽肉类等，为沙县小吃提供了取之不尽的资源，创设出许许多多的花样品种，以满足不同食客的口腹之欲。时间一长，沙县的山乡风味小吃，形成了绿色、新鲜、可口、实惠、健康等特色。

中华人民共和国成立后，严格实行计划经济，粮食统购统销、定量供应，个体饮食从业者举步维艰，遍布大街小巷的饮食店、流动摊点全部消失，有的改造后过渡为国营食堂。沙县小吃的兴盛，实源于改革开放之后的20世纪80年代。据当地有关资料统计，1982年，饮食店铺、流动摊点开始复活，沙县城区出现了五十四家餐饮门店和小吃摊点；1985年，全县持证的饮食业"个体工商户"发展到一百八十六家；1990年，沙县工商局个体劳动者协会创办了沙县风味小吃优胜品种评选活动，有力地促进了当地餐饮业的发展。

沙县小吃在本区及周边的三明、南平市悄然兴起，不少当地人靠做小吃或出租店面给他人做小吃生意而致富。不少靠小吃致富的农民，回乡盖起了楼房。沙县小吃刚刚复苏，便对当地经济结构产生了一定的影响。

面对改革开放、市场经济大潮，沙县大力发展"外向型经济"，提出了"外引内联"的口号。当时看好的产业，主要是化工、建材、机械、造纸、纺织、饲料、食品加工等。除沙县小吃的直管部门外，大家并不看好沙县小吃——只有小吃，没有大菜，如何走向市场、占领市场？

然而，1992年一场偶然爆发、席卷全县的"倒会"风波，改变了沙县的经济格局，改写了沙县小吃的历史。

沙县有一种名叫"标会"的民间信贷活动，与轮转储蓄相似，筹集金钱用于买地造房。标会的发起者兼组织者称"会首"，类似钱庄老板或银行经理，参加者称"会众"，会员人数及会期时间视具体情况而定。会首负责组织每次标会活动，聚会时，确定会额，会众各写出一个数字，所出最大数目者中标。三日之内，所有会员必须将会额减去中标者所出的钱数交给会首，再由会首交给中标会员。比如会额为一万元，中标者数目为三千元，其他会众共出七千元（按会员多少平摊）。标会活动一般一月一次，如此循环，一期标会结束，所有会众都有一次中标机会。

所谓"倒会"，就是这种标会的会首或会员卷款潜逃，没有收回会钱的其他会员，中标希望落空，前期投入全部化为乌有。沙县标会长期存在，源于何时虽无从考证，但信誉极好，很少发生"倒会"现象。沙县1992年的"倒会"，不仅是某一标会的个别现象，而是全县的普遍行为。1990年前后，沙县兴起一股赌博风，尤以小吃繁盛的县城、夏茂镇为最。一些人通过标会获得资金，或拿到赌场放贷，或作为赌资直接参赌。赌博有输有赢，如果参赌者将钱输掉，放贷者无法收回资金，他们无力应对下一次标会，无法缴纳会钱，只好"逃会"。而逃跑的会众一旦增多，会首无法应对其他会员的催要会款，迫不得已，也只有"倒会"。1992年8月11日，沙县标会八大会首背负数以百万元计的欠款逃跑，而涉及几万、几十万的"倒会"小会首则不计其数。沙县标会"倒会"总金额七千多万元，牵连数万人。

这些"倒会"的会员逃到外地，总得寻求谋生之道。其时，各大城市出现了庞大的民工潮，廉价快餐成为一种社会需要。这些沙县人抓住商机，在深圳、厦门、福州等地纷纷开起了小吃店。

起先自然因陋就简，"四根竹竿一块布，两个煤炉两口锅"，他们从扁肉、拌面、芋饺、锅贴、烫嘴豆腐开始，到烧卖、鱼丸、豆干、米冻皮、米冻糕、泥鳅粉干、水晶蒸饺、真心豆腐丸等，慢慢打出"沙县小吃"的招牌与门面。源远流长的传统性、独特性及大众化兼备的口味，加之物美价廉、方便快捷、店主热情等因素，使得沙县小吃大受欢迎。投资一个简单的小吃店铺，几个月即可收回成本。那些"倒会"者不仅还清了欠款，还回乡盖起了高大的楼房。"榜样的力量是无穷的"，于是，一批批沙县人受到影响，走出家乡，通过沙县小吃成就自己的人生梦想。当然，这只是"倒会"风波的一个侧面，还有不少人正是通过标会，筹措到了外出投资开店的"第一桶金"，参与将沙县小吃铺向全国的创业大军之中……

几年间，在外的沙县小吃连锁店如雨后春笋般迅猛发展，1996年便有五千多家。

外向拓展的成功，使得当地政府敏锐地看到了沙县小吃在安排农村富余劳力、解决"三农"问题等方面所具有的巨大潜力，激发了他们对沙县小吃品牌的打造激情。

1997年8月20日，全国第一家小吃行业组织——沙县小吃同业公会成立，并向国家工商总局申请注册"沙县小吃"商标。1997年12月8日，"中国沙县小吃文化节"举办，在这届被誉为"沙县历史上规模最大、规格最高、影响最广、成效最显著"的盛会上，庙门扁肉获得"中华名小吃"称号，是沙县第一个被冠以"中华"之名的产品。1998年3月8日，沙县小吃业发展领导小组及其办公室成立，县委书记亲自担任领导小组组长，"小吃办"有正式编制及办公经费，全国仅此一家。随后，各乡镇也成立了"小吃办"，他们做的第一件事情就是开展小吃制作培训，规范并提高沙县小吃技术含量。与此同时，沙县制定"一乡一城一队伍"的小吃发展战略，要求每个乡镇对口负责一个城市，开发当地的小吃市场，建立一支小吃队伍，比如高砂镇对应上海，虹江街道对应广州，高桥镇对应厦门，夏茂镇对应杭州等，还在福州、厦门设立办事处。1998年第二届沙县小吃文化节举办，特邀全国餐饮专家、学者召开沙县小吃研讨会。2003年，沙县被中国饭店协会授予"中国小吃之乡"称号。2004年，沙县政府做出一项新的决定：在职干部可留薪留职外出经营小吃，不影响正常的各项升迁，于是，全县两百多名干部纷纷外出，带头创办沙县小吃示范店。2006年11月14日，中国烹饪协会认定沙县为"中国小吃文化名城"。2007年，沙县小吃同业公会荣获"全国餐饮业先进社团"称号，沙县小吃制作工艺被列入福建省第二批非物质文化遗产名录。2008年，集吃、住、行于一体的沙县小吃文化城一期工程建成投入使用，现已扩至三期，拥有仿古建筑二十多座，设有小吃美食、休闲娱乐、风情酒吧、运动体验、旅游购物、宾馆客栈及沙县小吃培训、沙县小吃制作体验等多个功能区，并被评定为国家AAAA级旅游景区。2010年，沙县小吃进驻上海世博会。2011年，沙县提出小吃发展总思路——保牌、提质、连锁、上市……

由此可见，沙县小吃的繁盛，既有一定的偶然性，更有其内在的必然性，与当地政府、相关部门及广大沙县民众的共同努力密不可分。三十多年来，沙县小吃不断发展、壮大，由街头小摊、简易小店，到小吃连锁餐饮公司；由周边县市到福建全省，然后扩展到全国各地乃至走出国门，走向日本、德国、美国、新加坡、加拿大等国家……就总体而言，沙县小吃已形成了大产业、大品牌的格局。据当地资料显示，截至2016年，分布在全国各地的沙县小吃店铺已有两万多家，从业者六万多人，占全县总人口的23%，年营业额七十多亿，年纯收入超过八亿元。

2017年11月，沙县获评全国文明城市，这在很大程度上应归功于沙县小吃所带来的巨大社会效应。

文化之旅

我在沙县的"任务"，似乎只有两件：一是吃，品尝当地的正宗小吃；二是玩，游览沙县风景名胜。

早春时节，阳光明媚，大地回暖，万物复苏，正是出行、踏青的好时节。午餐胃口大开，吃得没有节制，肚子都有点撑了，以至于下午爬山时受到"牵连"，累得我气喘吁吁。

西出县城约三公里，便是当地著名的淘金山。山不高，最高海拔仅五百零一米，但景区面积较大，约六平方公里。登至半山腰回望，县城风光一览无余。淘金山植被丰富，树木茂盛，不仅有秀丽的自然风光，其人文景观自宋代开始积淀，十分深厚。宋

淘金山卧佛

朝宰相李纲、理学家罗从彦在此留有遗迹。山顶有座淘金寨，旧志称"昔人尝屯军于此"，故淘金山又称屯军山，也有人说淘金寨"为昔人结寨避寇之所"。

进入景区，最先见到的是一座高高耸立的佛陀舍利塔，共九层，高七十多米，以花岗岩雕刻建造，据说是目前国内最高的石雕宝塔，显得颇有气势。

塔的右下方，有座高大的卧佛。佛像依山就势雕刻而成，长三十八米，宽十米，高十一米，据称是全国目前最大的石雕卧佛，有"华夏第一卧佛"之称。这座卧佛，雕的是定光佛。当地流行一则传说，宋朝李纲贬至沙县任监税官时，在西门外见到一位僧人涉水沙溪，竟然脚不沾水，凭虚而渡。李纲惊异不已，尾随他至淘金山的洞天岩，却见那位僧人盘坐在一块岩石上睡

淘金山定光禅园

觉。李纲不敢打扰，便静静地跪地恭候。待僧人醒来，李纲求问前程。僧人说"天机不可泄露"，复睡。良久，僧人再醒，见李纲仍恭敬地跪在原地，便口占四句偈语："青着立，米去皮，那时节，再光辉。"李纲追问其意，僧人不语，飞身而去。时过六年，即靖康元年，李纲复出，任兵部侍郎、尚书左丞，靖康二年任丞相。此时，李纲恍然大悟，"青着立"乃"靖"字，"米去皮"即"糠"字（谐音"康"），偈语是说李纲将在靖康年间"再光辉"（即复出），而那位僧人，便是定光佛的化身。当地人为了纪念李纲与定光佛的这段缘分，便于明代时建造了一尊长约一点二米、高约零点四米的侧身右卧佛像，供奉在洞天岩佛庵之中。后佛庵崩塌，佛像移出，1966年被毁。

有趣的是，不久前，某卫视台播出一段视频，说是几位山

将军祠

民在福建原始森林发现一座巨大的石刻卧佛，记者闻讯，与专家一同前往淘金山探奇，对这座古人因山就势雕刻的卧佛一番测量考察，结果"震惊世人"。其实，卧佛一旁，立有一块《淘金山卧佛记》碑文，其中有言："乃于一九九二年十一月吉择淘金山巨岩，延请惠安龙山石研所依旧像扩雕，历时十六月，方告功成。"

可巧的是，卧佛后面约四公里长的连绵山岭，远远望去，酷似一座大卧佛。淘金山中，山与佛浑然一体，大佛套小佛，宛如"佛中佛""佛心佛"，堪称奇观。

顺山路继续前行，十八罗汉塑像散落在左边的山坡之上。免不了一番观看，但觉个个栩栩如生，给寂静的山野平添了一股生气。

一路走来，见到了"朝山得福""默坐澄心"等数块石刻。据说这样的摩崖石刻，淘金山共有三十多处。

来到邀月台下，一道奇丽的自然景观——千年铁树群映入眼帘。铁树是距今一亿九千五百万年至一亿三千七百万年的中生代侏罗纪孑遗植物，树龄已有千年。淘金山铁树属四川苏铁，有四十余株，是国家一类保护植物，呈伞状，并不高大。我发现其中的一株特别茂盛，走近一看，原来是四五株铁树的枝干长在了一起，汇成一片喜人的绿色。据专家考证，淘金山铁树为全国最大的野生苏铁群落。

不一会儿，我们来到了位于东南山麓的定光禅院。

定光禅院古称"碧天阁""淘金庵"，清朝后改称"华严殿"，1993年重建，1994年更名为"定光禅院"。淘金山定光禅院最早建于何时，已无从考证。唐大和六年（832年），高僧惭愧祖师潘了拳曾在其左边的佛光洞修行，据此可知，定光禅院少说也有一千一百多年的历史了。

新修的定光禅院借山势沿坡而筑，有山门、天王殿、华严殿、药师殿、伽蓝殿、卧佛殿、弥勒殿、祖师殿、地藏殿、钟鼓楼、讲堂、禅堂、客堂、新僧寮、坡上长廊等，占地十五亩，气势恢宏，是闽中地区最大的佛教道场。

定光佛信仰主要分布在闽西、赣南、粤东北等地的客家人聚居区，被当地居民视为"有求必应"的保护神。2011年10月，沙县定光佛信俗被列为福建省第四批非物质文化遗产名录。

逛完定光禅院，老李的另一位朋友陈先生开车前来接我们下山，继续游览当地名胜。从沙县小吃文化城，到豫章贤祠、将军祠、城隍庙、文昌阁、龙湖公园等，一路行来，收获颇多。

豫章贤祠、将军祠、城隍庙、文昌阁等，分布在沙溪两岸。城关四座跨河而建的大桥，将两岸连成一体，交通十分便利。

豫章贤祠供奉、祭祀的是宋代著名理学家罗从彦。罗从彦籍贯沙县，号豫章先生，故祠堂名豫章贤祠，又称豫章书院。书院

龙湖公园

建于元朝至正元年（1341年），后为邓茂七起义军所毁，现存建筑为明朝崇祯六年（1633年）重建，1993年辟为罗从彦纪念馆，属省级文物保护单位。

罗从彦早年"严毅清苦，笃志求道"，但他一生坎坷，六十一岁时才博得个"特科进士"头衔，被派往广东惠州博罗县任主簿。三年官满，回家途中死于汀州（一说卒于任上），享年六十四岁。罗从彦虽然仕途不得志，但在学术上，却上接程颢、程颐、杨时，下传李侗、朱熹，是闽学奠基人之一。闽学最著名的人物为杨时、罗从彦、李侗、朱熹，史称"闽学四贤"。罗从彦著有《豫章文集》十七卷。据《四库总目》记载，有《遵尧录》《春秋毛诗语解》《中庸说》《春秋指归》等传世。明朝洪武年间，罗从彦与文天祥、朱熹、诸葛亮、颜真卿等同祀孔庙。

豫章贤祠的建筑格局近似四合院，重檐歇山顶，面阔三间，有门屋、厅堂、院子、廊庑等。我们去时，祠堂正在修缮。与施工负责人聊了几句，得知以前重修过，但不合规范，此次将严格依照"修旧如旧"的原则，还原旧貌。

将军祠位于沙溪对岸，纪念的是沙县"开县始祖"邓光布。邓光布，河南光州固始县人，入闽后任崇安镇将，后封剑州路将军。唐乾符五年（878年），邓光布率军在沙县洛阳桥与黄巢起义军激战，被流箭射中身亡。沙县县衙原在古县（今琅口镇古县村）。邓光布生前认为，沙县县治必须迁至凤岗山下（即今县政府所在地），所以有"开县始祖"之称。他去世六年后，即唐中和四年（884），县令曹朋完成县治迁移工程，故沙县人称曹朋为"迁县始祖"。

邓光布死后，被唐廷追封为灵卫侯，北宋宣和五年（1123年），又被追封为显应侯，并建祠纪念，始称邓公祠。邓光布不仅是沙县"开县始祖"，也是八闽邓氏始祖。祠堂屡毁屡建，清康熙三十二年（1693年），邓姓子孙聚族重建。1996年，邓氏后裔再次集资修建，重塑邓光布将军雕像，增设闽沙邓氏名人馆。

沙县城隍庙建于清乾隆年间，坐北朝南，规模宏伟，不仅是沙县保存最为完整、规模最大的古建筑群体，也是福建省同类建筑中唯一保存完整的古建筑群。我最感兴趣的是庙内的一对石人文臣武将与数只石兽。这些原本立在古墓前的石雕，随时面临被盗被毁的危险，运至城隍庙内安放，不仅宜于保管，还可供游人观赏。

城隍庙前的马路对面，是重修的文昌阁；城隍庙后不远，还有一座吕祖庙。令人遗憾的是，沙县古城墙、孔庙已不复存在。

在城隍庙内稍稍歇息，一行人又马不停蹄地赶往龙湖公园。

龙湖公园是一处新建公园，按现代园林标准设计打造，有休闲广场、生态园林、步行廊道、游乐区等功能区，用地面积一千一百二十九亩。进到里面，显得十分空旷，行不多远，是一座名叫龙湖的湖泊，整个公园便以龙湖为中心布局展开。弯曲的木栈道，将湖面的几座小岛连成一体。夕阳西下，绽放嫩绿的各种树木显得生机勃勃，阳光洒在湖面，浮光掠金。我举起随身携带的相机，但见取景框中，湖中景致、水下倒影与湖岸鳞次栉比的楼房浑然一体，按下快门定格，将这一瞬间凝成永恒。

沙县人口不多，却拥有这么一座大型公园，于市民而言真是一种福气。"奢侈"的是，沙县城区还有乐阳公园、体育公园、新开辟的如意湖湿地公园以及七峰公园等。

此行来去匆匆，主要在沙县城关水北片转悠，水东的沙县机场、水南片的生态新区以及下面的十多个乡镇无法顾及。一千六百多年建县历史所沉淀的文化底蕴，更是难以一一纳入笔底。虽然走马观花、轮廓依稀，但总算是到了沙县，有了自己的切身感受，也算有了一份属于我个人的"话语权"。

文学载体变迁刍谈

一

文学载体的变化，不仅是形式的更新，对其所承载、表现、反映的内容，也是一次革命。从古至今，文学载体的变迁主要经历了四个发展阶段。

1.口头文学阶段。

人类早期，由于生产水平低下，物质条件简陋，文学的表现形式多为口头传播，如神话、故事、传说、歌谣等。《诗经》作为中国最早的诗歌总集，汇集了西周初年至春秋中叶约五百年间的优秀诗歌作品三百零五篇。其中《风》一百六十篇，便是各地民歌，百姓大众口口相传，后由朝廷采诗官搜集整理，流传至今。荷马史诗《伊利亚特》《奥德赛》，印度史诗《罗摩衍那》《摩诃婆罗多》，中国少数民族三大英雄史诗《格萨尔王》《江格尔》《玛纳斯》等，最早都是通过说唱、歌咏、口述的形式创作、流传的。

2.自然材质与人工制品阶段。

随着物质文明的提高，精神文明也在发展，文字出现了，相关内容刻录、书写在自然材料或人工制品上。龟甲、兽骨、玉石、毛皮、树叶等成为首选材料，青铜、竹简、木牍、布帛等材料也是不错的选择。于是，文学由无形的口头创作、传播发展至可视、可触的物质传承。

3.纸张与印刷阶段。

纸张与印刷术的发明，为文字的书写、复制、传播提供了无限可能。纸张制作由手工到机械，质量不断提高，具有了光、薄、轻、韧等多重品质；印刷由手工摹写到雕版刻制、活字排版、机械印刷。无论是报刊，还是书籍，印刷的速度越来越快，制作越来越精美，纸张与印刷成为文学作品的主要载体。随着科学技术的发达，广播、影视作品也出现了，不仅可读，而且可视、可听、可感。这一载体，可视为报刊、书籍的附着物或衍生品。

4.电子与网络阶段。

电子与网络的出现，几乎改变了此前所有文字、文学的格局。最早是电子文档，将报刊、书籍、青铜器、龟甲兽骨等以前所有载体的图片、文字加以转换、存储。然后是互联网的革新，这一传播形式催生出一种前所未有的新型文学——网络文学。以前的文学从不以载体命名，比如我们从来就没有听说过什么龟甲文学、青铜文学、金石文学、竹简文学、报刊文学、书籍文学等，而网络文学却以载体而命名，也算得上一道有趣的"景观"。

据此，我们可将几千年来文学载体的演变历程简要概括为三个环节——从无形的口头叙说，到有形的物质书写，再到虚拟无形的网络传播。

二

文学作品离不开两大要素，创作主体与受众群体（读者或听众、观众），二者之间的联系与纽带，便是载体。也就是说，文学载体及其变化，对创作主体与受众群体势必产生较大影响。

口头文学的作者大多来自民间，创作源头一人或多人，受众为听众或观众。因此，口头文学的传播具有在场性。在传播过程之中，说唱人、讲述者也会参与创作中，或更正舛错、弥补缺憾，或添枝加叶出现新的人物、故事与场景，或根据不同的习俗、欣赏口味加以改写，使之变得更加完善，以适应不同的受众群体。因此，口头文学属集体创作，作者多为无名氏。

以自然材质、人工制品为载体的文学，除作者外，一般还有专业的雕刻者、书写者。因交通运输受限，读者或是当事人，或与作者关系密切。作者对是否署名不太重视，看得出，这一时期的作品缺少版权意识。或者说，刻在龟甲、兽骨、玉石、青铜之上的文学作品，保存时间长，保真度高，大多具有唯一性，也不存在版权之争。如果说口头文学具有流动性，每一次口口相传，语言、内容或多或少会有一定的变化与"失真"，而雕刻、书写在自然材质、人工制品上的作品，文字是确定的，具有一定的凝固性，哪怕复制、摹写，也少有变易。

我们指称的传统文学，即以纸张、印刷为载体的文学。传统文学对作者的内在素质、人文修养、写作技巧等要求甚高。作者创作时，书写工具有毛笔、钢笔、铅笔、圆珠笔、碳素笔等。古人使用毛笔时，不仅磨墨耗时，还会受地域环境、季节气候的影响。作者完成创作之后，进入编辑、印刷等批量复制的流程之前，有的还需誊抄者、打字员等。作者除本名外，一般还有笔名，有时甚至不止一个，如众所周知的著名作家鲁迅、巴金、茅盾、老舍等便是笔名。传统文学以纸张为载体，通过报纸、书籍、有声读物、视频等形式传播，有着固定的流通渠道与阅读群体，市场虽小，但比较稳定。此阶段的作者不仅有了版权意识，且日渐加强。

进入21世纪，随着互联网的大规模普及，网络文学出现了。与传统文学相比，网络文学准入门槛较低，稍具文学功力者，便可鼓噪上阵，但要得到读者认可，扬名立万，颇为不易。网络写手或网络作家以80后、90后的年轻人为主，00后也开始崭露头角了。他们虽然依托网络文学平台，但多属单打独斗。随着博客、微博、微信等自媒体的兴起，不少网络文学作者集创作、编辑、发表于一身。网络文学作者不用本名，身份虚拟，皆以网名纵横"江湖"，如血红、阿菩、晴了、管平潮、不等跳舞、静夜寄思、匪我思存、小刀锋利、梦入洪荒、我吃西红柿……字数二字、三字或四字、五字不等。

　　网络载体之前，作家、作品与读者相遇，必须具备特定的条件，如听一场说书，观看一场演出，参观某座博物馆，拜访一位民间文学家，旅游时见到一块石碑或一堵壁刻，购买或借阅一本书，等等，其间充满了偶然与缘分。网络文学则不然，互联网不受时空限制，网络的在场、在线使得读者可随时随地点击阅读。无限的虚拟与开放，使得读者与文本相遇，不仅易如反掌，还可与作者邂逅互动。网络作家呈现给读者的多为半成品，每天不停地写啊写，不断地更新页面与内容，直到数月或一年半载后精彩"收官"，一部作品才算"大功告成"。在文学网站或文学论坛，作者与读者互动密切，留言与回复有时比正文还长，还建有文友群、读者群之类的。读者表现出的好恶及审美观、价值观等，直接影响网络作者的下一步创作，他们不仅及时修改调整，甚至改变创作方向、人物设置、故事情节、结构内容等，与以前的构思大相径庭。有时，读者不仅与作品人物同悲同喜，还参与创作中，他们"出谋献策"，建议作者怎么改怎么写，而不少网络作家还真的就"从善如流"地"听"进去了，根据读者需求便宜行事。

　　而这一切，在传统文学与印刷时代，简直是一件无法想象的事情，作者与读者之间可谓"一抹黑"，相遇偶然，关系间接，信息不对称，反馈周期长。读者见到的都是"成品"，有何意见、建议，只有通过读者来信或文学评论得以反馈，留待再版时作者修订。于是，过去便有某某作家收到几百封、上千封或几麻袋读者来信之类的美谈。

三

表面看来，载体变迁只是形式的变化。曾经，"内容决定形式"的观念盛行一时，依此而论，文学作品的内容决定一切，载体变迁对文学本身影响不大。实则不然，每一次载体变化，对文学本体有着实质性的改观，文学因此而呈现出不同的特色与美感。当然，载体制约乃至影响、改变文学这一现象，我们应放在几千年来社会、时代不断发展变化这一背景下加以考量。

口头文学长期处于流动不居的状态，有着较大的随意性，但在流传过程中，文本会不断完善，逐渐形成大家认可的版本。尽管如此，因传播的不稳定性，哪怕定型的版本也难以达到准确、固化的程度。口头文学的容量可长可短，当以传诵为要，讲究音韵之美。篇幅较短的口头文学，人人都是传播者；而较长的神话、故事、传说，特别是那些史诗性作品，则有专门的讲述人与传播者。

以自然材质、人工制品为载体的文学作品，容量有限，传输不易，对作品的要求甚严，必须高度浓缩、简明扼要，又不失却文字的音韵美感与内容的丰富深刻。比如《论语》字数一万一千七百零五个，《老子》字数五千二百八十四个，但其所承载的内容何止千万?!于是，文言与口语的分野渐次形成。"孔夫子搬家——尽是书（输）"，这一民间歇后语恰如其分地道出了孔子所处春秋战国时期文学载体的状况：文字刻写在兽骨、玉石、毛皮、竹简、木牍之上，搬运起来既多且重，当然得"车载斗量"啦!

纸张和印刷技术的出现，对人类文明来说，是一次伟大的突破。由此而形成的传统文学，也经历了由手工抄写到雕版印刷、铅字印刷、电子印刷的变化与革新。与口头文学相比，传统文学"白纸黑字"，达到了精准化的程度；与自然材质、人工制品为载体的文学相比，容量更大，体积更小，重量更轻，但内容更丰富，传播更便捷。当然，传统文学从创作到出版、发行，也受编辑、排版、印刷、运输、储藏、保管、场地等诸多因素的制约。

"文章千古事，得失寸心知。"传统文学强调不断锤炼，"两句三年得，一吟双泪流"。古典文学中的诗、词、赋特别讲究对仗、韵律、铺排、意境、画面、含蓄、凝练、典雅，哪怕游记、散文也朗朗上口。传统文学多与现实同步，具有一定的穿透力、本质性与预见性。

尽管容量增加了，但书面文字与口头语言，直至五四新文学运动才得以统一。随着西方文学的大量翻译引进，处于新旧交替时期的近现代文学时期的成熟作家一般都能熟练地掌握三种语言：文言文、白话文、翻译语言。三种语言的灵活运用，形成丰富典雅、晓畅通透的古今中外融汇之美。语言的掌握与运用，是传统文学作家风格形成的主要因素之一。

网络的传播速度是以往任何载体都无法比拟的，所谓"地球村"，因网络的快速便捷成为现实。网络作家创作的文学作品，上传至互联网，几秒钟就可与读者相遇，用"神速"二字形容一点也不为过。

快速，是网络文学的三大特征之一，另外两个特征是虚拟与海量。

网络虚拟进入大数据时代，通过云端应用，作品的容量从理论上说不受任何限制，创作字数常以海量计算，动不动就是几十万、数百万、上千万，正所谓"古人惜墨如金，今人洋洋洒洒"。

网络文学的特性，决定了创作主体、受众群体及内容表达。

网络写手多为年轻人，属于吃"青春饭"一类，一旦进入状态，就得不停地写，不断更新，每天字数少则数千，多则逾万。网络文学自然包括小说、诗歌、散文、报告文学等各类文学体裁，但风靡网络的文学作品主要是小说，读者以学生、农民工、年轻白领居多。他们阅读网络小说，只是为了消遣打发时间，对文笔要求不高，追求的是故事情节，属一次性消费。网络小说是一种快餐文化，可用三个字予以概括：轻、玄、虚。与之相对应的，便是玄幻、穿越之类的网络小说大行其道。

因此，我们衡量、评价网络文学的优劣，其标准、要求与传统文学应有意识地区别开来。即使传统文学，也有主流与支流（潜流）、纯文学与通俗文学之分，也随时代在不断变化。如19世纪俄罗斯、法国、英国的传统文学，以批判现实主义为主流，讲究典型环境中的典型人物；进入20世纪，苏联的传统文学则提倡社会主义现实主义，强调革命浪漫主义与革命现实主义相结合。

人类经历了农耕文明、工业文明、现代文明、后现代文明等发展阶段，互联网属于后现代文明产物。后现代文明不以丰富、深邃、意义为旨归，多元性、平面化、消解意义、消遣休闲是其主要特征。与之相对应的网络小说，便以刷屏、速食、泛览的方式流行开来。

网络文学的创作、发表及流通，依凭的是互联网，但也有出版、发行。这些印成书籍的网络作品，经过广大读者与专业人员的严格筛选、淘汰，不到网络文学的百分之一，可谓精品中的精品。其成书过程，走的仍是传统文学的出版流程。

四

网络阅读与传统的纸质阅读相比，有着诸多无可比拟的优势：便捷、省钱、耗材少、体积小、重量轻、容量大、传输快、辐射广、易于检索、准确率高、随时可读……年轻人陶醉于网络阅读自不待言，即使那些老年人，也因视力下降、老眼昏花而钟情于网络阅读——他们可根据需要，在屏幕上随意调整字号大小。习惯成自然，时间一长，选择网络阅读的人们会越来越多，纸媒阅读的群体将越来越少。

传统文学出版周期长，一般以年为单位来计算，快的也要数月，如果考虑到发行、上架、购买等因素，在崇尚"快"与"轻"的当下，传统出版可谓"落伍"矣。而网络文学从创作、编辑到上线、阅读，时间则以月、周、天为计量单位，网络的天然优势决定了网络文学的重要性日趋增加。若纯以传播学角度而论，一切文学皆可视为网络文学——文学报刊、书籍一般都有电子版，适合网络阅读。

真正意义上的网络文学，始于1998年3月22日，蔡智恒（蔡子痞）的长篇言情小说《第一次亲密接触》在台湾成功大学网络文坛开始连载。谁也没有想到，它不仅开启了网络小说的先河，也开启了一种新的文学——与印刷时代、传统文学全然不同的网络文学时代。

迄今为止，网络文学已走过二十多年历程。二十多年光阴，与传统文学的悠久历史相比，简直可以忽略不计。然而，网络文学却如汹涌的浪涛与澎湃的大潮，对文学领域、文学阵地带来的冲击不可限量，造成的影响今日还难以评估定论。尽管如此，有一点则可以肯定，那就是网络将成为未来文学载体的主流。网络，不仅改写了文学格局，还将决定未来文学的走向。

网络文学以小说为主，这种小说的创作出版，在传统文学一统天下的印刷时代受到一定限制，于是形成了一个潜在的广阔市场。当整个出版业受到互联网的催化而不得不转型之时，以类型化为特征的网络小说便不胫而走、风靡一时。

短短二十多年时间，网络文学涌现出了不少颇有影响的作品。比如标志着网络文学成熟的《第一次亲密接触》，享有"网络第一书"美誉的《悟空传》，还有慕容雪村的《成都，今夜请将我遗忘》，安妮宝贝（庆山）的《七月与安生》，当年明月的《明朝那些事儿》，海晏的《琅琊榜》等，不仅产生了可观的经济效益与广泛的社会效应，其艺术价值也可圈可点，堪称网络文学的"经典"之作。

如今，网络文学已成为一种蓬勃兴旺的文化产业，甚至有人将其视为全球四大文学现象之一，与日本动漫、韩国电视剧、美国好莱坞电影相提并论。

鉴于网络文学的浩大"声势"，文学界也敞开怀抱予以接纳、认可，对网络作者的重视力度日渐增加，比如2017年便有四十六名网络作家加入中国作家协会，不少地方作协换届也将网络作家进入主席团作为一项"指标"。

这对网络文学而言，自然是十分可喜的现象。但是，一则以喜，一则以忧，作为一种新型载体催生而出的网络文学，免不了泥沙俱下。不论传统文学还是网络文学，作品的第一要素是语言，而网络文学最令人诟病之处，便是语言不够规范。网络语言无视传统汉语、书面语言的儒雅、美感与范式，对语言、文字缺少敬畏之感，表现得太过随意、散漫。比如有的网络文学作品把汉字、日文、英文字母以及数字、图形、符号等排在一起使用，个别句子有意以病句的形式出现，乱用或不用标点符号，怪字、错字、别字比比皆是……这种情形，多因快速创作、编辑粗糙、校对不严等造成，但也有故意为之的成分。有的作者片面理解"语不惊人死不休"，有意制造与众不同的另类效果。所有规则都是人为设置，并非一成不变，传统语言也须推陈出新。如能创造性地加以改变、运用，化腐朽为神奇，当然令人"惊艳"，但若为了吸引眼球而故做惊人之语，对汉语则是一种伤害。

网络文学发展至今，一个最大的短板，便是创作题材的失衡，幻想、穿越之类的作品数量过多，现实题材的作品则微乎其微。

有人说，传统文学（纯文学）与网络文学形成二元对立。只要稍加分析，我们就知道这种说法并不准确，它们并非对立，而是形成一种相互并存的格局。二者之间，其实可以互为补充，相得益彰。比如网络文学借鉴传统文学的精品意识，可有意识写得"慢"一些，只要认真打磨，语言不规范的现象当能克服。传统文学在网络文学的冲击下，面临前所未有的危机与挑战，应深刻反思，找出自身的缺憾与不足，与时俱进地加以改进。如传统长篇小说过去以人物众多、情节复杂、场面宏阔见长，当下则应减少枝蔓，写得单纯一些；在先进、普及的照相、摄影技术面前，冗长的环境背景描写、琐碎的人物外貌刻画也失去了意义，当以简化、精练为要……

受全球化、市场化、多元化、平面化等现代文明、后现代文明浪潮的席卷，文学不断走向边缘，而传统文学（纯文学）又在网络文学的冲击下日渐失去文学的中心地位。文学边缘化，并非意味着文学的终结。二十世纪八九十年代的文学过于喧嚣，一篇小说发表便能产生轰动效应，这是一种极不正常的社会现象，是"文化大革命"之后的反弹。文学逐渐边缘，其实是回归本真、回归本体，应视为一次涅槃与重生。网络文学异军突起，与传统文学比肩而立，也是文学归位的一种努力与表现。网络文学不受时空制约的在场在线，足以证明文学在人类的生活中永不缺席！

　　注：本文根据一次主题讲座《文学载体的变化与文学之美》整理而成。

跋：历史活在今天

历史在前行的过程之中，常常面临多种选择与可能，但一经发生，便成为不可更改的事实，影响乃至决定未来的路径与发展。这种影响，不仅包括社会、政治、军事、哲学、宗教、思想、文化、教育、经济、习俗等人类生活的方方面面，生态文明、自然环境等也会受到波及。变动不居的现实，背后便有一双看不见的手——历史的作用与推动。

"过去其实并没有真的过去，过去就活在今天。"美国著名作家威廉·福克纳的这句名言常被引用。

是的，历史不仅"活"着，就"活"在当下，"活"在与我们同步的今天!

就理论而言，时间越远，所耗"能量"越多，历史对现实的影响会越来越弱，范围会越来越小。而许多时候，事实并非如此，历史的能量不能以常规视之，它犹如聚变、裂变的"核能"，不因其消耗而衰减，反而随着时间的推移、人口的增多、空间的扩展，影响会越来越大。

韩愈在人们心中的地位与印象，在于"文起八代之衰"，位列"唐宋八大散文家"之首。一千多年来，他的诗文不断再版，收入中学课本、大学教材，影响深远。其实，韩愈不仅是著名的文学家，也是一位杰出的政治家、哲学家、思想家。元和十四年（819年）正月，任职刑部侍郎的韩愈，因奏章《论佛骨表》被唐宪宗贬为潮州刺史。他刚抵潮州，便"与官吏百姓等相见"，"面问百姓疾苦"，然后雷厉风行地做了几件解民之苦的实事：驱除鳄鱼，为民除害；关注农桑，祭神止雨；广施善政，释放奴隶；兴办学校，培育人才……韩愈在潮州待了不过半年，却在当地留下了浓墨重彩的一笔：因有韩愈过化，原名恶溪的大江，更名韩江；城东的文笔山，因韩愈登临游览，改名韩山；橡木树改称韩木；纪念他的文物胜迹，除最负盛名的韩文公祠外，还有昌黎旧治坊、景韩亭、昌黎路、韩山书院等。这些都是看得见的物质性遗存或纪念，而内在的影响，一种精神的贯注，则如汹涌的潜流，在潮州澎湃了一千多年，深刻地影响、改变着这块土地的文明与气质。在百姓眼里，韩愈犹如一颗耀眼的星辰，是潮州地方发展史上举足轻重的关键性掖转人物，地位最高，影响最深。

赵匡胤因黄袍加身成为宋朝开国君主，帝国及其后裔也因"黄袍加身"打上了无以更改的宿命阴影。赵匡胤在汴京（今开封）登基，不得不以此作为开国之都。自乾德元年石敬瑭将河北、山西一带约十二万平方公里的幽云十六州割给契丹之后，长城的拱卫功能不复存在，从国界到汴京约五百公里全为一马平川，不仅没有天然屏障，就连一个险要的关隘也没有。北宋在与辽、金的长期对峙中，敌军动不动就屯兵京城，朝廷时时处于惊慌失措、提心吊胆、被动挨打的局面，想想看，该是一种怎样的沉重与无奈？赵匡胤想迁都，他西巡洛阳，实地考察，大造舆论，可迁都序幕刚一拉开，就遭到诸多勋臣贵戚的极力反对，不得不放弃。兄终弟及，赵光义继位，曾极力反对迁都的他自然不会"无事找事"地将龙椅搬离开封。宋朝在一代弱于一代的衰落中，迁都之事更是无人提及。直到一百六十多年后，开封在异族的铁蹄下以惨烈的毁灭而收煞。

赵匡胤被部下披上黄袍而登基，总担心他们拥兵自重，以同样的方式篡位，不得不严加防范，将军权牢牢控制在自己手里。他创立"更戍法"不断调换将领，使得"兵无常帅，帅无常师"，结果导致"兵不识将，将不识兵"；他重文轻武，"好男不当兵，好铁不打钉"的俗语便出自宋朝。北宋职业化的庞大军队，是辽军、金兵的好几倍，可宋朝自始至终除镇压内部农民起义大获成功外，在对外作战中从未取得过一次像样的决定性军事胜利，开启了中国历史上"内战内行，外战外行"之先河。匡山之战结束后，古老的汉族第一次尝到了蒙元异族统治的切肤之痛，国土沦陷，生灵涂炭。每一次改朝换代，伴随着的往往是数不胜数的残忍杀戮，在血雨腥风的笼罩下，先朝皇族首当其冲。赵氏后裔几乎被斩尽杀绝，侥幸逃脱的一支，在福建漳浦一处远离集镇的湖西硕高地隐身而居。没想到这一住就是七百多年，随着人丁的繁衍兴旺，当地耸起了一座仿宋建筑群落——赵家堡。大宋王朝，挽歌袅袅，余音不绝，直至今日，可谓一曲令人伤感、引人缅怀、穿越时空的千古绝唱……

我将这些历史与现实相互缠绕的题材诉诸笔端，便是《韩愈贬潮州》及《从汴京到赵家堡——一个王朝的兴盛与衰亡》。创作时，我不仅通过书籍、杂志、报纸、网络等搜求、阅读所能找到的相关文字，还实地踏访相关遗迹，梳理脉络，厘清变迁，尽可能地探寻那隐藏在历史表象背后的发展规律。

唐太宗曾感叹："以史为鉴，可以知兴替"，英国哲学家培根说"读史使人明智"，德国兰克史学认为历史学的任务，就在于"批判过去，教导现在，以有利于未来"……说法不一，意思却大同小异。就某种程度而言，历史与现实同构，我们脚下的现实与土壤，便是历史的延伸与发酵。

收入本书的其余各篇，无论写人，还是记事，所涉及的内容，都在某一时间和空间产生过较大影响，具有一定的代表性或象征意义。

书院是儒家传道授业的"大学"之地，也是中国古代文化的精神高地，书院往往是某一学派教学、研究的中心或基地。佛教有寺庙，道家有道观，我们可以将书院视为儒家文化的"道场"。《影响中国文化的讲学之地》所写，便是中国古代四大书院之一的嵩阳书院。1901年，全国书院改为西式学堂。1905年，嵩阳书院改为嵩阳高等小学堂。书院虽然衰落了，但其历经千年，影响巨大。近年兴起一股"书院热"，全国各地，或重修，或新建，一座座应运而生的书院，便是一块块新的文化阵地。

福建同安是朱熹的首仕之地，福建建阳是朱熹晚年的定居与归葬之所。他的一系列活动，使得同安、建阳两地的教育水平、文化品位得到极大提高，影响之深，亘古未有。《朱熹的首仕与归宿》，便叙写了这一亮丽而独特的人文奇观。

白玉堂是曾国藩的诞生之所，靖港是他兴办团练、组建湘军、出师衡阳后的惨败之地，富厚堂是他人生鼎盛时期建于故乡的一座住宅，曾国藩墓则是他最后的归宿之地。《曾国藩的功名与修炼》以这几乎贯穿曾国藩一生的四处景点起笔，写他的成长与拼搏、辉煌与终结。曾国藩是一位颇为争议的人物，无论褒贬，都不得不承认，他是中国近代最后一位集传统文化于一身的代表人物，他的离世，象征着中国封建社会最后一尊精神偶像的消失。正如我在文中所言："站在曾国藩墓前，天空阴阴的，不时飘下几丝细雨。此种氛围，正适合悼念。虽然置身幽远静谧的山林，却能感受到一百多年来，曾国藩的功名事业、道德人格、价值取向对我们脚下这块土地所产生的巨大影响。"

清人惨烈的统治措施——剃头令，催生了一个新的行业。清朝灭亡，辫子不复存在，"剃头令"自然成了一纸空文，可剃头业不仅没有衰落，反而更加红火了。《从剃头到理发》的落脚点，即在结尾的一段话："透过三百多年与头发相关的历史，其实我们可以或多或少地窥见汉民族的心理压抑、个性扭曲、自我排解等方面的演变轨迹。"

早在两千五百多年前，古希腊海洋学家狄米斯·托克利就说过："谁控制了海洋，谁就控制了一切。"福州马尾，不仅是中国重要的科技基地、造船工业的发祥地，更是中国海军的摇篮。中国近代海军建设，正是从此起步；也是在这里，爆发了中法马江海战，福建海军覆灭，马尾船厂被毁，中国海军遭受第一次挫折与重创；此后又是中日甲午海战的惨败，北洋海军覆没……《蹒跚的步履》由马尾起笔，叙写了中国海军发展的艰难历程："世界各国在保卫海洋权益、争夺制海权的较量背后，实则关系到一个国家、一个民族的生存与发展。"

1911年10月10日，辛亥首义在武昌爆发并迅速取得胜利，不仅推翻了清王朝，而且结束了中国两千多年的封建帝制。辛亥革命的任务其实有两项，推翻清朝、结束帝制，但它只推翻了清王朝，后一项任务远没有完成。尽管如此，辛亥革命毕竟不同于中国历史上暴风骤雨般的农民起义，它是国家暴力机器——军队与具有西方先进民主意识的知识分子相互结合的产物，将中国革命推向一个崭新的高度，人民的思想得到了一次极大的解放，懂得了怎样行使手中的权利力取真正意义上的民主与自由。辛亥革命产生的影响之巨，覆盖的内容之广，蕴含的课题之深，是我们前行路上一座无法绕开的"高山"，追寻、反思、探讨其历史价值与现实意义，也是我创作《辛亥首义》一文的应有之义。

路易·艾黎被誉为"工合之父"，他在中国生活了整整六十年，与白求恩、斯诺、李约瑟、爱泼斯坦、柯棣华等人一同评为"中国缘·十大国际友人"。所谓"工合"，指工业合作社运动，发起于1938年初，是一个从事、促进合作社发展、扶贫、妇女培训等社会公益活动的国际性民间组织。为健全"工合"组织，推动"工合"运动的深入与发展，1939年至1942年间，艾黎几乎跑遍了中国十六个省的城市和乡村。他曾经说过："中国有两个最美丽的小城，一个是湖南的凤凰，一个是福建的长汀。"无意间给这两座小城打出了最好的"广告"。为此，长汀县追授路易·艾黎为荣誉市民。

而艾黎对甘肃省山丹县的影响则更为深远。这里有艾黎大道、艾黎故居、艾黎纪念馆、艾黎与何克陵园等。他在山丹县工作、生活了十年，将其视为"第二故乡"。定居北京后，他曾七次重回山丹，并将自己来华五十多年收藏的近四千件文物全部捐给山丹县。艾黎是第一位将西方工农业先进技术引入大西北农村的拓荒者，他选在偏远的山丹小县城实现中国职业教育的理想，筚路蓝缕，历经七十多年的艰辛与坎坷，终于结出了丰硕的果实。在《路易·艾黎的中国情结》中，我特别强调了艾黎"寓伟大于平凡"的人格魅力与崇高精神："他的无私奉献、谦逊宽容、朴实坦诚等高尚人格及国际主义、人类和平、世界大同等崇高理想已跨越国界，超越不同的种族，凝聚为一个符号——'路易·艾黎精神'，成为人类宝贵的精神文化遗产。"

…………

历史虽然是已经发生过的往事，但其积淀的成果是文化，无时无刻不作用于生活在今天的我们，可以毫不夸张地说，历史是今天所有问题的谜底。因此，正确认识历史，对于我们了解现实，认识自身，乃至创造未来，都有极其重要的意义。

2023年1月30日定稿于厦门